JN140118

高柳誠詩集成 III

高柳誠詩集成 III

書肆山田

目次——高柳誠詩集成 III

廃墟の月時計／風の対位法

廃墟の月時計

風の対位法

鉱石譜

光うち震える岸へ

大地の貌、火の声／星辰の歌、血の闇

星辰の歌、血の闇

月の裏側に住む

放浪彗星通信

高柳誠詩集成　Ⅲ

廃墟の月時計／風の対位法

＊

さらさらさら、さらさらさらと、光はあふれ、
さらさらさら、さらさらさらと、光はながれ、
わたしのひふというひふを潤し、
わたしは内側から透明にすき通ってゆく。

＊

欠けるところのない月が空に浮かび、
欠けるところのない月が空をただよい、
おぼろな靄を透かして白金の雫《しずく》がしたたる。
月の影から白金の光がしたたり、
研ぎ澄まされた音をたてて廃墟に降りそそぐ。
月光に照らされた廃墟は、
心の闇の裡に浮かび、ながれ、ただよい、

冬枯れた葦が風にそよいでいる。
時を渡る風にそよいでいる。
うらさびわたる景色のなかに、
時の亡骸《なきがら》をさらけ出した廃墟は、
月長石の光を浴びてその影を深くし、
白金の雫を浴びてふるえ、おののき、
時の深い闇をしずかに呼吸する。
底なしの闇にただよう時の井戸が浮かび上がり、
しんしんと、しんしんと、月光はしたたり、
しんしんと、しんしんと、闇は凝《こご》る。

＊

てのひらを月光のせせらぎにひたすと、指が銀色にそまり、冷たい水の感触が指のまたを逃げてゆく。くすぐって逃げてゆく。幼い日のおとうとの指のように。わたしを驚かせようとして、カーテンの陰から不意に飛び出してくるおとうと。わたしは、びっくりしたふりをして、そのやわらかな体を抱きしめる。おとうとはいつもクチナシの匂いがした。月の光をあびたクチナシの花の匂いがした。でも、あの日以来、クチナシの匂いなんてしない。クチナシは咲かない。咲かない……。でも、こうしててのひらを月光したたるせせらぎにひたしていると、おとうとの匂いがひろがる。てのひらにすくった水に月の光がしたたり、しだいに凝って月長石の結晶へとかわる。月の光がわたしの胸のうちを照らし、わたしの胸のうちに光の結晶が凝る。胸がとどろき、てのひらの結晶がプルプルふるえる。水がふるえ、月光がふるえ、クチナシの匂いがふと立ち上がる……。

＊

激しい水音に目を覚ました俺は、一瞬雨かと疑った。激しい雷雨の声が、俺の眠りの絹を音たてて引き裂いたのかと――。眠りの繭のうちで稲妻かと思っていた光は、俺の顔を、俺の顔の皮膚という皮膚を、その襞のうちまでを皓々と照らしている月の光だった。光は、俺の顔を仔犬のようにくまなく舐めまわし、俺が横たわる石段に音たてて滴る。月光に残りなく染められた俺の肉体は、見捨てられた死者となって時の流れの中で滞っている。そう、俺は、見捨てられた死体だ。自分の使命から遁れ、忘れ果てたふりをしたあげく、汚泥の中に沈みこんでしまった死体だ。月光に照らされた廃墟の梁《はり》から、激しい水の音が降ってくる。一体どこからこんな水が？　いぶかる俺に、時のしぶきが月の光となって降りかかり、あふれ、流れ、滴る。時は、激しい流れとなって俺のうちを襲う。細かい月の雫となって音たてて落ちてくる水の形に、俺は目を奪われる。ああ、この懐かしい感情は、一体なんだろう。俺のこころを抉り、奮い立たせ、それでいて、どこまでも慰める。月のふるえる光が俺のこころを浸し、懐かしいあたたかな手にくるまれているような気がする。そう、幼い日の、小さなそれでいてやわらかく、あたたかな手。姉の手だ。俺をやさしく導いてくれた手。どこからか声が聴こえる。俺を呼ぶやわらかな声。澄んでいて、そのくせ、あたたかな声。その声が、俺の体を包み込み、もうひとつの、はるか遠い夜に連れ去ろうとする……。

＊

梨の花の匂いが遠くかすかに流れて、水面《みなも》を渡る風が、甘い匂いを運ぶ。対岸の方角が、白く靄がかかったようにわずかに明るむ。漆黒の闇に包まれたまま、その方角を目指して舟を漕ぎ出す。舟は水面を音もなく滑り、波が舟端《ふなばた》をピチャピチャ舐める。月光を浴びた水面が白く浮かび上がる。名月に舟を浮かべ、漆黒の闇に漂う白い花びら。おびただしい花びらが水面を埋めつくし、舟は光を花と散らして進む。その跡が黒い筋となって湖面に曲線を描く。花びらは、闇の湖面に浮かび、漂い、流れ、その白い色を月光に反射する。その中を一筋走る闇の跡、時の亀裂。梨の花の匂いが濃くたちこめ、体中を包み込む。むせ返る花の匂いに、息が苦しい。ピチャピチャ、ピチャピチャと波は舟端を舐め、黒々とした闇が舟を丸ごと呑みつくそうとする。この黒々とした闇の深さはどうだ。時の深淵に沈むものたちが、懐かしい暗さで呼びかけてくる。親しい死者たちが魂の底に誘いかけてくる。暗い時の渦の深淵に飲み込まれてしまいたい誘惑が、心の底から突き上げてくる……。

＊

水《み》の面《も》の月と中空《なかぞら》の月
二つの月は互いを照らし
聴こえぬ音楽を心に響かせる
互いが互いの鏡となって
いつまでも光を投げ掛けあう
目にもあやな闇のうちに
光の柱が浮かび上がり
月長石の柱が浮かび上がり
心騒がす光の音色が響きあう

心狂わすものと心清めるもの
二つの月は互いを照らし
闇のうちに月宮殿を浮かばせる
あえかな光に漂う月宮殿
廃墟の月宮殿は漂い　浮かび　流れ
月長石を通した光を
地上の闇へと送り届ける
その青みがかったあえかな光が
心を騒がせ　心を鎮め
二つの月に心は千々に砕ける
水の面の月と中空の月
心狂わすものと心清めるもの

＊

始めてあの人にお会いしたときのことは、不思議に憶えていません。すべて忘れてしまいました。ただ、あの人の足もとに跪《ひざまず》き、その疲れきった、傷だらけの足を、香油で清めたことだけを憶えています。いえ、はじめは光でした。あの人はかすかな笑みを目もとに浮かべ、そこから光が、いえ、光というよりも、新月のようにあえかで柔和な、それでいて、心の底からぬくぬくしてくるような、いえ、もっと激しい、とても目を開けてはいられぬほどのおびただしい光。そう、月光のようにあえかなのに、ほとばしり出るほどに激しい光。私の頭の中は、すっかり漂白されて、胸がしめつけられるほど苦しくなりました。いえ、苦しみではないのです。苦しいのだけれど、どこまでも甘美な、子供の頃にうっとりと寝入ってしまう時のような快さ。私の知らないところで、私の両目からはあとからあとから涙がわき出てきます。私は、思わず跪き、あの人の両足を涙で濡らしてしまいました。その足を私の髪でぬぐい、そっと口づけをして、香油をすり込みました。歩き疲れた足、悲しい足でした。小さな傷がたくさんあり、その傷に土が入り込んで、悲しんでいる足でした。自分を悲しんでいるのではない、なにか自分を超える大きな悲しみを悲しんでいる足でした。この世のすべてを、いえ、この世を超えるすべての悲しみを、いっしんに背負っている足でした。私には、足しか見えませんでした。両目からは、あとからあとからとめどもなく涙があふれ、あの人の顔は、涙にかすんで、ただ穏やかな中にも威厳のある顔が、柔和に微笑んでいることとしか感じ取れませんでした。何が起こったのか全くわからず、ただただ心の川から流れ出る涙を、ひとごとのように、呆然と見ていることしか、私には出来なかったのです……。

＊

こんなにも悲しく風は泣いて、
こんなにも悲しく夜は泣いて、
わたしの髪をなぶる秋風の中に、
ふと、おとうとの声がしのび入るよう。
ほろほろ崩れ落ちてゆく城の、
月の光を浴びて崩れ落ちてゆく城の、
黒曜石の記憶をめぐる闇を、
一挙につき崩す月の光よ。
わたしの体は廃墟、

月光したたる廃墟。
月の光がきらめいて、
時を映す鏡にきらめいて、
そこに、おとうとはいない。
ああ、かわいそうなおとうと、
わたしが復讐を唆《そそのか》したばかりに、
蝮どもの罠にかかり、
自らの心の闇を喰い破って、
心のうちを臆病な蠍でいっぱいにして、
でも、わたしには救うことができない。
この手に抱きしめることさえできない。
月の光よ、
せめて、おとうとの心の闇を照らして。
その甘いセレナーデで闇を溶かして。
蝙蝠《こうもり》の翼と真鍮の鉤爪のある、
あの復讐の女神たちが、
おとうとを鞭打つのをやめさせて。

「母殺し」の罪を背負うべきはわたし。
おとうとに罪はないのです。
おとうとは、豚の血を飲み、
月光かがよう川の水で身体を清め、
自らの身を後悔の歯ではんだのです。
月光よ、
おとうとの心の傷を癒しておくれ。
その清らかなやさしい光で、
あの、無垢なおとうとに戻しておくれ。
おとうとの苦しむ声が、
今も耳から離れない……。

＊

眠りよ、なぜおまえは冷たいのだ。こんなにもおまえを欲している時に限って、おまえは俺のところへ来てはくれぬ。薄情な女のように。狂おしい闇が、嵐のように俺の心のうちを吹き荒れ、悔恨という波が時化のように俺の体のうちを飛び跳ねる。いや、そんなのは嘘っぱちだ。全部嘘っぱちだ。忘れろ、忘れろ。全部忘れろ。心に巣くう蝮どもが、じくじくした罪の闇をいつまでも音たてて吸い、自分そっくりの蝮の子を、自らの腹からひり出している。あっはっはっは！　おかしいったらありゃしない。蝮が蝮の子を食い、腹からあふれ出た罪の闇がじくじく煮立って、すべてが腐ってゆく。忘れろ、忘れろ。全部忘れろ。蝙蝠の翼の闇が月宮殿を覆いつくし、そのきれぎれの闇が俺に眠りをもたらす。きれぎれの蝙蝠の眠りが、俺の心を引き裂き、その黒い眠りの切れ端に、ほら、蝮どもが喰らいついて——。もう、痛いのかどうか、俺にも分かりはしない。ただ、……。ええい、眠りよ訪れよ。蝙蝠の眠りでいいから訪れてくれ。その鉤爪が空に掛かって、豚の臍《へそ》が夜を飛ぶ。鯨の頭が砂漠に眠り、月の裏側に蚯蚓《みみず》が棲む。はっは、愉快だ。眠りの膜が夜を包み、蝮どもが空を駆け、蝙蝠たちが地を這う。血の眠りが、血の眠りが、俺を襲ってくる。眠りよ訪れてくれ。甘い吐息で俺を眠らせてくれ。その暖かな手で、姉のような暖かな手で、俺の頭を撫でてくれ。ぐずぐずに闇が溶け出して、夜の輪郭がおぼろげになって、そこに梨の花びらが降ってくる。梨の花の香りが闇に滲みこんでゆく。夜の粟立つ肌が、ざらざらした俺の闇を包み込み、俺はゆっくりと眠りに落ちてゆく……。

＊

月は中天に掛かり
朗々たる月光が廃墟を照らす
廃墟の塔が針の形に地表を伸び
その闇を地の底から濃くする
廃墟の月時計がうごめきだし
地上の時間軸が揺らぐ
闇のうちに地表が裂け
びゅうびゅうと地底の風が迷い込む
ゆがんだ時の影が伸び縮みを繰り返し

くぐもった声が息を吹き返す
廃墟の月時計が自らの時を告げ
死者たちが一斉に動き出す
地表の事物はその姿をおぼろにし
月光の遠近法が誕生する
近いものは遠くなり
遠いものが近くなる
昔が今に蘇り
今は遙かな過去となる
死者たちの時がこの世を支配する
死者たちの影がこの世を支配する

＊

わたしの死を詮索するな。
死は死。
それで一向構わぬ。
他殺か、事故死か、はたまた自殺か。
それをかまびすしく詮索するのは、
生者の論理にすぎぬ。
死はひとしく死者のものだ。
わたしは、死の中で永遠に死んでゆく……。
死は、わたしにとって、
幼い時から親しいものだ。
死は、わたしの「はは」だった。

母親の乳房に吸い付いていた時から、
わたしは死の影を啜《すす》っていたのだ。
わたしがあの男を重んじたのも、
あの男の紡ぎ出す音楽が、
壮大なそれでいて空虚な、
死の匂いをぷんぷん漂わせていたからにすぎぬ。
ああ、匂う、匂う。
ここは死の匂いでいっぱいだから、
初夏の野原ほど死の匂いにあふれているから、
わたしはゆっくりと呼吸ができる。
わたしは自らの柩《ひつぎ》として、
城を建てた。
死をこの世に満ちあふれさせるために、
細部という細部までを、
死の装飾で満たした。
死の極限の姿を地上に出現させた。
悪趣味とののしるがよい、

生の論理にしがみつく者よ。
おまえたちが、生の実体と信じて、
必死でしがみついているものこそ、
死神の萎《しな》びた乳房でない保証が、
一体どこにあると言うのだ。
そんなことは、どうでもよい。
ここは初夏の野原ほど、
死の匂いであふれかえっているから。
あらゆる死者たちの匂いで満ち足りているから。
わたしには、わたしの柩に納まる権利がある。
あれは、わたしのための柩なのだ。
あの男は確かに俗物だった。
だがあの男の奏でる音楽は、
死の深い淵を垣間見させた。
ぞっとするような死の淵の匂いが、
音と化してあふれ漂っていた。
もっとも甘美な死の果実の匂いが、

わたしの魂の奥深くを打った。
わたしを死の淵の陶酔へと誘った。
わたしは、あの男に匹敵する、
いや、それ以上の死の伽藍を、
この手で地上に出現させたかったのだ。
見ろ！
わたしの産み出した、
このわたしのための柩を。
こうして、皓々たる月光を浴びた城は、
わたしの死の王国。
地上を一挙に覆す死の楽園なのだ。
何者も侵すことのできない死の伽藍なのだ。
わたしの体は廃墟、
月光したたる廃墟。

＊

――あまりの月のさやけさに、誘われてついつい出てきてしまったが、それにしても、今夜の月の明るさはどうだ。皓々と骨のうちまで透けるようではないか。遠くに懐かしい城も、妖しく輝いて浮かんでいる。どこからか、梨の花の匂いがかすかに漂ってくる。ねえさんの懐かしい匂いが……。

――この胸騒ぎは何？　ちくちく刺さってくるこの月の光は？　胸が疼く。痛い。クチナシの匂い、そうクチナシの匂いだわ。クチナシの匂いを漂わせて、おとうとが帰ってくる。……いや、そんなことはありはしない。おとうとは、わたしのことも、この国のことも忘れ果て、楽しく遊び暮らしているのだもの。月よ、伝えておくれ。ここでわたしが、あなたのことをこんなにも思っていることを。こんなに明るい月ならば、わたしの願いもかなえてくれそう。おとうとに、わたしの夢を伝えてくれそう……。

――あの城で、ねえさんはどうしているのだろう。蝮どもや蝙蝠たちが犇《ひしめ》くあの城で。……あの頃はよかった。月光降りしきる庭で、梨の花びらを敷き詰めて、ねえさんとふたりねそべって、天国遊びをしたよね。ああ、あの場所こそ、ぼくの天国だった。はらはら、はらはらと梨の花は散り、ひらひら、ひらひらと風に舞う。となりに横たわるねえさんの温《ぬく》みがかすかに伝わり、その上にも梨の花は散り敷く。ねえさんの額が、梨の花よりも白く闇に浮かび、周囲の闇が凝り、あまりにも静かで、一瞬ねえさんが死んでしまったのでは……と心配になって、ねえさんの体を揺り動かしたね。ねえさんは、甘い息をひとつつき、眠そうなまぶたをもたげて、その琥珀色の瞳が月の光を映し出していた。その息が、ぼくの首筋にかかり、……でも、あの夜、梨の白い花は、真っ赤な血に染められてしまったんだ……。

——そう、真っ赤な血しぶきがすべての始まりでした。お父さまの胸からあふれ出た血を、あの女はどんな邪悪な喜びをもって受けたのでしょう。そして、その下手人とすぐさまベッドを共にして……。どんな目であの卑しい男を見たのでしょう。ああ、穢らわしい。いやらしい欲望に満ちた目……。

——そんな目でわたしを見ないでおくれ、忌まわしい動物を見るような目で。もとはといえば、あの人のせい。わが子を生贄《いけにえ》として差し出すなんて……。それに、あんな女にうつつを抜かして、わたしをほったらかしにして……。

わたしだって女なんだよ……。

――わたしだって女です。あの人にときめいたことがないとは言いません。あの人のそばに仕えて、食事の世話をしたり、あの人の衣類を洗濯したり、……髪を洗ってあげたことさえあります。そのとき、わたしの心が喜びに顫えなかったとは言いません。でも違うのです。それは、心の底から浄化される喜び、あの人のお役に立てるだけで、この胸は喜びに顫えるのです……。

――この胸の喜びをどう伝えたらいいの？　あなたの姿を再びこの目で見ることができるなんて。「あなたは今、わたしたちが涙で望む、その救いの種《た》子《ね》なんです。」……。

――静かに。もっと小さな声で。人に聞かれたら大変です。「みな心に包み隠し、嬉しさに取り乱しなどなさらないで。」今はゆっくり話をしている暇はありません。とにかく急いで。あの男の帰ってくる前に……。

――ええ、わかっています。それでは、せめて顔だけでもゆっくり見せて……。

「こうしてあなたを抱いているのは夢ではないかしら。」ああ、こんなにたくましくなって、そのたくましさを今夜こそ見せておくれ。天に向かって示しておくれ……。

――「いつまでも姉上に抱かれていたい。」……でも、ねえさん、もう行かねばなりません。再会の喜びは後ほど存分に味わうことができるでしょう。それまで、ねえさんは、どうか素知らぬそぶりを……。

──「思い切ったことをやるのです。父が敵から受けたと同じような。」……。

──「あの男といっしょに、母親も殺すのですか、思い切って。」……。

──「そうです。あの同じ斧でね、父が殺されたのと同じあの斧で。」……。

──「いやだ。だって、どうして殺せよう、ぼくを生み、ぼくを養ってくれた、その人を。」……。

──「わたしは死んでもいいのです。母を屠《ほふ》って、その血をあの男の死骸の上にふりかけさえしたら。」……。

──「勝つか負けるか、決めをつけましょう、とうとうそうした酷《ひど》いことにまで、私の身がなったからには。」……。

──「ああ、黄泉《よみじ》の女王《にょおう》さま、立派な勝利をお与えください。」……。

──「父上をそうはずかしめたむくいはやがて、神々の御心により、身に降りかかろう、私たちの手によってだ。」……。

──「これを憚《はばか》って、これに免じて、吾子《あこ》、この乳房、それへ縋《すが》って、お前がたびたび、眠《ね》こけながらも、歯齦《はぐき》に噛みしめ、たっぷりおいしい母乳《おちち》を飲んだじゃないの。」……。

――「今からは、母殺しの罪を問われることになるでしょう。今日この時までは汚れのない身だったのに。」……。

――「いけない、いけない、殺すなんて、お母さんだよ。」……。

――「生みの母が、私を不運に投げ出したんです。」……。

――「なんてことを、私はこんな蝮を生んで育てたのだ。」ああ、あああ……。

――「父上の運命が、あなたにこうした死にざまをさせるんです。」……。

――「愛する弟よ、さあ、あんたの胸をあたしの胸に。わたしたちは引き離されてしまうのだもの、母を殺した呪いで、祖先の家から。」……。

――「私はいかにも母親を殺しはしたが、けしてそれは正義に悖《もと》ってはいないのだ。」この月の光が、きっと正義を明らかにしてくれるだろう。……。

――そう、月の光のもとに見えるものこそ、ものごとの本当の姿。昼の光のもとに見えるものなど、生の卑しさが見せる欺瞞にしかすぎぬ。死者は眠らぬ。死者には永遠の覚醒があるのみだ。この冴えわたる月光のような、覚醒があるのみだ。月長石の光に照り映える覚醒のみが……。

――そう、覚醒と言うべきかもしれません、心の底からの目覚めと……。夢ごこちの覚醒かもしれません。やわらかな夢の中で、どこまでも魂が覚醒してゆくのです。本来の姿に魂がたち返ってゆく喜びでしょうか。夢の中で、どこまでも夢を見ているような、それでいて、魂の深い層にどんどん目覚めてゆく。日の光に隠されていたものが、魂の地平に浮かび上がってくるのです。夜の闇の中から立ち上がってくるのです……。

――日の光こそ欺瞞なのだ。その証拠に、太陽を見つめることはできぬ。その、薄っぺらな過剰な光によって、かえってものごとの本質を隠蔽してしまう。太陽こそ、とんだペテン師なのだ。月光は違う。その冴えわたる冷たい光によって、この上もなく穏やかに、静かに、死の本質を照らし出すのだ。限なく照らされたわたしの柩よ。限りなくやさしい死の容れ物よ……。

――肉体こそ死の容れ物。肉体よ、腐れきってしまえ。ぐずぐずに溶けされ。死の累々たる堆積に闇からの風が吹き、ひゅうひゅう悲しい呼び声を挙げ、白日を一挙に暗黒へと変える……。

＊

風は悲しく吹いて、
風は身悶えして泣いて、
中天の月もふるえ慄《おのの》く。
冴え冴えとした月光がふるえ、
今にも消え入りそうにふるえ、
黒雲が地表から湧き出して、
瞬く間に月をかき消す。
暗転。世界が暗転する。
漆黒の闇が地上に滲み、拡がり、
生者たちはみな息をひそめる。
風は悲しく吹いて、
風は身悶えして泣いて、
やがて黒雲の切れ間から、

ふたたび月が現われる。
巨大な月。禍々《まがまが》しい月。
充血した眼球の月。
夥しい血を流して不気味に光る赤い眼球。
血なまぐさい風がわきおこり、
死者たちのうめき声が地にあふれ、
月はゆれ、月はゆらぎ、
血の海にどろりと溶け始め、
月の流す血の雫が大地に滴る。
雫の滴った場所から亀裂が走り、
大地はそこから音をたてて割れ、
地底から黒々とした闇が迸る。
風はすさび、海は轟き、
空は裂け、月は粉々に砕け散る。
泣き叫ぶ声は風に吹き消され、
ガラスの破片は爆風に飛び、
建物は轟音をたてて崩れ落ちる。

閃光が走り、無音が支配し、
死滅した都市が暗闇にしゃがみこむ。
月光に照らしだされる廃屋の群れ。
どこからか水の滴る音。
銃弾の跡を月は照らし、
こびりついた血糊を月は照らし、
壊れたピアノを誰かが弾いている。
狂った旋律が空に立ち昇り、
月光に絡みつくように螺旋を描いて立ち昇り、
とおく地を轟かす音。きな臭い匂い。
憎悪の渦が怨霊となって廃墟をさまよう。
目を射る閃光。心の裡の闇が凝る。
無音。死の静寂。
どこからかかすかに聴こえる
赤ん坊の泣き声……。

＊

――わたしは、生まれて半年の乳呑み児を抱え、炎の中を逃げまどいました。あたり一面火の海でした。人びとは右往左往して逃げまどい、パチパチ火の粉がはじける音、ドドーッと家が崩れる音。そこに怒号が混じりました。わたしは、突き飛ばされて転び、ぶつかっては起き上がり、人々の群れに必死で付いてゆき、ようやくにして火の海から少し離れた、川のほとりにたどり着きました。でも……、その時には、わたしの手の中にわたしの……、わたしの赤ん坊はいなかったのです。

――人びとは、「水、水!」と口々に叫びながら、次々と川の中に飛び込んでゆく。飛び込んだまま浮かび上がってこない人を、そばの人が不審に思って引き上げてみると、ずるっと皮膚が剝けて、爛《ただ》れた肉がむき出しになった。でも、酷《むご》いとか、可哀想とか、何も感じなかった。ただ、ねえさんのことが心配で、ねえさんの無事だけを祈って、ひたすら我が家へと駆け戻った。一面焼け野原で、瓦礫の山以外何も見えず、鼻をつくにおいがあたりに充満して、いく筋かの煙がうっすらと昇り、時々思い出したように火の手があちこちからチロチロと上がった。瓦礫の中からねえさんの手が虚空を摑む形に凝固しているのが見えた。「ねえさん」そう呟くなり、その場にへたり込んだ。

――ええ、火はまだくすぶっていました。わたしはその場に立ち竦《すく》んだまま、その光景がまだ信じられませんでした。昨日の朝、いつも通り元気に出かけていった弟が、帰らぬ人になるなんて……。何かの冗談かと思いました。不謹慎にも、笑い出したくなるような気持ちでした。あの天をつく建物が、忽然と崩れ落ちるなんて……。何も知らず弟は、その直前まで仕事をしていたのでしょう。なぜ、弟が犠牲にならなければならないのか、わたしにはどうしても理解できません。一体、弟のどこがいけなかったのでしょう。

――ねえさんの何がいけなかったと言うのか。ねえさんはただ、従姉の結婚式に参列していただけなのに。人々は皆、幸福の只中にいたはずなのに。それなのに、一瞬にしてすべてが吹き飛んでしまった。ねえさんの琥珀色の目が、二目と見られないほどにつぶれてしまって、右腕は付け根から吹き飛ばされていた。一体、誰を憎めばいいんだ。一体、誰に復讐すべきなのだ。

――父上の復讐のためにおとうとは、その身を滅ぼしてしまった。可哀想に、身をはむ狂気に苛《さいな》まれ、「母殺し」の烙印を押され、自らの闇の夜を旅し続けなければならなくなってしまった。

——父上の復讐のためにわたしは、この手で母上を殺し、その血によって穢れてしまった。「母上、お願いですから、わたしに、この血まみれの蛇のような娘たちを、けしかけないでください。」

——お願いですから、元通りのおとうとを返してください。

——お願いだから、わたしの乳呑み児を返して……。この身が炎に焼かれてもかまわない。だから……。

——炎よ、あがれ。すべてを焼きつくせ。この世のすべてを滅ぼせ。

——もえろ、もえろ、もえろ。すべてがもえろ。世界を滅ぼしつくせ。一瞬の閃光が俺のすべてを奪った。

——そう、一瞬の光がすべてでした。稲光のような、大地が轟くような、

——地響きを立てて、すべてが崩壊し去ったとき、一瞬空が掻き曇り、

——真っ黒な雲が空を覆いつくし、

——目の奥を射る閃光が、

——地上の事物をなぎ倒す轟音が、

——地は鳴り、

――地は裂け、
――爆風がすべてを吹き飛ばし、
――炎がすべてを呑みつくし、
――地上は阿鼻叫喚の地獄となる。
――どろりとした闇が地底からあふれ、
――死の黒々とした影が地上を覆う。
――しゅるしゅるしゅる、波の音よりも高く、
――ひゅるひゅるひゅる、風の音よりも低く、
――時の黒々とした闇は地の底からあふれ、
――静寂だけが地上を支配する。
――ひそかに忍び寄り、
――背後からひそかに忍び寄り、
――そっと寝息をうかがって、
――わたしの血の煮凝《にこご》りを打ち破るもの。
――わたしの肉体を奪い去るもの。

＊

まだ暗い中を、あの人の墓へと急ぎました。あんな無惨な死を少しでもやわらげるため、その足にだけでも、この香油を塗ってさし上げたくて。西の空には、寝坊をして帰り忘れたかのような月が、ぼんやりと浮かんでいます。わたしは、不思議な胸騒ぎをふいに感じて、墓場へと急ぎました。門衛は、折り重なるようにして、いぎたなく眠っています。あの人の所へと急ぎます。足がもつれて一向に前へ進めません。早くあの人の足に香油を塗ってさし上げたくて、その冷たくなった足をわたしの胸のあいだにかき抱いて、少しでも暖めてさし上げようと、そう、あせればあせるほど、わたしの足はわたしの気持ちに逆らうようなのです。あの傷ついた足。長い長い距離を、長い長い年月を、歩き通しだった足。もう、歩かなくていいのですよ。わたしの胸元でお休み下さい。それだけを伝えたいのに、肝心の足が、わたしの足ではないようなのです。あの人の苦しみのすべてを支えてあげたい。でも、それは無理。わたしには荷が重すぎます。そんなことは分かっています。あの人のすべてを抱え込んであげられるほど、わたしは清らかではありません。あの人のお心は、それほどに大きなもの。それも、わたしには分かっています。わたしは、あの人の足に真心こめて香油を塗りこむだけで充分。あの人が、大地に立っておられた時のもっとも大切な部分にもう一度接吻して、もう、何の痛みも苦しみもないことを教えてさし上げたい。ご自分をはるかに超える大きな痛みも苦しみも、きれいに消えうせたことを教えてさし上げたい。もう、何も苦しまず、ずっとずっとわたしの胸で憩って下さってもいいことを、お伝えしたい。死が、あの人にとって苦しみではなく、むしろ、憩いであることを、死が、何もなくなることではなく、むしろ、たくさんの何かを人々に残してゆくことだということを、わたしははじめて知りました。あの人が残して下さったものを胸にずっとずっと抱えもって、あの人とともに生きていきましょう。あの人は、いつも、すべての人のとなりにいるから。わたしは悲しくはありません。うそ、うそです。悲しくて、つらくて、胸が張り裂けそう。でも、それは、この穢れた地上での、わたしの心のうちだけでのちっぽけな感情。わたしにはそれが分かります。あの人の大きな使命はほんの少しわたしのもの。あの人とともに生きた記憶が、あの人の使命をほんの少し背負っているという自負が、今日からのわたしを支えてくれるでしょう。あの人は、ずっとわたしのそばにいます。そう、あの人は、すべての人のもので、しかも、わたしだけのもの。ちょうど、あの月のように。いつのまにか、月の光があんなに清らかに。あの人を照らしてくれる、冴え冴えとした月の光に、わたしの心も洗われてゆくようです……。

＊

月は子午線にとどまったまま
皓々たる光を地上に投げ下ろす
澄明な光が金属音をたてて降りしきる
地上のすべてのものは眠りの中で
月光の奏でる音楽に聴き入る
冴え冴えとした月光の音楽に
空気は冷たく澄み渡り
冥界からあふれる闇も
清浄たる黒曜石の結晶へと変化する
欠けるところのない月から
白金の雫が滴り　月長石の雫が滴り
白金の光に空も澄み渡り
光を浴びた廃墟は静かに憩う

廃墟の影が世界に正中し
時は現在の中で凍りつく
廃墟は己の時の中を旅し
廃墟は己の時の中を漂い
月長石の光を透明に研ぎ澄ます
冬枯れた葦が風にそよぎ
蕭々と時を渡る風に葦はそよぎ
静寂がすべてを支配する
時は凍り　時は流れ
すべては一時の夢
この世はすべて夢の影
刹那に永遠が横たわり
永遠は刹那に含まれる
しんしんと　しんしんと月光は滴り
しんしんと　しんしんと闇は凝る

＊

さらさらさら、さらさらさらと、光はあふれ、
さらさらさら、さらさらさらと、光はながれ、
わたしの魂のひだというひだを潤し、
わたしは内側から透明にすき通ってゆく。

＊

わたしの心は廃墟
月光したたる廃墟

＊「　」内の引用は、アイスキュロス『供養する女たち』(呉茂一訳)、ソポクレス『エレクトラ』(松平千秋訳)、エウリピデス『エレクトラ』(田中美知太郎訳)、『オレステス』(松本仁助訳)による。

＊

ひゅうひゅうひゅう、ひゅうひゅうひゅうと、
駿馬《しゅんめ》の群れが天空を駆け抜け、
ひゅんひゅんひゅん、ひゅんひゅんひゅんと、
駿馬の群れが天空を踏み砕き、
胸のふいごのうちを駆けめぐって、
再び天空の果てへと走り去ってゆく。

＊

夜の黒い支配がうち壊れ
ざらついた闇のふちが仄《ほの》かに明るむ
オレンジの花の匂いに噎《む》せ返る
夜の濡れた幕をうち破って
天空から躍り込む原初の光の一閃
囁くような風の一陣が生まれ
大地をやさしく震わせて風が生まれ
からだの中心を駆け抜けて

たちまち時の彼方に走り去る
わたしは風
太古からの風の記憶
蘇る記憶の鮮烈さに
わたしの心は不意に震える
ぴゅうぴゅう　ぴゅうぴゅうと風は吹き
びょうびょう　びょうびょうと風は泣き
自らの生まれた処から
最も遠い記憶をもとめて
わたしは冥界へと吹き降りてゆく

＊

おれの胸の底を兇暴な風が吹き抜け、おれの体の底を狂った風が暴れた。何かが砕ける衝撃を両腕に感じて、ハッと足元を見ると、弟よ、お前が頭から血を噴き出して倒れていた。血は限りなく噴き上がって、アーモンドの花びらを真っ赤に染めた。その場に立ちつくしたおれの手は、お前の髪がこびりついた鋤《すき》を握っていた。置き去りにされた子供のような、そんな目でおれを見ないでくれ。……荒地は弟の血を呑み込んで赤い円を描き、それでも足りないのか、さらなる血の匂いを欲している。ギラギラ照りつける太陽が、情容赦もなく頭を撃ち、おれの中の大地がグラリと揺れる。流された弟の血が土の中からおれを呪っている。呪え、呪え。もっと呪え。……おれの想いは受け入れられなかった。荒地にへばりついて、血と汗の果てにようやくにして得た実りなのに。地上をしなやかに跳び、草原を駆けぬけて得たお前の献げ物は受け入れられたのに。狂った風がおれの胸の底で暴れ、おれの胸の底から遁れ出ていった。……弟よ、おれは、お前を憎んでなどいなかった。ただ、草原を風のように駆けめぐるお前の存在が妬《ねた》ましかった。ああ、お前の心臓の鼓動が、おれの胸のうちで轟く。お前の流された血が、おれの血管の中で沸騰する。お前の血から遁れるため、おれは自分自身から遁れてゆく。でも、お前の血の匂いが追いかけてくる。追いかけてくる。ほら、弟の血がおれを追いかけて、頭の中を駆けめぐる……。

＊

違うよ、兄さん。追いかけているのはぼくじゃない。兄さん自身の血だよ。ああ、かわいそうな兄さん。あんたは、敵が自分の心のうちにいることに気づこうとはしなかった。ぼくはあんたを憎んではいない。ぼくの血が、大地に溢れ出したことにびっくりしてしまっただけだよ。いきなり目の前が真っ暗になり、やがて縁《ふち》から真っ赤に染まってゆく。次々に噴き出してくる血はとてもきれいだった。まっさらの朝に立ち昇る太陽のように。兄さん見てくれた？　血の匂いが辺り一面に満ちわたり、世界がぼくの血の匂いに染まる。気が遠くなる瞬間に、兄さんを呼ぼうとしたけれど、声が、声が……もう出なかった。息を吐き出そうとするのだけれど、のどからは風の音しか出なかった。悲しまないで、兄さん。ぼくはあんたを恨んじゃいない。恨むわけがない。ぼくは、兄さんの記憶のなかで生きてゆく。だから、ぼくのことを忘れないで。ぼくの記憶を振り捨てようとしないで……。ずっといっしょだよ。決めたんだ。だから、悲しまないで……。ぼくは、兄さんの血のなかに入ったのだから。ほら、血管のなかをとどろく風の声が……。

*

風は胸の底から吹き上がり
荒野から森へと吹き渡って
大地の起伏の隈々《くまぐま》を経巡り
地の果てまでをさまよって
やがて海へと到り着く
残《のこ》んの風は松林を駆けめぐり
松葉の一つ一つを吹き鳴らし
自らの葬送曲としての松籟を
浜辺に空しく響かせる
風は海辺をさすらい　さまよい
記憶をすべて海に洗い流そうとする

波は荒磯《ありそ》を襲い
波は荒磯を引き
行き泥《なず》んでは
ぶつぶつ　ぶつぶつと
昔日の繰言をくり返す
潮は満ち
潮は返し
ぶつぶつ泡立つ荒磯のうちに
幽《かす》かな嘆きが紛れこむ
哀しい願いが紛れこむ
潮は満ち
潮は返し
潮は満ち
潮は返し……

＊

ああ、海のことも知らずに、役割を交換しようと考えた私が愚かだった。猪や鹿の棲む森のなかだけで生きていればよかった。だが、全く別の世界、未知の世界を一度生きてみたかった。兄上が身に纏《まと》っている海の神秘に触れてみたかったのだ。確かに、兄上の大切なものを失くした私が悪い。だからこそ、命そのものとも言える剣《つるぎ》をつぶして、代わりに差し出したのだ。だが、兄上は、頑なに受け取ってはくださらぬ。自分のを返せと言い募る。わたつみの神よ、助けてください。私の心は、こんなにも一人ぼっちだ。今まで、兄上と私とで一つの心だった。だが、海と山とが、私たちの心を引き裂いてしまった。今、海を渡ってくる潮風は、森を吹く風とは、匂いも肌触りも違う。私たちの心は、この二つの風のように異なってしまった。海と森とでは、世界の成り立ちが違うのか。今こそ、兄上の心のうちが知りたい。海からの荒ぶる風が、私の心を吹き荒れる。この潮の匂い、潮騒の音。これを、心のうちに取り込めば、兄上の心に近づけるのだろうか。教えてください、わたつみの神よ……。

＊

海と山どころか、天使と野獣ほどのちがいでした。わたくしはみごとにだまされたのです。お見合いをしたあのうつくしい若君が、夫になるひとの弟君だと知った婚礼の夜。そのときの胸つぶれる想いをわかるという人がいたら、わたくしはそのひとをうそつき呼ばわりして、なんの良心の呵責も感じません。海風に胸ふくらませて、輿《こし》入れの荷物とともに隣国のこの城に入ったとき、あの方がわたくしをむかえ入れて、オレンジの花冠《はなかむり》をかぶせてくれました。新郎と新婦は当日、婚礼の儀までは顔をあわせてはならぬしきたり。そのとき、なにかゾッーとつめたいものが背筋をはしりましたが、つとめて気づかぬふりをしました。あの方の顔もあおざめて、くちびるの色もなく、碧《あお》い海の色の瞳もかげったままでした。婚礼の儀のとき、豪奢な衣裳に身を固めていたのは、あの方とは似ても似つかぬ男。まるで野獣のような野卑な顔に、骸《むくろ》のようなみにくいからだ。とても血を分けた兄弟とはおもえません。あのとき、あのまま息絶えていたら、どんなにしあわせだったでしょう。この世のものとはおもえぬ天使のようなおもかげと、海をおもわせる深い碧をたたえた瞳の記憶だけを胸に、あの世でもしあわせに生きてゆけたでしょう。あのとき以来、わたくしの血は凍ったまま。荒れ野のつめたい風が胸のうちを吹きあれています。この血を溶かしてくれるのは、あの方をおいてはほかにありません。あの方の胸の熱い血潮だけが……。

＊

ああ、頭よ、割れよ。胸よ、張り裂けよ。今しも、あの人と兄上が、同じベッドに。……考えるだにおぞましい。なぜ、私が兄上で、兄上が私ではないのだ。今はもう、己の存在を、この手で消し去りたい。あの人をだましたのは、他ならぬ私なのだ。兄上を怨《うら》む。呪う。でも、それ以上に怨むべきは、呪うべきは、私自身なのだ。……ああ、なぜあの時、兄上の身代りになることを承知してしまったのか。兄上に対する同情もあった。軽いいたずら心もあった。しかも、相手は隣国の姫君、いずれは兄上の奥方となる人の顔を見てみたいという、若い好奇心がなかったとは言わぬ。それが、こんなことになろうとは。ああ、今は会わねばよかったとさえ思う。いいや、今となっては、あの人のいない日々など考えられぬ。でも、こんな形でなかったなら……。嫉妬という感情が、こんなにも己の身を食むものであることを、ついぞ考えてみたこともなかった。私は、己の境遇に驕《おご》り昂《たかぶ》っていた。あの兄上の弟であるがゆえに、いつも私は注目を浴びていた。兄上に振り向けられるはずの賞賛を浴びて、得意になっていた。だが、私は単なる兄上の身代りにすぎなかった。実体のない飾りにすぎなかった。それを愚かにも、私自身への賞賛だと思い込んでいた。……ああ、アーモンドの花びらが兄上と私とを包み込んで吹いた、あの幼いころの無垢の風が、再び吹くことはないのか。身内を吹き荒れるすさんだ風の跳梁に、私の心は突き崩されてゆく……。

＊

かわいた風は荒地を吹きすさび
遙か遠くから微かな唸りをたてる
血に飢えた風は砂塵を巻き上げ
おのれを痛めつけるかのごとく
からだごと大地に吹きつける
遠くうごめくものかげが見え
風は一気にかげに襲いかかり
一瞬にしてこの世から掻き消す
ひたすら耐える人と家畜

はためきひるがえる衣服の裾
家畜のまぶたに砂粒ははりつき
涙にぬれたあきらめきった目で
もの悲しい鳴き声をもらす
人は地面に這《は》いつくばり
家畜は地面にうずくまり
その肌を容赦なく砂の礫《つぶて》が打つ
時を駆け抜けて風は吹き
家々の戸口を敲《たた》いて風は吹き
人を巻き込んで風は吹き
やがて時の彼方へと走り去る

＊

――お前と俺のうちには、相容れぬ風が吹いている。俺たちは、母の胎《はら》にいるときから争いを繰り返していた。お前と俺は、言ってみれば、山風と海風、朝風と夜風。原理の異なるものが同じ母の胎に宿ってしまったのだ。この世に生まれ出るときも、一刻でも先にと争った。俺に先を越されたお前は、あきらめきれずに、最後まで俺のかかとを離さなかった。いつもお前は、卑劣な手を使って俺を出し抜こうとする、生まれついての卑怯者なのだ……。

――それを知恵というのだ。生きてゆくためには、方策が必要なのだ。兄さんには分かるはずもない。全身毛むくじゃらな兄さんは、たしかに巧みな狩《かり》人《びと》だよ。しかし、所詮は野の人。野面《のづら》を走り回って獣を追いかけているだけの男に、人の機微など分かるはずもないのだ……。

――ああ、たしかにお前はよく気のつくやつだよ。めそめそめそめそ取りすがって、いつも母さんの膝を占領していた。大きくなった後も、母さんの天幕の周りをうろうろして、女子供の気づくようなことを細々とこなして……。軟風のようなお前は、母さんのお気に入りだからな……。

――兄さんこそ、父さんのお気に入りじゃないか。兄というだけで、なんでも一番に扱ってもらって、いい気になっていたじゃないか……。

――その俺の長子としての権利を、卑劣なやり方で騙し取ったのは他ならぬお前だ……。

――なにを言う。がつがつ飢えて空腹のあまり、わずかなパンとレンズ豆とひきかえに長子の権利を、兄さんの意志でぼくに譲ったのだろう……。

――それが卑怯というのだ。人の弱みに付け込んで、人の判断力のないときに、そよ風のように親切そうなふりをして、何食わぬ顔で人を騙す。目の悪いのをいいことに、父さんを騙したことをどう言い訳する……。

――ぼくは、父さんの食べたいと言われた料理を、兄さんより先に作っただけだ……。

――ええい、黙れ、黙れ。お前は、「これで二度も、わたしの足を引っ張り欺いた。あのときはわたしの長子の権利を奪い、今度はわたしの祝福を奪ってしまった。」この盗人め!……。

――ぼくは、母さんが授かった予言を実行したまでだ……。

――よくも、そこまで言いおったな。それなら言うが、子山羊の毛皮を腕や首に巻きつけて、俺に成りすましたのはどこのどいつだ……。

――弟に出し抜かれる兄さんが悪いのだ。今度は、兄さんがこのぼくにひれ伏す番なのだ……。

――俺は、弟に仕えるくらいなら、「自分の首から軛《くびき》を振り落とす。」……。

＊

――「あなたは、わたしの夫を取っただけでは気が済まず、わたしの息子の恋なすびまで取ろうとするのですか。」……。

――子のないわたしを哀れんで、どうか恋なすびをわたしに分けてください。姉さんには、もう子供がいるのだから……。

――そんなジャッカルのような狡賢いことをするから、子供が授からないのよ……。

――でも、もとはと言えば、あの人が愛したのは、姉さんではなく、このわたしなのです……。

――なにを言うの。あの人がわたしを愛してくれたからこそ、子供が授かったのよ。それに、わたしのほうが、先にあの人と結婚したのです……。

――それは父さんが、あの人をだまして先に姉さんと結婚させたからじゃないの。だからこそ、そのあとすぐ、あの人は、父さんに申し出て、わたしとの婚礼をすませたのよ。あの人が七年間も苦労して、毎日汗水たらして家畜の世話をしたのも、すべてわたしと結婚するがためだった。それを、姉さんが横風のようにかすめ取って……。

——わたしは、父さんの言いつけどおり、あの人と結婚しただけ。それをどうして責められなければならないの。あなたは、あの人の子供も産《うま》めない石女《ずめ》じゃないの。わたしには、四人ものあの人の息子がいるのよ……。

——わたしの側女《そばめ》のところにも、あの人の息子はいます……。

——もちろん、わたしの側女のところにもいるわ。それがどうしたって言うの。そんなこと自慢にもならないわ……。

——でも、姉さんがなんと言おうと、泉の横のオレンジの樹の下で、あの人が最初に見初めたのは、わたしなのよ。それで、あの人が父さんのところに来たから、姉さんの今日もあるんじゃないの。姉さんの日々には、順風が吹いているのだから、その恋なすびを分けてくれてもいいでしょ……。

——人にものを頼むのに、そんな口のきき方があるものですか……。

——「それでは、あなたの子供の恋なすびの代わりに、今夜あの人があなたと床を共にするようにしましょう。」……。

＊

風はきらきら輝いて
風はきらきら跳びはねて
光のしぶきを撒きちらしながら
周囲を光のいろに染めあげて
草原をかろやかにわたってゆく
草の中からおとうとの笑顔があらわれて
無垢の光をいっぱいにあびた
おとうとの甘やかなほほがあらわれて

信じきった笑みを私に投げかけてくる
ほわほわほわ　ほわほわほわと
颪はやわらかにその場に憩い　また
ほわほわほわ　ほわほわほわと
ほほのうぶ毛をかすめて吹いてゆく
光の筋をほほに刻んで吹いてゆく
颪は笑い声をたてて
川のせせらぎを鳴らし
光の粒子が草原をころがってゆく
かろやかに戯れながら
どこまでもころがってゆく……

＊

にいさんがとおくで手をふった。アーモンドの花びらの色にそまった風が、草原に何本もの道をつけながらわたってゆき、ぼくは大声でにいさんを呼んだ。にいさんの笑顔がとおくで輝いた。ぼくはおもいっきり走った。草に足をとられそうになりながらも、いっしんに走った。いきをはずませて追いつくと、にいさんが手をつないでくれて、その手が大きくてあたたかくて、にいさんとならどこまでも行ける、このままずっととおくへ行ける、そう思った。にいさんはぼくを抱きあげると、おおきくふりまわした。くるくる、くるくると、世界がまわった。にいさんを中心に世界がまわった。目がまわって、世界が目のなかでとけそうになったとき、よろよろと、草のなかにふたりともたおれこんだ。大声をあげてふたりで笑った。笑い声まで、ゆれていた。そのままふざけて、にいさんと草のなかをころげまわった。草の穂がほほをくすぐって、にいさんのひなたの匂いが鼻をうって、ぼおっと、とおい風に連れ去られそうになった。手をつないで草のなかに寝ころがると、たかい空がすうっとはなれて行くようで、気がとおくなり、空におちこむ恐怖に、おもわずにいさんの手をつかんだ。にいさんも手をぎゅっとにぎりかえしてくれた。にいさんはひかりあふれる笑顔で、ぼくにわらいかけてくれた。そのとき、にいさんはぼくの風だった。ぼくの世界そのものだった……。

＊

やわやわやわ、やわやわやわ、
ねんばりとした空気の流れが、
風の墓碑銘を求めて、
時の淵を昇ってくる。
やわやわやわ、やわやわやわ、
苔むした墓地の裂け目から、
ねんばりとした風が吹き上がり、
墓石は音もなく崩れ落ちる。

時の深淵へと崩れ落ちる。
地は悲しく揺れ、
泣き崩れるように揺れ、
いつまでもしゃくりあげる。
垂直に吹く風は、
時の梯子を駆け登り、
時の井戸を駆け下りる。
やわやわやわ、やわやわやわ、
血に飢えた風は、
自らの血を流さずには措《お》かぬ、
人という哀しい存在の、
胸のふいごを吹き荒れる。
人は風の伽藍。
胸のうちに風が生まれ、
胸のうちを風が吹き渡る。
風に翻弄される人の、
風に吹き攫《さら》われる人の、

呪われた血族の、
血塗られた歴史。
湿気た風が吹き、
気の抜けた笑いが響き、
そんな忘れ去られた風たちの、
血まみれの子守唄が聞こえる。
やわやわやわ、やわやわやわと風は吹き、
やわやわやわ、やわやわやわと風は泣き、
身内の風がうごめきだす。
心の風が泣き濡れる。

＊

――ああ、その声は、懐かしいお姉さまの声。その声をどれほど待ちこがれていたことでしょう。その声の主が、今、目の前においでになる喜びをなんと言い表せばよいのでしょう……。

――わたくしこそ、その愛しい名前をいくど口のなかで呟いて、アーモンドの花を吹く風に願いを乗せたことでしょう。もっとよく顔を見せて……。

――せっかくのお姉さまの顔が、涙でよく見えません……。

――ここへ来て、これが夢ではないことを確かめさせて……。

――こういう日がいつか来ることを信じ続けてよかった。何度か、くじけそうになったわたくしを、お姉さまは許してくださるでしょうか……。

——ああ、この声、この姿。この声と姿こそ、わたくしたち姉妹のなにより

の徴《しるし》、わたくしたちの血筋をはっきりと証しするもの……。

——その、同じ血筋のお兄さまたちが、お互いに憎みあって……。

——「ああ、かなしい！　わたくしたち不幸な二人は、

父からうけた呪われた血を

今こそ心の奥底から歎かねばならぬ。」……。

——わたくしたちには、歎くことしかできないのでしょうか……。

——妹よ、さあ、急ぎましょう。「兄弟たちが流そうとしている血を止める

ことができるかもしれませぬ。」……。

＊

――わたしがこの国を出たのも、お前の支配の邪魔をせぬため、この国を、お前の自由に委ねるためだった。そして、約束どおり再び春風が吹くとき、お前に代わって、このわたしが国を治めるためであった。それをお前は、わたしが国を出たのをいいことに、約束を反古《ほご》にして、己がいつまでもこの国を治めようという欲に取り憑かれたのだ。

――わたしが治めることこそが、この国にとって最も必要とされること。外《と》つ国の姫と結ばれ、義理の父に唆《そそのか》されるがままに、その外つ国の利益のために祖国に弓を引こうとするような男は、全くもって信用がならぬ。お前こそ、己の権力欲のために目が見えなくなっているではないか。

――ええい、黙れ。野望に取り憑かれた、このうそつき野郎め。お前が約束どおり、おとなしくこの国を渡せば、兄弟に免じて命だけは助けてやろう。

――何を、お前こそ素直に兵を引けば、この剣に手を掛けずにいてやろう。

――やめて！　お兄さまたち。血を分けあった兄弟で争って、何の利益があるというの。ここは冷静に話し合いましょう……。

――話し合って、分かるような奴ではない。「わたしは国払いとなって父祖の地から追い立てられた。すべてを治《しろ》しめす御座《みくら》に坐ることを、兄に生まれたからとて、求めたためだ。」

――お前こそ、突然、父祖の地を滅ぼすために兵を進めおって……。

――落ち着いて。もとはといえば、一年ずつ交代でこの国を治めるという約束を破ったお兄さまが悪いわ。ここは約束どおりこの国を譲るべきだわ。

――馬鹿を言え、異国の風にかぶれ、異国の君主に唆されて、祖国に弓を引くような奴に誰が国を譲るものか。

――お兄さまもお兄さまよ。故郷に兵を進めて何の得があるっていうの。そんなことをして、人々がお兄さまを心の底から敬うと思うの。さあ、今すぐ軍勢を引いて、戦いをやめて……。

――そんな事はできない。ここで引き下がったら、おれは腰抜けと笑い者にされる。一旦吹いた風は、元には戻らぬ。なんとしても、この国を手に入れるまでは、後へは引けぬのだ。

――そういう邪《よこしま》な思いでいるから、祖国の泉を涸らすような行為に出るのだ。

——やめて！　話し合いましょう。話し合えば、誤解も解けて、きっとよい知恵も浮かぶに違いないわ。

——話し合っても無駄だ。約束を守らない奴といくら言葉を交わしても、時間の無駄になるばかりだ。奴とおれとでは、生きるための原理が違うのだ。

——だからこそ、話し合う必要があるのよ。

——無駄だ。祖国を武力で陥《おとしい》れようとするあいつとおれとは、夜と昼、闇と光。この世に二つといらぬ、互いに相容れない存在なのだ。

——違うわ。たとえ、夜の闇と太陽の光のように互いに相容れないものであったとしても、夜の次に朝が来て、光の後を闇が襲うことによって、毎日が成り立っているように、お兄さまたち二人で力をあわせて、交互に国を治めれば、それが何よりも国にとってよいことのはず。

——おれのこの国をあいつに譲ることなど、絶対にできぬ。

——それでは正義が立ちません。

——なにを言う。力こそ正義なのだ。正しき者の上に神は力を与えるのだ。

——そうだ。いつの世も武力でもって征服したほうが、常に正しき者なのだ。どちらが神の意に沿うか、戦いで決着をつけよう。

——ああ、なんて愚かなことを！　戦いで解決できることなど、なに一つとしてないのに。心までを、剣で支配することなどできるはずもないのに。

――「お前はこの城壁の外へ出て失せろ。さもないと命はないぞ。」

――「長男たるおれが兄弟からこのように嘲笑をうけるのは恥辱だ。」

――「祖国を攻めてきたお前に、誰が耳をかすものか。」

――「おれは、このおれの父親とその報復の女神たちの忌わしい運命の不吉なこの道を歩まねばならぬ。」

――「ああ！　今日こそ父の呪いの成就の日だ！」

――「このおれの剣は血ぬれて、もはやじっとしてはいないであろう。」

――「大将が大将に、兄弟が兄弟に、敵《かたき》が敵にむかうのだ。」……。

――ああ、お姉さま、お父さまの怒りから出た呪いが実現してしまう。

――ああ、お兄さまたちにかけられた、あの呪い、「お前と兄弟は、同じく血にまみれて殪《たお》れるであろう。」という、あのお父さまの、恐ろしい呪いが！

――「悲しい悲しいお兄様、」

――「哀れな哀れなお兄様。」……。

＊

大地は低く震えおののいて、
遙か土煙を巻いた風が上がり、
騎馬の大群が押し寄せる。
嘶《いなな》く軍馬は右往左往し、
楯の軍勢が押し犇《ひし》めく。
空一面に黒雲が懸かり、
太陽の光は土埃に陰り、

不吉な闇が地表を覆う。
戦車の轟きが地を蹂躙し、
車軸の軋みが悲鳴を上げて、
わらわらと兵士たちが生い出ずる。
とりどりに城壁に取り付いた
兜の群れを追い落とすために、
一斉に石の礫が投げ下ろされる。
城門に掛けられた梯子を登って、
一挙に雪崩れ込む軍勢。
槍の撃ち合う音。
兜のぶつかる音。
恐ろしい火が城に放たれる。
ちろちろと燃え出た火は、
その舌を貪欲に伸び広げる。
激しい炎と黒煙の中、
後ろ足で立ち上がる馬。
嘶いて奔走する馬。

どっと血を吐いて倒れる兵士。
片足を捥《も》がれて息絶える兵士。
人の血を啜って軍神は肥え太り、
その血走った目を大きく剝き、
人を運命の釣瓶《つるべ》に落とし込む。
兄は弟を殺し、
弟は兄を屠《ほふ》る。
兄弟が互いに刺し違え、
二つの命が消える時、
大地が同じ血を啜る。

＊

――おれの刃《やいば》が、鈍い音を立てて弟の胸に突き刺さった時、おれの心のうちに湧き上がったのは、喜びだったのか、悲しみだったのか。おれの胸には弟の槍の先が喰い込み、血が噴き出して、もうよく分からなかった……。

――兄の刃がおれの胸に刺さった時、なぜか、これでよかったという思いが、血とともにおれの胸から溢れ出ていった。父上の呪いから、これで解放される、ようやく普通の兄弟に戻れると、溢れ出す血を見て、そう思った……。

――荒野をいくら風とともにさまよっても、弟の血から遁れることはできない。あの日から、おれの手は怖れに震えるばかりだ。『兄さん、兄さん』とおれに呼びかける弟の声が、払っても払っても、耳元から離れない……。

——兄さん、苦しんでいるのかい。ぼくのことで、苦しんでいるのかい。苦しんでも無駄だよ。ぼくの心はずっと兄さんと一緒だからね。ずっと……。

——一つであったはずの私たち兄弟の心は、海と森で暮らすことで引き裂かれてしまった。弟は、海で暮らす私の術《すべ》を侮《あなど》っていたのだ……。

——そう、どこかで私は、兄上を軽んじていた。兄上を可哀相と思っていたのだ。そのおごりに対する復讐がこんな形で訪れようとは……。

——弟の血を見ないでいられるものか。私の奥方を寝取って……。私が国のための戦に出ていたのをいいことに、ふたりでベッドのなかでねんごろに……。許さぬ。決して許さぬ。今すぐにも弟の首をはねてやる……。

——ぼくは兄さんを許さない。同じ血が流れているからこそ、許さない。

——私は兄弟を憎む。私の内部を憎悪の凄まじい風が吹き荒れる。

——血腥い風が吹き荒れ、どこまでも血を求めて吹き荒れ、

——大地の深淵から吹き上がり、地獄の底まで吹き下りて、

——目を射る閃光が空を走り、耳を劈《つんざ》く地響きが轟き、

——きな臭い匂いが辺りに充満する。

――散発的に響く砲撃の音。
――砂漠を駆け抜ける戦車の列。
――金属音が人の心に忍び入り、
――血腥い匂いが人の心を狂わせる。
――人が人を殺し、
――人が人を屠る。
――轟音は頭上を覆い、
――狂った風が心を荒らす。
――怪鳥がばさばさ翼を羽ばたかせ、
――駿馬の群れが天空を踏み砕く。
――大地は揺らぎ、大地は裂け、
――風は逆巻き、風は荒れ狂って、
――人を運命の果てへと引き攫《さら》う。
――骨肉が相食み、相叫び、
――吹きすさぶ風に骨が鳴って、
――カラカラ、カラカラ骨が鳴って、
――万骨枯れて風だけが吹き過ぎる。

——風はとどまることなく吹き過ぎて、
——オレンジの白い花を吹き散らして、
——はるかに青い海原を越えて、
——虚空の果てまで吹き渡る。
——時の風の内側に人は巻き込まれ、
——己の生涯を風の唄のうちに聞く。
——人は風の伽藍。
——心の裡を吹き荒れる風が、
——人を冥界へと引き攫ってゆく。

＊

「私は、憎しみを頒《わ》けるのではなく、愛を頒けると生まれついたもの。」お兄さまたちを分け隔てすることはできません。一方は、祖国のために戦い、その果てに亡くなったという理由で手厚く葬られ、他方は、祖国に弓を引いたという理由のために、葬儀もしてもらえず、墓にも入れられず、荒野の風に吹かれて、野犬や禿鷹が喰らい啄《ついば》むままに辱められている。どちらも、わたくしの愛する兄であることに変わりはないのに。死に、正邪の区別などあるはずもないのに。「誰一人ほかに一緒にこの方を葬ってくれる者がなくとも、このわたくしはこの方を葬り、わたくしの兄弟を葬るために危い目をいといは致しませぬ。」死は、この世を超えた、誰にも犯すことのできない領域。死者を粗末に扱うことなど、だれにも許されないことですもの。ましてや、おいたわしいお兄さま。血を分けた兄弟と争って、互いに刺し違えるなんて。何よりも濃い血筋によって、命を失うなんて。同じ父と母から生まれた兄弟です。その死を、手厚く葬ったからといって何の科《とが》があるでしょう。ええ、「それで死ぬなら、本望ですわ。愛されて、あの方と、私の愛する者といっしょに、私は死んでいきましょうから、浄《きよ》い罪を犯したかどで。」

「颪に流れる雲のように
この足で大気の中を駈けぬけて
兄さまのところへ行きたい、
両腕をなつかしい首のまわりに投げて
長い間国を追われていた方を抱きしめてあげたい。」

＊

風は地上を超えて吹いて
光のなかを天上へと吹き上がり
風は時を超えて吹いて
はるかな過去へと遡り
はるかな未来へと流れてゆく
風は光の渦を巻いて吹き渡り
オレンジの花の匂いを含んで吹き渡り
時の風にアーモンドの花が揺れて

悠久の光のなかで憩っている
わたしは風
太古からの風の記憶
わたしのうちで人は生まれ
またわたしのうちで死んでゆく
ひゅるひゅる　ひゅるひゅると風は微笑み
ぴゅるぴゅる　ぴゅるぴゅると風は戯れ
自らの生まれた処から
最も遠い場所を目指して
わたしは天上へと吹き上がってゆく

＊

かぜは木々を吹いています。視界いちめんにアーモンドの花が咲きにおって、オレンジの黄金《こがね》いろが球形にむらがりかがやいて、そのあいだを、ひかりのつぶが跳びはねています。みわたすかぎり、ひかりがあふれ、そのひかりがかぜとたわむれています。天空のはるかたかみから宙をつらぬいてひかりがほとばしり、あまねく満ちわたってゆきます。身内にひかりがしみ通り、心のうちにひかりがあふれ、ゆびさきからひかりがながれてゆきます。ほほえみからそよかぜがうまれ、心のうちからやわらかなかぜが起こって、ひかりがあふれだしてきます。おだやかなひかりに照らされて、ひとびとの魂がとりどりに発光し、かぜのながれのままにそよいでいます。わたしの心はわたしをわすれたまま、かぜにみたされ、ひかりにつつまれています。ひかりの結晶がいくつもの房となって世界にただよい、そよかぜがひかりの房をゆらしています。ほら、いくつものひかりの房が心のうちにうまれ、かぜがそこからわきおこり、わたしはかぜとなって、どこまでもながれだしてゆきます。

＊

ひゅうひゅうひゅう、ひゅうひゅうひゅうと、
駿馬の群れが天空を駆け抜け、
ひゅんひゅんひゅん、ひゅんひゅんひゅんと、
駿馬の群れが天空を踏み砕き、
胸のふいごのうちを駆けめぐって、
再び天空の果てへと走り去ってゆく。

＊

人は風の伽藍
心のうちに風が生まれ
心のうちを風が吹き渡る

＊「　」内の引用は、『聖書（創世記）』（新共同訳）、ソポクレス『コロノスのオイディプス』（高津春繁訳）、『アンティゴネ』（呉茂一訳）、エウリピデス『フェニキアの女たち』（岡道男訳）、アイスキュロス『テーバイ攻めの七将』（高津春繁訳）による。

＊

本詩集は二〇〇六年六月三〇日書肆山田発行。装画・建石修志。

鉱石譜——Gesteinsproben

憂愁のアンダンテ——Moonstone　月長石

すみわたる紺碧のしじまのうちに
うかびあがるうす青い球体
夜のかたい闇をつらぬいて
月光がななめにさしこみ
光がしたたり　したたたり
地表にあふれ　みなぎり　こぼれ
大気にふれて存在の核へと向かい
月のうす青い光がゆっくりと凝り
酷薄にそぎ落とす月の光をあびて
水のきらめきを妖しく放って
正長石と曹長石との
うすい光の膜を形成し
その互層構造のすきまに
月光は浸透し　ひそみ　ながれ
そこから層を成した青い光が

霊魂をてらすうす青い光が
もりあがり　ほとばしり
そのかがよう波紋の渦が
月の満ち欠けに呼応して
呼吸のようにうつろい
愛撫のようにたゆたい
月のかげに
移ろう／映ろう
憂愁のアンダンテ
律動にあわせて
ふくらみ　収縮して
ひたひたと光うちよせ
調性の岸に光うちよせ
月への郷愁にこころ狂い
旋律が夜の風に吹きさらわれ
天空のしじまに沁みとおり
月光のきらめく鉱石となる

星の巣――Wavellite　銀星石

日が沈むと、深緑の空は急速にその色を濃くし、今や、漆黒の空の奥にわずかな緑をようやくにして留めているにすぎなかった。やがて、目の奥が痛くなるほどの暗闇が襲ってくる。突然、一斉に照明が点《つ》くように、満天の星が銀光を発して瞬きだす。銀の星たちは、その一つ一つが放射状に銀の針を投げかけ、スウィングするように瞬き合って秘密の通信を交わす。互いに手が届く範囲に寄り集まってきた銀の星たちは、それでも、相手を侵蝕することはなく、独自の光に瞬いている。流星が一つ、フィルムを逆回しにしたように自らの尾を追って流れ、森の近くに一本だけ立つ大木にフワッと止まって輝きだすと、時間が静かに逆流し始める。なるほど、これが「星の巣」なんだ。星たちが眠りに帰ってくる場所なんだ。星の瞬きに応じて心臓がドクンドクンと脈打つ。銀の星たちは、「星の巣」を中心にぐるっと円を描きながら規則正しく逆回転してゆく。星たちの瞬きが、胸の鼓動とリズムを合わせる。そうか、これはぼくだけのプラネタリウムなんだ。そう思うそばから、流星が一つ一つ順番を守って、自分の尾を追いかけては空を横切り、スーッと「星の巣」に止まる。何年か前の夏休みに見た、螢の群れる大木が目の前に出現して、一つ一つが手で取れそうな近さで瞬く。でも、螢のようにてんで勝手に群れ飛んだりはしないから、やっぱり星の群れなんだ。銀の星たちは、己を主張してそれぞれ固有の波長で瞬く。きっと星同士で交信しているのだろう。それとも、過去に遡る際の衝撃に、仲間同士で必死に耐えているのだろうか。星は死んだ人の魂だというから、これは、みんな死んだ人たちなのだろうか。ぼくの知っているはずの死んだ人たちが皆、ぼくの魂を呼んでいるのだろうか。だけど、ぼくは、その合図の意味を忘れてしまった。遠い昔、絶対に忘れないって心に決めたのに、全部忘れてしまった。でも、もう少しで思い出せそうで、もどかしさに気が遠くなる。ぼくの魂は透明にすき通り、悲しくもないのに涙が次々とあふれ出て、銀の星たちが目の中で溺れる。次々と飛び込んでくる星たちは、その奥に広がる漆黒の時間を遡ってゆく。やがて、少年の背中にびっしりと張り付いた星たちが銀河を形成し、その一つ一つが瞬き始める。

大陸を疾駆する嵐――Carnelian　紅玉髄

「私はわが祖国が亡ぼされたときに生まれた」
大陸から押し寄せる嵐が島のすべてを蹂躙《じゅうりん》する
花崗岩の荒地に群れるヤギの背を吹き分けて
山腹に自生するコルクガシの葉裏に吸収され
ようやく跳梁を収める風の　最後のむせび泣き
頬に残るその感触も遠い日々のうちに霞んだままだ
山裾から見あげる白銀に輝くばかりの遥かな山々も
身近に迫ってみれば　ただのうす汚れた泥濘《ぬかるみ》へと
見る影もなく変貌していってしまうのと同じように
はらからなどこの身にとってなんの支えにもならぬ
「私の宿命は永続的に戦い続けることに他ならない」
戦のさなかにも肌身離さず内隠しの中にあって
鼓動に感応し続けてきたこの紅玉髄のみが
私の体温のかすかな変化を逐一知っている
その硬質な温《ぬく》みをつねに確認しないでは

私は己の生の軌道を感じ取ることができない
八角形に自足するこの印章を太陽にかざせば
血汐に染まった透明な肌を見せてひそかに脈うつ
《神にすがる奴隷アブラハム》の沈み彫り文字
この予言めいたことばに導かれるがままに
私自らが〈万人の父〉となって　いつの日か
カナンのすべての土地を手に入れるだろう
「崇高から滑稽への距離は一歩にすぎない」
ロゼッタ石に刻まれた古びた聖刻文字も
私の抱くこの壮大な規模の実験と比べる時
ささやかな三位一体の滑稽な例証と化す
ナイルに吹き荒れる砂嵐など児戯に等しい
熱月の太陽が今まさにピラミッドに正中する
砂塵を巻き込んだ風がうなり声をあげて吹きつけ
トルコ軍の白刃が煌めき　雌雄を決する戦いが迫る
隠しにひそむ紅玉髄の肌理《きめ》細かな肌に人知れず触れる
「私は初めに知っていたこと以外何一つ学ばなかった」

青空の鏡——Opal　蛋白石

光と水の戯れがしずくとなって凝《こご》る青空の鏡
ハシバミの葉の大きさほどもある卵型のオパロス
見る角度によりさまざまな色の変化を溢れさせる石
俺の所有欲がかつてこれほど疼いたことがあろうか
いや俺のためではない　すべてはあの女王のため
あの色と光の変幻自在を俺のものにすることは
神秘の化身である　あの女王を手に入れること
その奥に広がる南方の沃野を手に入れること
五月のオリーブの葉むれに戯れかかる
木洩れ日のように無邪気で純真かと思えば
朝日を浴びた湖面の煌めきのごとく取り澄まし
金銀で飾り立て　紅の帆をはった船ほど妖婦めく
時には澄みきった秋の夕焼け空のようにおだやかで
別の日には突然奔走する稲妻の閃光のごとく猛々しい
その度に俺の心は神の意志におびえる子羊のように

光や色の反射具合にいちいち感応しては揺れ動く
回折し　たゆたう光の戯れが憩う宝石の女王は
魔術的な力をもつあの女王の瞳の双生児
巧みな話術と甘美な声音で誘惑する
清廉で教養高く気品溢れる女王にして
全身から妖艶さを発散する娼婦そのもの
その瞳は　遙か未来を予知し　幸運を呼ぶ
光と水の戯れに濡れきってとまどう天使の瞳
神がキューピッドの目から作り賜うた奇跡
真実の精神が具現化した神聖さの煌めき
掌にすっぽりと収まる色彩の変化が
こんなにも俺の心を狂わせる
これを手に入れるためなら
キプロス島もキレネも物の数ではない
アレクサンドリアの春が常に身のまわりで輝く
色と光の自在な戯れが卵型に憩う青空の鏡こそ
是が非でも俺のものにすべき運命なのだ

天空と海洋の劇——Neptunite　海王石

眠りは析出する夜の扉を開けて遁れ出てゆく冥界の駿馬《しゅんめ》だ　漆黒の闇が凝《こご》ってガラス質の眠りを形成し　そこに幽閉された悠久の回廊を燎原の火が駆け巡り　海神と支配権を争った兄弟姉妹たちの流された血のひと雫が　黒に透き通る単斜晶系内部にほのかに浮かび上がる　復讐の血がちろちろちろちろと燃え　その灼熱に柱状結晶の横断面が悲鳴を上げ続ける　燎原の火は己を越え出て疾走するがゆえに燎原の火であり　復讐の血は自らの中心を穿《うが》って凍りつくがゆえに復讐の血となる　冥界の駿馬に引かせて駆け巡る馬車の轍《わだち》は荒ぶる嵐となり　闇のたてがみがかき乱す空気の層は若い竜巻となり　緑の衣をうちふるうその裾の波紋は貪欲な津波となって　崩れ落ち続ける大地を揺るがし剝ぎ取り奪いつくす　幾つもの水の層を通過した光が華やかに戯れる海底のパノラマでは　妖艶な海のニンフたちを驚かせ楽しませるために　花虫類が夥しい触手を広げてその刺細胞を優雅に波にくねらせ　軟体動物が奇態な形状をさらして血みどろの争いを繰り広げる　甲殻

類は己の殻を破る長い試みに滂沱《ぼうだ》の涙を流し　棘皮動物は天空に昇る日を夢見て淫らな眠りを貪る　それらの 恣《ほしいまま》な欲望が金属元素と化して凝縮し　もう一人の北方の海神エジルの剣になぞらえられた輝石の針に護られて　氷に閉ざされた島の閃長岩の岩脈の砦のうちに眠り続ける　豊饒な眠りの内径に巣食うリチウム元素は　水との激しい反応を繰り返して擬装された出自を変容させながら　大気をゆらりゆらりと昇りきった末に急激に冷却されて黒雲となる　海を覆い尽くした黒雲はやがて閃光を発して大音声を轟かせ　視界を塞ぐほどに大粒の雨をぶちまけて　自らはジグザグの光の矢となって昏倒する大地に落下し　地殻を蹴破って存在の淵源の闇へと一挙に到達する　光の矢は結晶の核たることを自覚して濡れきった闇の中心部へと飛び込み　復讐の欲望に燃えたぎる火を鎖状の珪酸塩組成のうちに幽閉して　冥界の駿馬が見せる稲妻型の奔走をその圭角に反映させたまま　うす青いベニト石への郷愁とともに泡立つソーダ沸石に抱き取られて　大地が語る神話のか黔《ぐろ》い永遠の時の層を　貝殻状にきらめく色彩の波動を発しながら沈潜し続けてゆく

方舟——Garnet　柘榴石

激しい雨の音が
ゴフェルの木の屋根を
打ち据え続けている
階下でけものたちの身じろぐ気配がし
雨を含んだ尿の匂いに混じって
肉の立てる濃密な空気が全身をくるみこむ
夜明けまでにはまだ時があるだろう
ゴフェルの木組みの上から
何度も塗り重ねた瀝青《れきせい》のような
濃い闇がねっとりと肌にまつわりついて
けものたちの息をすう音吐く音が
生々しいほどの近さで聞こえる
「人は肉に過ぎないのだから」
饐《す》えた匂いが腋窩《えきか》から立ち昇り
けものたちの匂いに同化してゆく

樹脂状の光沢を発散している懐から
疫病除《えきびょうよ》けの柘榴石を取り出してみる
偏菱《へんりょう》二十四面体に耀《かがよ》う結晶から
燃え上がる炎の色が溢れ出し
闇の中に存在だけを浮き上がらせる
頑丈に造られた母なる子宮に護られて
芽ぶく前の小さな種子であるわたしたち
死に絶えてゆくけものたちの遠い叫びも
激しい雨音のうちに掻き消され
この小部屋にまでは届いてこない
柘榴石の暖かな微光に照らされて
生まれてからの六百年の歳月が
蜃気楼の記憶のうちに揺らぐ
気負ったワタリガラスの翼が
闇をバサバサ切り裂く音がする
「すべて肉なるものを終わらせる時が
わたしの前に来ている」

沈黙の舞踏――Xylophonite　木琴石

沈黙にふける石の舞踏　あるいは
石を離脱しようとする音のかたち
一瞬の打擲《ちょうちゃく》によって溢れ出る気韻に
己の出自と来歴のすべてをさらし
形象をふりほどく波動のかたち
強固な組成のみがもちうる
澄明な波紋とひきかえに
析出してゆく沈黙の叫び
沈澱してゆく静寂の祈り
闇の充溢が凝る結晶から
硬質な音の放射がきらめいて
沈黙と静寂の劇を産み落とす
沈黙から飛び立つ気韻
静寂から簇生《そうせい》する石韻
それら対立葛藤し相克する

透明な祈りと叫びの戦いを
耳にすることはできない
耳にしてはいけない
耳に入り込んだら最後
石韻の静寂によって
気韻の沈黙によって
鼓膜の薄絹は引き裂かれ
魂の奥底に埋め込まれた
あなた自身の沈黙の石と
幾夜もの静寂の祈りとが
一挙に覆ってしまうから
石から放射される波動
形而から飛翔する黙示
空気が破れ砕け飛散し
闇が音波を核に結晶する
中空の虚無に弄ばれながら
石は音楽の状態に憧れる

王朝最後の耀き——Emerald　翠玉

代々重ねた肉親の契りによって
次第にその血筋を濃くしてきた
一族の三百年にもわたる歴史も
わが王朝最後の耀きの一雫《しずく》である
深緑の海の光に凝《ここ》るこの首飾りの
紅海沿岸での深い眠りと比べれば
ほんの一瞬の光芒にしか過ぎません
弟を夫とし　その夫に疎まれてから
始まったわたくしの魂の流浪の物語
あの豪胆なローマ人との経緯についても
口さがないうわさが飛び交っていますが
真実など砂漠の砂粒ほどありふれたもの
何処を探しても平凡退屈なものばかり
あの壮大な図書館を焼き尽くした炎が
この首飾りに一点の火を灯した情景は

記憶の煮凝りの奥に燃え盛っています
きっとこの地の神　エメラルドの王子が
太陽の光を集めて火を放ったのでしょう
この胸の炎も太陽神のしわざかもしれません
それに比べてあのローマの将軍はとんだ疫病神
執念くまつわりついた挙句に運命の手管のなか
でもそのことを少しも後悔はしていません
所詮偶然という名のいたずらなのですから
わが一族にとっては死も永遠の眠りの揺籃《ゆりかご》
囚われたままローマに引き立てられていって
人前にわが身をさらすなど誇りが赦さないこと
わたくしという存在が地上から消えたとしても
再生の春は変わらずこの土地を訪れるでしょう
アレクサンドリアの月もあんなに満ちました
いま　マケドニアの血がこの胸に流れるとき
さあ　蛇除《よ》けのエメラルドをはずしましょう

白貂の和毛——Bloodstone　血石

ええ、連日拷問のようでした。あの方はわたくしに、体を右に向け、逆に顔は左に向けて、じっと立ったままでいることを強いました。（あるひとつの動きを画面に打ち出すには、必ず、その逆の動きを基底部にさり気なく置かねばならぬ。）血石の二重の首飾りが重く、首を支えたままの状態でいるのがやっとでした。ええ、血石は公からの贈り物。公は、血を好まれるご気性のゆえでしょうか、闇に咲く血の花火のようだと仰って、血石をたいそうお気に入りだったのです。（白い肌の透明感を出すために、襟元に黒に近い緑を置くこと。光と影との対照の中心に見る者の目を引きつけること。）あの方は、絵筆も取らず、食い入るようにわたくしの胸元を見つめて、初めはわたくしに興味がおありかと思いました。でもそこに、愛がないのです。冷たい観察のための目。物事の本質を暴いてしまおうとする、ぞっとするほど冷厳な熱意。（想像のうちで皮膚を剝いで、その筋肉や腱の動きのひとつひとつを手のうちに感じ取るほどに認知しなければならぬ。）そのくせ、絵筆を握っているときも大層気紛れで、いつもほかごとを考えているふうで、ふと思いつくと、絵筆を置き、口のうちでなにごとかを呟きながら、傍らの手帖にその不思議な逆さ文字を、左手で一心不乱に書き込むのです、わたくしを放っておいたまま。（鳥の飛翔を参考に浮遊の原理を導き出すこと。大気中と水中との抵抗力の違いを再考してみること。）かと思うと、あの方は、わたくしの左肩に青い上着をやさしく掛けられました。そして、袖の緋色が、青の下から覗くように整えられました。その手がわたくしの腕に触れ、不意のことで、少しだけわたくしの胸の奥が早鐘を打ったことを否定はしません。（白貂の純潔性を際立たせるには、その周囲を不吉な血の色を思わせる緋色で囲うのが効果的だろう。）何といっても、いまをときめく宮廷画家。しかも、男盛りの年齢ときては…。でも、女性には興味がないというもっぱらの噂は、どうやらほんとうのようでした。「小悪魔」と呼ぶ素行の悪い美少年を身近に侍らせるようになったのも、すぐ後のことです。（まず腰の骨の構造を描き、そして太腿から膝に至るまでの運動筋をひとつ残らず写し取ること。）いいえ、白貂は、わたくしのではなく、公の大切になさっていたもの。でも、すっかりわたくしになついていました。白貂を抱く姿は、公自らの強いご希望でした。ええ、白貂は、ご存知のように、公の象徴でもありましたから。（貂の敏捷な動きの本質を捉えねばならぬ。それが、動きの中での一瞬の静止でしかないことを、画面を見る者に感じ取らさねば…。）白貂をじっとさせるのに苦労しました。しばらく大人しくしているかと思うと、いきなり弓形に体をのけぞらせて、わたくしの腕から遁れようともがきます。あの方は、その動きを食い入るように見つめていました。（右手の指の形象と貂の体が描く弓形との関係を、構成要素の中でさらに緊密なものにすること。）白貂の柔らかな毛並が両手を心地よくくすぐり、わたくしは、あの方に見つめられていることも忘れて、おなかの和毛《にこげ》をいつまでも愛撫していました。その時ばかりは、白貂もわたくしの腕のなかで、もの憂い眠りをむさぼっているようでした。（官能性は直接の描写のうちにはない。一本の指のほんのささいな動きだけで、画面全体に濃密な官能性をゆき渡らせねばならぬ。）窓からは、遠く山脈も見渡せるうららかな日々でした。時間がそこだけ滞って、濃い時間の蜜がわたくしたちを取り囲んでいました。公は、進み具合を見るためと仰ってしばしば画室を覗きにいらっしゃいましたが、気になるのは進み具合だけではなかったようです。（あえて背景を黒一色にして外界との関係性を絶ち、そのことによって、濃密な時間の質感を画面のうちに定着させること。）それにしても、血石の首飾りのなんと重いこと。公の流された夥しい血の呪いが、わたくしの首を絞めつけるよう。血石に封じ込められた血とわたくしの体を流れる血とが感応しあって、ひたひたと打ち寄せる血腥い匂いが、息苦しいほどに漂ってくるようです。（心臓は、収縮と拡大とを繰り返すその潮汐《ちようせき》現象によって全身に血液を循環させ、肺臓は、心臓に新鮮な空気を送り込む鞴《ふいご》としての役割を持つ。）

蠟燭の炎——Pearl 真珠

つややかに濡れた闇が視界を覆い、目の先にふたつの赤い炎が浮かび上がる。炎は一旦消えかかりながらも、大きく揺らいで立ち上がり、周囲の闇を後退させる。入れ替わりに女の姿が白く浮き出て、視界の左半分を占める。ふたつの炎は双生児のように右に左にまったく同じ動きを見せ、やがて枠を照らし出すことによって鏡の存在を知らせる。

「いったい、どうしてしまったのでしょう。わたしの意志とは無関係に、こんなにも心臓が早鐘をうって、頭がぼうっとしてなにもかんがえられません。どうしてなのでしょう。わたしがこんなになってしまうなんて。動悸があまりにもはげしく打つので、胸が痛いほど。別のいきもののように、かってに心臓が躍りだしそう。おちつかなくては…」

女は椅子に坐り、左に顔を向けて鏡のなかの炎を放心したように見つめている。炎はまっすぐに立ち上がり、上部でほのかに揺らいで、それを鏡が忠実に映し出す。着なれた木綿の生地が照り返しを受けてやわらかな白に輝き、大きく開けた胸元の肌の色をふちどる。蠟燭の光を受けた部分と陰の部分とが、強いコントラストを見せてせめぎあう。

「ああ、わたしは、肉体のか弱さ、もろさにひきずられ、いくつの罪をおかしたことでしょう。そして、そのことに気づかないふりをして、いく日むなしい日々をすごしたことでしょう。真珠の髪飾りなど、すててしまいましょう。いつわりに輝くものなど、虚飾にみちた過去の日々をおもいださせるばかり。わたしには、もう必要のないもの…」

女は真珠の髪飾りをはずして、テーブルの上の蠟燭の脇に置く。たちまち、豊かに波打つ髪がかすかな音をたてて肩から背中にかけてこぼれかかり、つややかな金色が周囲に溢れかえってきらめく。風もないのに蠟燭の炎がこまかく震え、動揺するようにこまかく震え、その光を浴びた真珠が鏡のなかでわずかな金色を反射してにぶく光る。

「あの人の足をみたとたん、悔恨の涙がわたしの目にあふれました。甘いなにかがこころのうちにあふれて、思わずかけよってあの人の足に涙をこぼしてしまいました。その足をこの胸にだきとりたい。ただただ、いとおしさから、わたしはナルドの香油をあの人の足にていねいにぬりこみました。ナルドの香りが部屋いっぱいにひろがってゆきました…」

光が届かぬ椅子の後ろのくらがりで、香油の壺がひっそりと休息している。蠟燭の油がジュッと音をたてて揺らぎ、しばらく揺れまどった後、ふたたび静寂のうちに光と影の秩序が回復する。女はみじろぎもせずに、鏡に映る炎を見つめ、自らの想いの内部に沈みこんでゆく。香油の壺は、女のうちから溢れる闇を呼吸して眠りこけている。

「両足にぬり終えると、わたしはこの髪で香油をぬぐいとりました。ナルドの香りがわたしの髪にまでうつり、突然の幸福感にわたしの胸はつまりました。そう、あの人の霊が髪をとおしてわたしのからだのうちに入ったのです。そのとき、わたしのくるしみはわたし自身のからだをこえ、だれのものでもない大きなものに包まれました…」

女は自足したようにいつまでも椅子に坐り続けている。蠟燭の炎は、陶器を思わせる透き通った肌を照らし、蠟のひとしずくが蠟燭立てにゆっくりと滴る。女は心もち顔をゆがませ、そこに、心の底からの悔悛とも、とろけるような恍惚とも見える表情が浮かぶ。突然、女の目から大粒の涙が溢れ、真珠の髪飾りの上にこぼれ落ちて光る。

置換する快楽——Vivianite　藍鉄鉱

置換する快楽の
その脆い構造
酸化する鉄の
その青い波動
自らをなし崩しに壊滅させ
酸化の極致に至らしめることで
初めて到達する至福の崩壊感覚
かつて太古の地を闊歩した骨の
悠久の風にひるがえった葉脈の
確かな存在の記憶に支えられて
次々と輪廻を繰り返す燐酸塩鉱物
失われゆくものへの哀歌を奏でながら
忍び流れるギターの低いトレモロ
その音波にも崩れ落ちる藍鉄鉱
置換して置換して置換し続けて

漸くにして行き着いた
無色透明の結晶の極みから
自らグタグタに崩壊することへの
甘い快楽の予感に陶酔する単斜晶系
変化して止まぬものだけが持ちうる
時の蛹化作用に逆らいながら
結晶にとどまり続けるために
自らを変容させる忘我の装置
真珠の光沢を発する
無色透明の未来形の回路が
徐々に藍色へと染まってゆく
その過程に発する眩暈のする遊歩
喪失が齎《もたら》す変容の喜び
崩れ去る至高の分岐点で
刹那の藍に自足しながら
流転のうちの静止を夢見る
藍鉄鉱の孤独に映る憂愁の影

王族の仮面――Jadeite　翡翠輝石

わずかなガラス光沢を見せて半透明に輝く仮面から、不思議な霊力が穏やかな緑色の光を帯びて流れ出してきている。おそらく原石から加工される以前に既にできていたであろう酸化による茶色の筋が、額の右上から左の頬へと、まるで刀で斬られた疵痕《きずあと》のように真直ぐに走っていて、それが痛々しさと同時に、妙な生々しさをその仮面に与えている。虚空を見据えるアーモンド型に穿《うが》たれた二つの眼窩《がんか》、冥界の原理を語り出そうとする半開きのままの口元、妙なる音や神秘の声を聞くために開かれた耳。冥界に通じるものとしての風格を、この仮面は既にして備えているように見える。つまり、眼、口、耳といった穴の部分が、死後の世界との通路であることによって、仮面は現世と冥界とを自在に往来する装置となっているのである。死者を畏れ崇《あが》めるとともに、その霊魂の不滅を願う意味でも、あるいは、死者を神に同化させる化身本能を具現化するための媒体という役割からいっても、仮面の造作は、ともに埋葬されたであろう亡者のそれを象《かたど》ったことは間違いない。耳朶《じだ》に穿たれた穴は、紐を通すためのものであろうことから、墓室に安置された亡者の顔に直接装着されたと推測できる。素材には、最も貴重であり、加工も難しかった翡翠輝石が使われていて、当時の技術がどれほどの水準を保持しえていたかは、細部の肌触りを少し確かめるだけでも実感できよう。翡翠輝石は、珪酸塩鉱物の一種で、元来は白色であるが、微量のクロムを含むことによって美しい半透明の緑色を呈する。硬度はそれほど高くはないものの、繊維状結晶が複雑に絡み合って非常に粘り強い性質をもつ。当時、人々から不老長寿の霊力をもつとされた呪術的な石で、防腐作用とともに、死者に生命力を与える働きをもつとも考えられていた。死者といえども(いやむしろ、死者だからこそ)、絶えず生命力に触れる必要があると考えた彼らは、埋葬するに際して動植物を象った様々な翡翠細工を副葬品として収めた。現在でも、墳墓からしばしば出土し、特に頭蓋骨の傍で多く発見されることから、死後も食物に窮することのないよう、口に含ませて埋葬したと推測されている。副葬品の翡翠細工の中でも、人を象った仮面は、その人自身の力を帯びることになるため、死者と生者とを繋ぐ特別な霊力を持つものとされ、尊崇されると同時に畏れられたことから、王か、その親族に限って特別に作られたと考えられる。もっとも、これには異論も多く、一般にもよく知られているこの民族独自の太陽崇拝の信仰から、これを、太陽神を人格化し、可視化するために造型した仮面だとする説もある。しかし、この仮面から吹き上がってくる冥界からの闇の声に耳を澄ませば、その説は強く排除されるべきであろう。

瓦礫の風景――Diamond 金剛石

黒ずんだ影と化したものたちが／つぶだつ死のざわめきを内に秘めた静寂のなかで／眠れぬ身を横たえている／夜明けを予告する薄明のうちに／ふと／水気を含んだ清新な風が吹き渡る〃破裂した水道管からは／自らの桎梏を突き破る鋭角的な音を立てて／水が噴き出している／水は／薄明の闇を空気の粒にして洗い流している〃突然／瓦礫が音も立てずに崩れ落ち／粉塵がひとしきり舞い上がる／焼け焦げた死の匂いが／帯状にくぐもって鼻を撃ち／降り注ぐ水の微粒子にくるみこまれては／再び沈黙のうちに沈み込む〃街は眠れぬ夜を過ごしている／夜の闇を持てあましながら／本質的な眠りが二度とは訪れない／不眠のうちに身を横たえている／どす黒く渦巻く欲望も／絶滅に向から稀少動物のように／今は薄い闇の底に沈み込んで／血腥い瀕死の息を潜めている〃生きているものみなが／身内に抱え込んだ死を反芻するかのように／身じろぎもせずに横たわっている／もはや呼吸しないものたちのことに思い至ると／自らの／息を吸う音／吐く音が／

耳に付いて眠れないのだ⫽己の内部が崩壊してゆくさまを／映像として見てしまったものたちは／その空虚の深みに身震いし／時ならぬ肌寒さに襲われて／未明の毛布を引き寄せる⫽ほろほろほろほろと内部は崩れ落ち／胸の虚ろを風が吹き渡って／自らのうちを裏返しても裏返しても／もはや内部など何処にも見つからない⫽水道管は律儀に水を噴き出し続け／瓦礫の山とアスファルトの路面を濡らす／路面は艶やかに光り／零《こぼ》れ落ちた柑橘類の鮮やかな色を／薄明のなかに際立たせる／色彩のなかから／鮮烈な香りが立ち上がる／幻覚にすぎないと分かった後も／香りは過去に向かって繰り返し蘇生する⫽ビルの谷間から一筋の光が走る／闇が静かに後退《あとしざ》りし／眠れない眠りのうちにいるものたちが／目覚めた後の傷ついた体を起こそうと／むなしい努力を重ねる／己の死の淵に沈み込むかのように／影は黒々と身を横たえたままだ⫽瓦礫の山から突き出た一本の手／煤や灰塵にまみれながらも／明晰な白さを失わぬ手／その左手薬指にはめられた小さなダイアモンドの結晶が／陽光の最初の一閃を浴びてきらめき／世界は／砕けた鏡に写って散らばる

ソノ繊維状ノ束ノ…——Ulexite 曹灰硼石

ソノ繊維状ノ束ノ、白ク滑ラカナ絹糸ニ似タ、光沢ノ表面ニ広ガル遠イ手触リ。年上ノ少女ノヨク撓《シナ》ウ指ニ密カニ寄セタ憧憬ノ秋ニ、脱脂綿ニ包マレテ掌ノ裡デ、穏ヤカニ憩ウ脆ク柔ラカナ結晶。糸ヲ吐ク蚕ノ弓ナリノ身体ニ見ル冷涼ナ沃野ヲ真似テ、針状結晶ノ分子空間ニ展開スル繊細ナがらす質。半透明ニ翳《カゲ》ル記憶ノ回路ニ伸ビル夕暮ノ陽射。

結晶繊維ノ束ヲ截断《セツダン》シ研磨シタ、理科室ノ結晶標本ノ節理ニ残ル、化学作用ノ微カナ痕跡ニ寄セル親和。截断面ニ当テタ図柄ガ瞬時ニ浮キ上ガル、ソノ神秘的ナ輪郭ガ描クモドカシサヘノ感覚。長イ結晶繊維ガぐらすふぁいばーノ働キヲ担イ、映像ガ伝達サレルコトニヨッテ齎《モタラ》サレル遙カナ浮揚感。小宇宙トシテノ身体ノ内部ニ渦巻ク引力ヘノ抵抗。

硼砂《ホウシャ》ノ粒立ツ煌メキニ分散シ、他ナラヌソノ煌メキノ中ニ逃亡スル三斜晶系。何億万年モ昔ニ死滅シタ鹹湖《カンコ》ノ地層デ、悠久ノ眠リカラ目覚メル曹灰硼石《ソウカイホウセキ》。硼砂ノ成分ガ湖底ヘト沈澱シテユク黙示ノ裡デ、かるしうむト化合シテ未明ノ地層ヲ形成シ、塩水ノ蒸発ニヨリ生成シタ鉱物。乾燥地帯ニ咲ク太古ノ記憶ヲ貫ク針ノ中ニ煌メク一滴ノ凝固シタ乳。

繊維質ノ針状結晶ニ映エル遠イのすたるじあ。「死ノ谷」ニ咲ク球果状ノ「綿玉」ノ同胞トシテノ、絶対的ナ信仰ニ結バレタ光学的ナ血脈ガ表ス形体。水ノ浸蝕ニ怯《オビ》エ、黄色ニ燃焼スルコトヘノ潜在的ナ恐怖ニ震エ、自ラノ存在ヲ喪失スル予感ニ耐エナガラ、横タワリ続ケタ悠久ノ地層。目クルメク時間ノ堆積ガ生ミ出ス、ソノ繊維状ノ束ノ…。

そらのしたたり――Turquoise　土耳古石

さばくにおちた
そらのひとしずく
そらのあおをうつし
あおのきわみにこごり
かわいたかぜにふかれて
みずからそらとなる

てのひらにつつまれた

そらのひとしずく
ちいさなとりのように
ふるえおののいて
そらにかえるひを
いきをつめてねがう

そらからのひかりは
よるのやみにまぎれ
だいちふかくをすすみ
とうめいなみずとであい
あおにかたまって
つめたくかがやく

みずのつぶたちは
うみをゆめみながら
そらのしずくのうちで
いつまでもゆれている

なみにゆられたきおくに
たましいをおよがせている

そらとうみとがであい
むすびあってできた
せいなるひとしずく
あさのひかりのなかで
あおにめざめる
そらのしたたり

龍の血――Ruby　紅玉

ガオカオの額《ひたい》から汗《あせ》がしたたりおちてきました。けわしい山々がガオカオにせまって、木々はますます深くしげり、行く手《ゆくて》をはばみます。龍《りゅう》がすむという聖《せい》なる山カルガチュアは、空をおおいつくす雲にかくれて、まったくそのすがたを見せません。道はしだいにけわしくなってきます。しかし、歩《あゆ》みをとめることなどできるわけがありません。さらわれたムナーリを少しでも早くさがしださなければいけませんし、いつどこから、ブール船長《せんちょう》の一味《いちみ》がおそってくるか気が気ではなかったからです。

とつぜん、まわりの葉がパタパタと音をたて、おもわずガオカオの足がすくみました。追っ手《おって》の立てる音かと思ったのです。しかし、それはスコールの音でした。はげしいスコールはすべてのもの音をかき消し、世界を水びたしにしたあと、いきなりやみました。体にまといつくようだった湿気《しっけ》が急に冷やされ、息が少しらくにつけるようになりました。行く手の峰《みね》の上にまっさおな青空が広がり、そこに、カルガチュアが聖なるパゴダのようなふくざつな形をみせて、おおいかぶさってきました。

あの山のふところ深くに〈龍の血〉とよばれる宝物《たからもの》がねむっています。龍はたくさんの動物をおそい、その生血《いきち》をすってみずからの血とし、それを体のなかで固めて、巨大《きょだい》な宝石《ほうせき》を作るのです。だから、あざやかな龍の血の色にいつもかがやいているのです。たえず、その内部《ないぶ》で不滅《ふめつ》の炎《ほのお》がもえさかる不思議な宝石。この〈龍の血〉を手に入れて、体の奥《おく》深くうめこめば、龍が守ってくれるので、その人はけっして死なない体になるといいます。それが、ブール船長の手にわたってしまったら大変です。

そのとき、地面がゆれ、ガオカオの体が突《つ》きあがりました。とつぜんのできごとに、すべての生《い》き物《もの》があわてふためいています。大地はどろどろと地ひびきをたて、空にはもくもくと黒い雲がわいて、たくさんの鳥たちが大声でとびさわぎます。やがて、しずみゆく太陽の光をあびたカルガチュアのいただきから、ひとすじの赤い光が空を切りさいて走りでました。つづいて、巨大な結晶《けっしょう》があらわれ、そこから炎がふきあがり、空は、この世の終わりをつげるかのように、いちめん血の色にそまってゆきます。

光彩の階梯——Kyanite　藍晶石

天蓋を覆い尽くす青の氾濫
虹彩を貫く光のアルペジオ
波動に震える淡い水色から
ふかい暗青色の淵へと至る
天空のグラデーション
光子の集合体がうち震え
ゼリー状にぷるぷる震え
互いの鏡像に乱反射して
運動の埒外《らちがい》へと遁れ去る

碧天から一条の光が滴り
地中ふかくを穿ち迸って
垂直への意志に沿う形に
子午線上で柱状結晶と化す
結晶の表面は分解して
ソーダ雲母へと変容し
ガラス光沢への郷愁を
未来の側から計測する

直角に劈開《へきかい》する始原の海
紺碧に染まる水への郷愁
遙か太古の汀に出現する
三斜晶系の夜明けの微光に
地軸の縁《へり》がうっすらと滲む
チタンイオンに染められた
橄欖石からあふれる青の饗宴
珪酸アルミニウムに蝟集《いしゅう》する

変成岩の夢想に漂いながら
孤独な紺青に集積し輝く
自己形成質の遠いゆらぎ
多色性に溺れる結晶から
隔絶する光に思いを馳せ
平行方向と直角方向への
異なる硬度の基盤に立って
化学組成に還元できぬ方位に
自らの存在を佇立《ちょりつ》させる

チベット高原の地中深く眠る
結晶片岩中に咲く青い罌粟《けし》
褶曲しうねり隆起したわむ
ペグマタイトの闇のうちに
冷たく燃える魂の青い火
永い眠りの垂直軸に凝固する
色彩の放散するきらめき

ボーキサイトを含む大地の
赤茶けた時代をくぐり抜け
片麻岩中に潜むノジュールの
孤立した形象に宿る望郷の影
氷に閉ざされた夜のふかい縁
波動に震える淡い水色から
ふかい暗青色の淵へと至る
天空のグラデーション
天蓋を覆い尽くす青の氾濫
虹彩を貫く光のアルペジオ

流動する結晶——Zircon　風信子石

なによりもまず　鉱物の硬さのなかに隠されている柔らかさを追求しなければならぬ　明確な形のうちに具足する無定形を掘り起こさなければならぬ　強固な組成のうちで生成流動してやまぬもののうごきをこそ捉え続けねばならぬ

たとえば　夕焼けにふと惑う芽ぶく前の種子の憂愁を　方解石の結晶の内部に透視する知覚力や　琥珀のうちに封印されたジュラ紀の蜉蝣《かげろう》が夢みる　やわやわとした羽ばたきの手触りを感知する解析力が　わたしたちに求められているのだ

ダイヤモンドのうちに翳る柑橘類のかおり　化石にねむる棘皮類《きょくひるい》の波のゆりかご　夕暮れの光に染まる血石によみがえる白貂《しろてん》の和毛《にこげ》のかげり　翡翠の鉱脈に跳梁する五月の風のおののき　チベット高原の岩塊に乱れ咲く青い罌《け》

粟《し》のゆらめき

そうした　硬質な物質のうちに潜むゆれうごくもの　流動するもの　たえず変容しつづけるものへの偏愛を己のうちに結晶させること　その結晶構造をたえず転位させること　千変万化してやまぬ律動のうちに確固とした機構を築きあげること

すると　眼路が続く限りに拡がりたゆたう生命の波は　紫陽花の陰にただよう残り香にふるえためらう少女の指尖をめざして汀に打ち寄せ　オーロラに戯れかかる鬼火と交感する星の瞬きは　死者たちのほのかな魂の世界を明滅させるだろう

今こそ　あなたの掌に脈打つそのジルコンの生成流動する結晶構造の内部に　ヒヤシンスの花群れをゆらす風の微粒子の組成や　彼方に誕生した超新星をまきこんで運行する天体のゆらぎを　肉体を共振させて感得し幻視すべき時が来たのだ

岩塊に咲く花——Yolkstone　卵黄石

その結晶は、ナトリウム、カリウム、カルシウム、アルミニウム、硫黄、珪素、酸素、結晶水などから組成された珪酸塩鉱物の一種で、本来は、等軸晶系の、ほとんど球にちかい丸みを帯びた二十四面体を形成していたことが推測されるのだが、大きな圧力がかかったためであろう、その一部に引きちぎられた跡のような切断面をみせて机上に佇んでいる。表面はおだやかなガラス光沢をもつ一方、切断面は、折からの陽光を浴びて、劈開面《へきかいめん》と平行に鮮明な真珠光沢を反射させている。硫黄分を多く含むために鮮やかな黄色を呈し、通常は一センチメートル以下というこの鉱物には珍しく、完全な結晶であったならばちょうどピンポン玉ほどの大きさであったことを容易に想像させる。マグマが冷えて岩石へと凝固してゆく段階で、大量の熱水が岩石中の空隙を通過し、その際、熱水中に含まれていた成分が冷えて結晶するという自らの生成過程を、現在の硬質な結晶体からは全く感じさせないながらも、なお、地中深くの雄渾《ゆうこん》なドラマに由来する出自を誇るかのように、午後の陽光を悠久の時間の衣裳としておだやかに身にまとい、自足しきったふうに空間を占めている。掌になじむその重さを弄んでいると、方解石やアラゴナイト（化学組成が同じで結晶構造が異なる、方解石の「同質異像」として知られる）、玉髄に包蔵されていることが多く、その姿かたちが、しばしばゆで卵の黄身を連想させるためにこの名が付いたことが充分に実感でき、不思議な親密ささえ感じ取ることができる。結晶の内部に水を含みもっているため、熱を加えると水蒸気が発生するはずだが、鉱石自体が蒸発してしまう恐怖を覚えて、行為に移すことなどだれにもできないであろう。火山活動の活発な温泉地でしばしば産出し、地中の揺籃《ようらん》のうちで長い歳月をかけてその化学的組成を析出するからか、わたしたちを遥かに超える時間が堆積し凝集した充溢感を強く主張していて、採取地であるシチリア島の、あの硫黄分を含んだ空気の匂いと紺碧に輝く海の匂いとが、入り混じって室内に漂ってくる幻想にふと襲われる。すると、それは、悠久不変の鉱物というよりは、むしろ、岩塊の内部にひととき咲く、移ろいやすい可憐な黄色い花として、わたしの掌のうちで恥らうのである。

暗箱——Lapis lazuli　青金石

部屋の左側の半ば開けられた窓ごしに、午後の光が射し込んでいる。光はやわらかに漂いながら、凜とした闇の気配を浮き立たせている。椅子から男が音もなく立ち上がり、右手奥の壁際に据え置かれた頑丈そうな戸棚から包みを取りだす。大きなテーブルに包みを載せ、くるんである羊皮紙をほどいて白い陶製の容器を取り上げる。——「光こそすべて。視覚の源泉。だが、その存在を直接描くことなしに、見る者すべてにありありと感じさせねば意味がない。目に見えぬ光を目に見えぬままに、光として感じさせること。そのためには、窓さえ描いてはならぬ。」——男は、容器の蓋を取り、その中の一つまみを乳鉢に移す。もう一つまみを移す。さらに一つまみ。移された乳鉢の中の物質を砕く。ひたすら砕く。深い瑠璃が乳鉢の中で軽やかに踊っている。左手で乳鉢を押さえ、右手に持った乳棒に体重をかけてひたすら中身を砕いてゆく。背中が小刻みに律動する。――「ある色の中には、それと異なる微妙な色合いが隠されている。だから、まず下塗りに実際と異なった色を塗る必要がある。われわれの眼に映る青色の奥には、たとえば白が、金が、黒がわずかに隠されている。それが色彩の深みを内側から支えるのだ。」――細かく砕かれた青金石はさらに粉末状になるまで乳鉢で磨《す》られる。男は、右手に持った乳棒を約60度に傾けて、全体重を静かにその先端に伝えるようにしてゆっくりと磨る。ジャリジャリという音が、やがて粉雪を踏んで歩くときの静かなきしみになるまで磨ってゆく。――「モティーフを極限にまで切り詰めること。人物は一人で充分だ。しかも、肩から上だけで。背景は黒一色。テーブルも水差しも、他のモティーフは一切封印する。そのときに、金色の布が、青いターバンが、真珠の耳飾りが雄弁に存在を主張し始める。」――一瞬部屋が翳る。色彩が事物のうちに沈み込む。やわらかな闇が音もなく立ち上がる。光が窓から走りこむ。たちまちにして制圧される闇。光の中に踊り立つ石の微粒子だけが、闇の叛乱をかすかに証たてる。何事もなかったかのごとく乳鉢の石を磨り続ける男。光が乳鉢に射し込む。——「抑制された表現だけが画面の深い意味を浮かび上がらせる。自らの持てる技量のすべてを画面に注ぎ込むなど、凡庸な画家のすることだ。絵を、技巧の総花的な、しかも下品な見本市にだけはしてはならない。」——男の動きがゆるやかになる。いつくしむようにやさしく磨る。乳棒は乳鉢の中で充ち足りてたゆたっている。ゆっくりと、おごそかに、瑠璃の湖が出現する。まばゆい瑠璃。深い瑠璃。男は薬指の先を粉末状の青金石の中で泳がせ、静かに円を描く。後姿が満足げにうなずく。——「色彩は赤青黄の三原色を基本とする。しかも、その均衡こそがすべてを決する。青が支配的である場合、赤をむしろ唇にだけほんのすこし刷《は》くことによって官能性は強調され、そのかすかな官能性が画面全体をひそかに支配することとなるのだ。」——男は戸棚から貝殻と壜とを取り出す。磨り上がった青金石の粉を乳鉢から貝殻に移す。少しも余さず移し変える。壜のコルク栓を抜き、慎重に液体を注ぐ。亜麻仁油の匂いが部屋いっぱいに広がる。パレットナイフで石の粉と油とを練り合わせてゆく。瑠璃色の絵具に踊る銀色のナイフ。——「絵から特定の個人を連想させてはならぬ。どこにでもいる人の雰囲気をにじませながら、誰でもない人にまで昇華させねばならぬ。間違いなく現実に存在すると感じさせておいて、しかも特定の生活感を完璧に排除すること。」——瑠璃はねっとりとした光沢を帯びてくる。一つの物質としての主張を発してくる。絵筆を執ると、男は練り上げられた絵具を静かに掬《すく》い、画架に掛けられたキャンバスに素早く塗りつける。下塗りされた白や金や黒が、瑠璃のうちに沈んでゆく。少女の髪を被う青いターバンがゆっくりと立ち上がってくる。

屈折光学——Fluorite　螢石

「はじめに形ありき!」——矩形の部屋から低い呟きが発せられ、反響する波動が互いを打ち消しあって、カーテンの古びた襞に吸収されてゆく。——あらゆる運動は物理的な力によって生じている以上、天体の運行も、一種の機械仕掛けに過ぎない。——部屋の片隅を支配するマホガニー製の机から長い筒が突き出し、紺碧の夜空を串刺しにしてそそりたっている。——接眼レンズに凸レンズを用いれば、高倍率は得られるが、像は倒立してしまう。——男は顎鬚《あごひげ》を撫でながら、筒の中を熱心に覗き込み、傍らの紙の上に展がる天体図に記号や数字を書き込んでいる。——「惑星と太陽を結ぶ動径は等時間に等面積を掃《は》く。」――夜風にカーテンがやわらかに翻り、その裾が天球の運行をまねて、小さな楕円軌道をひっきりなしに描いている。――屈折率が非常に低く、色収差も小さいことから、螢石こそがそれに最適だろう。――紺碧の夜空が東方からわずかに白み、折からの薄明の光を浴びた螢石のプリズムが、螢光を発して憩っている。――等軸晶系で、ガラス質の光沢をもつ螢石は、三方向に完全に劈開する。――長い筒から離れた男は、頭を振り、目をしばたたかせながら、音を立てずに部屋を後にする。周囲に螢光が拡がる。――宇宙における調和は幾何学をその基盤とする。――町の底から生活音が湧き出して夜の静寂が破られ、三年ぶりの新星は、星間を飛行して音もなく近づいてくる。――「はじめに形ありき!」

クロノスの蜜——Quartz　水晶

水晶からしたたる珠玉の時間⫽地表を覆い尽くすあらゆる地殻のうちに遍在する／無垢なるままの珪素と酸素とが／何億年にも亙る時の流転のなかで／果てない抱擁と交合を繰りかえした結果／次第に純度と硬度を増して析出する／清廉《せいれん》にして濃密な石英の結晶⫽岩盤内部の秘められた子宮のたゆたいのうちで／いくつもの透明な夜に抱かれて／その記憶を高濃度に凝縮してゆく／決して溶けることのない氷の化石⫽自らは時間に侵蝕され

ない／無謬《むびゅう》の無時間性のうちを漂いながら／その純粋な物質性ゆえに／豊饒な時を凝縮しつづける／クロノスの結晶構造〃ジオードの胎内から突然引き剝がされ／幾億年の眠りをうち破られた水晶は／太陽光にはげしく蹂《じゅう》躙《りん》されながら／切断され抉《えぐ》られた新鮮な傷口から／流出する時間の血液としての／七色の光の蜜をしたたらせる〃

時を司るクロノスの匣《はこ》の心臓部〃その真空カプセルの中心に鎮座し／正確な心音を絶えず刻む／音叉型に削り出された水晶片〃魂の源郷から遠く離れ／同胞からも引き剝がされて／薄く身を削られて磨かれた末に／交互に電圧を加えられた水晶片は／不可視の原子構造から／一定の波動で規則正しい振動を繰り出し／他ならぬその行為によって／自らが

恒久的に属していた／眠れる鉱脈への郷愁に震える〃水晶振動子から発せられた波動は／分周回路や駆動回路を通過し／そこに組み込まれたコンデンサーや抵抗の作用で／発振を調整し安定させられ／さらに電磁石の原理によって／駆動信号を回転運動へと変換されて／精密な機械部品に伝達される〃未知なる外部へと開かれた振動は／無秩序に氾濫しみなぎる時を／抽象化された時へと加工することで／自らの変容を完成する〃

空無から生み出された時の繭〃神々の父でありながら／自らの父を殺害した時の神は／その予言に怯《おび》えた末に／次々とわが子を喰らったにもかかわらず／予言通りわが子の手によってその座を追われた〃死すべき運命をもった／その神の子でもあるわたしたちは／

無機質な闇を幾夜潜り抜けても／オベリスク
がその役を担った／天体の運行を地上に投影
し測定する／ひなびた日時計の時代にも／流
れ去る時間を／堆積する砂の一粒一粒として
可視化した／漏斗型の砂時計の日々にも／も
はや回帰することはできない〳〵わたしの体
の内部をすり抜けて／外部へ外部へと逃げ去
る時を／一刻一刻精密に刻み付けることによ
って／永遠の相の下に宙吊りにするために／
無窮の時にも汚染されないままの／時間を超
出した物質の純潔な結晶構造から／クロノス
の蜜が静かにしたたる〳〵

考古学博物館——Hematite　赤鉄鉱

考古学博物館の薄暗い一室に
外気の炎熱から遮断された冷気が
ゆるやかな渦を巻いて流れている
陳列棚のガラスケースのうちに鎮もる
沈黙の結晶としてのヘマタイト
わずかに銀色を帯びた黒に輝いて
太古からの冷気の凝《ここ》りを
存在の核の闇から送り出してくる
〈血の石〉という原義のとおり
条痕は濡れたような赤色を呈し
血を内包した沈黙のうちから
遠く群集のざわめきが押し寄せる
石畳を踏み進む軍靴の響き

槍と楯とがぶつかる音につれて
大勢の兵士たちが広場に集まってくる
炎天下の沿道は群集でいっぱいだ
強い日差しを浴びて興奮に輝く顔
口々に何かを叫びながら手を振る集団
戦場に赴く前の若い兵士たちが
軍神マルスの加護を得る儀式として
ヘマタイトで互いの身体をこすりあう
東方遠征の勝利を祝して建造された
凱旋門のアーチ上に軍神はそびえたち
八本の円柱やイオニア式の柱頭と
その柱をつなぐ上枠だけが残った神殿
頭部が欠け落ちた火の神ヴェスタの巫女《みこ》を
大きく見開いた目で見下ろしている
略奪の痕跡を残す巨大なバシリカに
兵士たちの笑い声はこだまし
ヘマタイトを入れたぶどう酒が

盛んに酌み交わされる
再建された元老院のレリーフも
強い日差しに耐えたまま
石化する時の中にうずくまる
二つの丘にはさまれたこの谷に
戦勝を記念する建築物ばかりが
その威容を虚しくも誇りあって
やわらかな裾を翻して行き来する
精霊のような人々の姿は忽然と消える
ざわめきが遠く引いてゆき
浸透する静寂が急速に凝って
ヘマタイトの結晶に収斂する
わずかに銀色を帯びた黒に輝いて
博物館は夕暮れの光の中に漂う

白昼幻想――Indicolite　青電気石

三月というのに、剝き出しの太陽は容赦なく地上に照り付け、温度は急速に上昇していった。とうに上着は脱ぎ、さらにシャツの袖を捲《まく》り上げて歩くしかなかった。汗は出尽くして、ほとんど乾いてしまっている。渇きのために意識が朦朧として、体が激しく水分を求める。水を持ってこなかったことを後悔しても、もう遅かった。水を探して日陰を選んで歩いているうちに、狭い路地に入り込む。広場とはいえぬほどの小さな空間がいきなり目の前に広がって、そこにも太陽の光はふりそそぎ、白っぽい石の建物がハレーションを起こして膨張している。一角だけ翳った隅にひっそりと小さな店が佇《たたず》んでいる。貧相なみやげ物のほかに、どこのものとも知れぬ民芸品、鉱石や化石の標本などを置いた不思議な店だ。涼を求め、中に入る。間口の狭い、それに比して奥行きのある店で、所狭しと並べられた商品の奥で、目だけが異様に光った老人がこちらをぎろりと見据えた。どこの国の人とも識別がつかない顔立ちの、驚くほど無愛想な老人だ。やむをえず、みやげ物を探すふりをする。鉱石や化石がごちゃごちゃ置かれた棚の一段奥まったところから、涼風が吹き渡ってくる気配が発し、青く澄んだ色が目に飛び込んでくる。小さな鉱石から明るい海が広がって、もはやそこから目を離すことは不可能だ。透明感あふれるその青は、わずかに碧《みどり》を帯び、時の波打ち際にたゆたっている。吸い寄せられるようにして思わず手に取る。その瞬間、深い青は一瞬にして消え、透明な無がそこに広がる。心臓が急に動悸を打ち始め、万引きする直前の少年になった気分に襲われる。身体の奥底からその石を持って逃げたい欲望がむくむくと湧き上がり、そっと店の奥をうかがうと、射すくめるような老人の視線とぶつかる。あわてて目をそらし、ゆっくり深呼吸をして、何気ないふりでその石に目を落とす。〈Indicolite〉という文字が目に入り、その下に数字が添えられている。頭の中で換算してみると、一桁間違っているのではないかと思うほど安い。念のため、もう一度計算してみる。間違いない。金を支払って、粗末な紙に包まれただけの石を受け取るとき、用心して内ポケットに入れるよう、老人は訛りの強い英語でくどいほどくり返す。言われるがままに上着を着て、内ポケットに石を入れ、店を出た。太陽は相変わらず、情け容赦もなくその強い光を広場に投げかけてくるのに、もはや暑さはまったく感じない。内ポケットから涼しさが心臓を通して体の奥へと染み透る。誘惑に勝てず、ポケットから石を取り出して光にかざす。とたんに広場の景色が青くゆがんで動き出す。周囲に強い磁場がはたらき、時間がひずんで地面がぐらぐら揺れる。群衆は口々に何かを叫びながら陸続と押し寄せ、私は流れのうちに巻き込まれて波となって漂っている、驢馬の手綱だけは何があっても手離さぬように心に決めながら——。「暴君を倒せ！」と口々に叫ぶ群集の声が当人に聞こえているのか、驢馬の上の人影はうつろな目で前方だけを見据えている。粗末な衣服を着、頭巾を被っているので、気付かれることもあるまいが、私の心臓は早鐘を打ったままだ。お気の毒なお方。民衆からさえも「暴君」と蔑《さげす》まれて。だが、心根はお優しいお方。遠い祖国から売られてきたこの地で、私を解放してくださった。すべては、お母上をはじめ、取り巻きの方々のせい。その方々が、御自分に都合よく利用しようとした結果にすぎない。ついに近衛兵までが寝返って黄金宮殿へと進軍しているという噂が、沿道の人々の口から切れ切れに伝わってくる。いよいよ都の門をあとにするとき、あのお方は沈みゆく夕陽を見るような目で、一度だけ黄金宮殿の方を振り返った。その後は頑なな拒否を表して目を瞑《つむ》ったたままだ。人気のようやく途絶えた街道を通って、海の見える丘まで辿り着いたとき、あのお方が一言「もういい」と呟いた。驢馬から降りるのに手を貸す。海を見霽《みはる》かす丘の上に坐り、青い石の首飾りをはずすと、あのお方はそれを黙って私の手に握らせ、「ナントイウ芸術家トシテ私ハ死ヌコトゾ！」と独りごちた。そして、抱え持った長剣を私に渡すと、ひとつ目配せをして、ためらう隙《ひま》も見せず、先ほどまで首飾りが護っていた部分を自らの短剣で突いた。涙に曇る目で私は力いっぱい介錯した。眼路《めじ》が続く限りに海は広がり、そのうねりが繰り返し体内を襲う。時の波はひたひたと打ち寄せ、手に握った青い石が凝縮した時の冷たさを伝えてくる。その痛いほどの感触にあわてて掌を開くと、先ほどの青い鉱石が、私の手の中で氷のように濡れている。人っ子一人いない小さな広場に、私はぽつねんと佇んでいる。相変わらず、太陽は容赦なく照り付け、建物は白昼の幻想のうちに浮かび彷徨《さまよ》う。思わず振り返った広場の一角から、その店は跡形もなく消えていた。

記憶の装置――Spinel　尖晶石

記憶は、蜉蝣《かげろう》がやわやわと羽ばたく幼い夏に父から初めて見せてもらった、ピラミッドを二つ重ねたような双晶形の桜色にかすむ尖晶石の影に似て、遠い海鳴りが轟くいくつもの眠れぬ夜に夢見た幻燈に写し出された胸騒ぐ物語の中の、はっきりとした輪郭を持ちながらもそれを手にした途端、その意外な冷たさにはっと驚いた瞬間手放したがために、その存在自体を忘却の淵へと自らの手で投げ入れる結果となった宝物の、魅惑的な手触りと同時に取り返しのつかない喪失感を思い出させるものでもあるのだが、なぜなら、それは酸化アルミニウムに酸化マグネシウムが加わって結晶した複合化合物である等軸晶系の、過去の時間軸へと等し並みに傾斜する秩序立った特質ばかりでなく、さらに酸化クロムの作用によって淡紅色に揺らぐ尖晶石の遼遠な経歴にもよると言ってよく、というのも、ラテン語の「棘」に由来するその名前からして、心の襞に刺さったまま忘れられた棘のように普段は全く意識することさえないのに、何かの拍子に思いがけないほど奥深くでかすかに疼いてその存在を知らせる、そのあり方自体が尖晶石のあの不思議な光の戯れを連想させるし、もう一つの語源説としてのギリシア語の「閃光」に明らかなように、忘却の果てに出会う類似した体験や光景のうちに――例えば、雨上がりの夕方の仄《ほの》かな光の中に浮かぶ後姿のシルエットやその歩き方、あるいは、これも同じく雨上がりの紫陽花《あじさい》の陰にただよう香水のかすかな残り香のうちに（こう書くといずれも雨の記憶で、尖晶石自体が雨あるいは水のイメージと深く繫がっているように思われて仕方がないのだが）――何気ない日常のものたちが閃光のように煌《きら》めいて、一瞬心の闇の奥底を照らし出し、そのことによって自分自身意識しないまま忘却にさらされた、記憶そのものの不在を一時的にせよ強く印象付けてしまい、自らの記憶装置の不具合を一挙に認識させるので、私たちはまた尖晶石の結晶を真似て、いくつかの思い出を化合して日常の中で透明に沈澱し圧縮する時間の秩序立った形象へと変容させてゆきたいのだが、記憶は、むしろ尖晶石の結晶そのものと化して、世界の終わりの中で夕暮れの仄かな光を浴びながら、光沢を帯びた独自の光を発し始めるのである。

反響する波動——Amber　琥珀

私は
　と言っても、今語りはじめたのは、現実の肉体をも
って現存する個人としての〈私〉自身のことではなく、
作品の中にのみ存在する、ことばによって仮構された
「私」に限定した上のことなのだが
　　　　　　もちろん、その「私」も、
生身の〈私〉と無関係でいられるはずもなく、むしろ「私」
を生み出す母胎としての〈私〉の残滓《ざんし》をどこかにひそか
に含みもつ
　　　その意味では、抽象的な仮構された「私」な
どどこにも存在せず、存在するとすれば、それは現実の
〈私〉をどこか引きずった、中途半端な生成途上の「私」
に終始するしかないのだけれども

その私が、九月のマルメロの果実に蝟集《いしゅう》するうぶ毛の先端にかがよう光の網目の内部にあって、遠い成層圏に乱反射する波動の反響としての

いやむしろ、成層圏に屈服する琥珀の光の、格子状に広がる記憶の渦に反響する波動としてのと言い直すべきだろうか

とにかく、螺旋状の広がりを見せる記憶の格子状物質に乱反射する、その波動の現象としての本質に存在するはずの波型のもつ長さ

と言うことは、この場合琥珀の波長そのもののことを言っているのだが、その波長固有の振動が与える松かさ状の孤独にようやくにして耐えているとき

夜光虫の群れ集う波間に揺らぐ月影が、眠れる郷愁の側からその絹の衣装をずたずたに引き裂き、悲鳴にも似た音のうちにひそむ淫靡な官能の香り

に

言い換えると、飛翔するものたちが生き急ぐ、切り裂かれた空気に攪拌された闇のうちに広がる覚醒の予感のかすかな震えのうちに

いつまでもたゆたい波うちひそみ流れ、いっそこのまま終末の黙示の銀河に打ち捨てられた琥珀の透明度のうちに金輪際とどまり続けようと、果てない決心を繰り返し確認するうちに

エピクルスの夜は確実に明け初めて、引いてゆく闇のしじまに産卵するウラヒョウモンタテハの、産卵器官を断続的におそう痙攣に貼りついたままの、欺瞞の脳下垂体にやどる擬似郷愁にしとどに朝露は降り注いでいるのだが

朝露のどこにも、ましてや、アカガシの葉を空に刻印する鋸歯《きょし》状の輪郭のどこにも、エピクルスの夜に続くはずの、エンピオドトスの朝の影は写ってはいず

そうなると、ただ、松かさ状の孤独の影に沈む、九月の夜光虫に蝟集するうぶ毛の、格子状に光る網目を漂う光波の列を、ただむやみやたら彷徨《さまよ》うことしかできず

いや、成層圏に漂うマルメロの孤絶した波長の官能のおびえに、琥珀に飛翔するものたちが泡立てる観念の卵のメレンゲに惑溺するしかなく

かくして、「私」も〈私〉もぐちゃぐちゃに溶け合って、析出する青色バターの中をしきりに泳ぎながら、永遠に浮かぶ仮構された神話上の「私」を次々と演じ続けるしかないのだ

［註記］本詩集には、『聖書（創世記）』および皇帝ネロ、ケプラー、ナポレオンの著作やことばからの引用がある。

＊

本詩集は二〇〇八年七月二〇日書肆山田発行。

光うち震える岸へ

00

旅に付随する浮遊感。日常から断ち切られたところに広がる新たな領域。それらは、ガラスの水槽を通したかのような、絶えずゆれうごく透明感と距離感とをともなって漂っている。現実のただ中を漂っている。いわば、映画の浮遊感。見る側ではなく、自分自身が映画の中の人物として登場したかのような現実感のなさ。現実であることは疑えないのに、現実感が身体の傍らから蒸発していって、その分、自身の存在が日常の澱《おり》を剝がされて稀薄になり、それが独特の浮遊感を生み出して、次々とスクリーン上の領域を移動してゆく原動力となるのだろう。

01

あるいは、長時間の空の旅こそが、この浮遊感の原因だろうか。空のはるか高みを長時間運ばれるという自然に反する状態が、肉体と魂とに大きなひずみを生じさせ、両者が、普段の対応関係からずれて、互いにせり上がったりひっくり返ったりしたあげく、かりそめの位置関係がようやくにしてできあがったころ、決まって地上に到着する。そうして、魂がまだ慣れない部位に貼りついた状態のまま、肉体の方がひと足先に地上を歩き出してしまうために、地上の現実とのあいだに大きな齟齬を感じてしまうのだろうか。

02

浮遊する回遊魚のように、どこか地に足がついていない人々の群れ。とりどりの色が氾濫し、乱舞し、また、流れ去ってゆく。民族衣装を着たアフリカ人。大声で騒ぎ立てる数人の妻とたくさんの子どもたちを連れたアラブ人。北東アジアからの団体旅行客。ビジネスマンたちでさえ、どこか浮き足立って足早に去ってゆく。空港は、これらの人々を一旦プールした後、また、バラバラに解体してゆく。互いに見も知らぬ人々を同じ時空にとどめ、そのことの意味を探る間を与えることもなく、別の時空へと放り出す。それぞれに、回遊魚としての深い孤独を表出させながら。

03

新しい土地は、まず匂いとして立ち現れる。空港ごとに固有の匂いを発している。いや、発しているというより、それは、隠された属性なのだ。土地は、実は、匂いからできている。しかしながら、その土地の人間は、匂いに同化していて意識することさえない。ただ、異邦人だけが、敏感にその匂いを感じ取る。だが、それも一瞬のことに過ぎなくて、直ちに、その圧倒的な匂いに包まれ、全身を絡め取られてしまう。その土地に降り立った時の一瞬の匂いを逃さないこと。土地の本質をつかむ方法はこれしかないだろう。

04

いきなり、何層もの光、何層もの風に包み込まれた。ここでは、空気が層を成して存在し、その層ごとに、違う光が輝き出て、違う風が吹き渡る。いや、空気の層ごとではなく、光の層はそれ自体で存在し、風の層もそれ自体で存在する。空気も、光も、風も、それぞれ独立してその層を形成しているにもかかわらず、それらが互いに絡みあい侵蝕しあって、複雑な層を形成している。しかも、それらは独自の空間を成立させて、相互に自足している。異国を旅するとは、薄皮を剝ぐように、そういった層を一つずつ切り拓いてゆくことにほかならない。

05

朝の都市。あるいは、都市の朝。ホテルを出て大通りからはずれ、路地裏に入る。とたんに生活の色が立ち上がり、街はふだんの顔をのぞかせる。すると、街全体が朝を呼吸しているのが感じられる。建物も道路も朝の光を呼吸している。店先にあふれる色とりどりのオレンジやイチゴまでもが呼吸している。小銭をやり取りする声や、足早に地下鉄の駅をめざして歩く人々の靴音が地面を這う。そのリズムに合わせること。うまく都市に溶け込めるかは、その基底に潜む、固有の呼吸のリズムに合わせられるかどうかにかかっている。

06

塔。町の中心を突き破ってそびえ立つ塔。百年以上の歳月をかけてただ上へ上へ、聖なる上方へと伸びてゆく塔。それはまるで生命あるもののように青空の中でのたくっている。永遠に建設途上の塔。完成する日はこない。原形的な生物の生命現象そのものなのだから。その永遠の生成途上の運動性にこそ、その塔の本質はあるのだから。巨大なクレーンを触角のようにふり動かし、空中をうごめく塔。不死の塔は「塔」の概念そのものの中に自足して、今日も世界の光の中へ静かにその姿を晒《さら》している。

07

曲線を。何よりも曲線を。直線の硬直性を排し、曲線にだけ存在する原理をただひたすら追い求めた空間。その行為の成果としてのこの場所に、乗り物酔いに似たかすかな違和感を味わうのは、私だけだろうか。いや、違和感というより、酩酊感といった方が近い。不快なわけではない。快・不快を超越して、ただひたすら曲線の原理に惑溺してゆく感性に、一種の酔いを感じないではいられない。とにかく過剰なのだ。過剰な曲線性の中に、かすかに見え隠れする狂気の気配。そのほのかな気配に酔ってしまうのだろうか。

08

三人のパブロのことを考える。その、いずれも肉の厚い大きな掌のことを考える。その割に、指先は細く、繊細な爪が女性的といってもいいほどに輝いている。一人目のパブロの手は、いつも亜麻仁油の臭いがした。かすかに絵具がこびりついて。ときに女のあそこの匂いをさせて。二人目のパブロの左手の指先は、胼胝《たこ》のように硬くなっている。そのくせしなやかな生き物のように空中を泳いでゆく。三人目のパブロの右手の人差し指と中指には、インクの染みが抜けることがなく、うっすらとことばの霊気をまとわせてうごめいている。三人のパブロの手。その手から生み出される世界の深さにどこまでも惑溺してゆく。

09

丘の上から街全体を見下ろす。丘から見る街は、人の気配を全く感じさせず、書割めいた静けさで憩っている。円形の噴水を囲む広場が眼下に佇み、そこからまっすぐに伸びてゆく街路。幾何学的な街並みが、春霞をまとって眼路はるかまで続いている。街から吹き上げてくる風を浴びて、幻想の翼が羽ばたく。肩甲骨の内側がこそばゆく疼く。心のうちに翼を広げ、街並みの一つ一つをいとしげに撫でてゆく。直接に生活の息づかいを感じない距離は、なぜこんなにも人を優しい気持ちにさせるのだろう。

10

ふと聞こえてくる鈴の音。シャンシャン、シャンシャン、シャンシャン……。地下鉄の人いきれの中で、どこからか聞こえてくる鈴の音。ゴオーッという耳をつんざくような音の中に漂う一服の清涼感。

幻聴だろうか。駅に止まっている間だけ、その音は消え、また車両が動き出すと、シャンシャン、シャンシャンと耳の奥に張り付いてくる。しつこい耳鳴りだろうか。声高に話す外国語の母音の響きがくっきりと聞こえる奥に、かすかに、ほんのかすかに、ピーンと張った一本の絹糸のように、鈴の音だけが、その子音を中心にして常に遠くから侵入してくる。

11

カテドラルへの道を急ぐ。夜の中心街は人で溢れかえっている。そぞろ歩きを楽しむ人々の群れに何度もぶつかりそうになり、近道をしようと狭い路地に入り込む。今度は、両側から建物がのしかかるように迫ってきて、行く手を阻まれる。路地から路地へとさまよい歩くうちに、完全に方向感覚を狂わされ、近くにあることは間違いないのに、さまよえばさまようほど、その存在から遠ざかってしまう。夜のカテドラルは、闇の布に一瞬かき消され、その姿を余所者に絶対に見せてはくれない。

12

それでも、夜の都市は、いつだってさわやかだ。そよ風が吹き、聞きなれぬことばの響きも耳をここちよくなでてゆく。闇もベルベットのようにやさしく体を包みこんでくれる。官能が開き、おびえ、星も遠くふるえ瞬いている。ただ、自分を離れ、人の流れに任せるだけでよい。すべてをゆだねて、群衆の一人として流れてゆけばよい。そうすれば、夜の闇は、その官能的なやさしい歌を身体ふかくで聞かせてくれる。いくつもの横顔のすべてを、瞬時に見せてくれる。しかし、そのどれか一つにでも執着してはいけない。執着したら最後、都市は怖ろしいメデューサの顔を剝きだしにする。

13

バスは少し哀しい乗り物だ。なぜかは知らない。でも、バスは少し哀しい乗り物だ。鉄道のように、駅という、いわば晴れの舞台をもたないからだろうか。レールという、誰にも侵蝕されない己自身の道筋をもたないからだろうか。バスは、街角から日常という空間を取り込んだまま出発し、そのまま目的地に到着する。心が着替えをする暇もなく、次の場所に移動してしまう。移動に伴うはずの、日常を外れた心の浮き立ちが感じられないからだろうか。古い自分を引きずったまま、新しい土地に侵入してしまうからだろうか。

14

突如烈しいスコールに襲われ、一瞬にして衣服が体に貼りつく。太陽を名前にもつ海岸で、バケツをぶちまけたような雨にあう爽快感。五感のすべての垢が洗い流され、五感のすべての毛穴が全開する。世界の祝祭を受け入れる態勢に、自分の身体が瞬時に開かれてしまう。人は、一度は自然の洗礼を受けなければ、その土地を受け入れることはできない。ずぶ濡れの衣服のまま、地元の人々とともに、その地のワインを昼間からちびちびと飲む。ラジオから聞こえる、間遠なリズムを刻む冥《くら》い声が、皮膚から気怠《けだる》く染み込んでくる。

15

一転した快晴が頭上を覆う。その下には、伸び展げられた海岸線がどこまでも続き、それを消し去ろうと波が押し寄せる。海と陸との境界線は、自身を規定するのが耐えられないのか、いつも曖昧なまま、伸びたり縮んだりしている。再び驟雨が襲い、すぐにやむ。雨は直ちに海水と交じり合うのだろうか。交じり合うことに、何のためらいもないのだろうか。カモメがだみ声で鳴き交し合って、上昇気流と戯れている。砂浜の熱は、驟雨によって適度に冷やされ、水平線の彼方から海は大きくうねって、陸をめがけて襲ってくる。

16

烈しい日差しと透明な空気に、にわかに陽炎《かげろう》が立ち、世界の像をゆらめかせる。世界がゆらめくと存在の基盤が共振して、影となって浮遊してゆく。実は、世界は影からできている。存在そのものよりも、その影によって成立している。存在は、光によって発現する仮象でしかない。烈しい日差しにゆらめきだす現象でしかない。影の陰翳のうちにこそ、世界の本質は隠されているのだ。だからこそ、ものごとの影を見分けなければいけない。人によって大きな差の出る、影の濃さを見据えなければならない。ことばの通じない異邦人ほど簡単に、その人の本質を露呈する影の濃淡を見分けてしまう。

17

小さな谷に突如浮かび上がる白い街。漆喰《しっくい》で塗り固められた白い家がひしめきあって林立している。雲間から一瞬現れた太陽が小さな谷を射し、視界を白のハレーションが襲う。一軒一軒の境界は消えて、ただ白の塊《かたまり》だけが流れ出し、光うち震える岸を白が灼《や》く。しかし、白は空白ではない。充溢でもない。白は、独自性をもった不可解な色だ。色が存在しないわけではない。無色透明とは、全く異なる。色彩としての主張を一切しないで、たちまちにして、頭の中を白一色に漂白してくる、ある種の魔力をもつ色なのだろうか。

18

白と透明の関わりについて考える。透明の非在性に比べて、白は確かな実在である。たとえば、透明な水に対する白濁した水。澄み渡る大気に対する真っ白な綿雲。これほど対極的なものがあろうか。にもかかわらず、透明と白とは、本質的な対立には至らない。そしらぬ顔でお互いの関係をずらしている。決定的な対立を避けている。透明には、深さがある。距離がある。白には広さがあるだけで、あくまで表層に留まろうとしている。陽が翳《かげ》ると、白のハレーションが収まり、透明な空気を隔てて、白い街が一気に視界に戻ってくる。

19

免税品を買い求める車の列がひしめく渋滞をのろのろ進み、ようやくにして国境を抜ける。広場で乗り換えさせられた小さなバスは、うねうねとくねる狭い道を猛スピードで駆け抜け、今にも岩塊にぶつかりそうになりながらも、ぎりぎりで身をかわしてゆく。岩山の中腹にある展望台では、親子連れの観光客が、親子連れのサルに餌をやっている。岩山の頂上に立つと、海峡を隔ててサルの故郷であるアフリカ大陸が遠くかすみ、なるほどここは孤立した土地、サルの住む別世界なのだ。

20

夜の高速道路を走る。ただ、ひたすら走る。天頂から漆黒の夜がしのびこみ、水平線に消え残る太陽の名残は、雲を赤く染めて暮れまどっている。それがみごとなグラデーションを見せて、海の上にどこまでも伸び広がり、空全体を呑みつくそうとしている。海からの風がおもい闇をはらんで全身を包みこみ、息苦しささえ感じさせる。そのおもい闇のただ中を、バターを切り分けるようにして進む。ふいに疾走感が消え、どこを走っているのかさえおぼつかなくなる。やがて、異次元の闇に吸い込まれてしまいそうなかすかな恐怖が、胸のうちに静かに湧きあがってくる。

21

およそそれらしくは見えない、奇妙な形をした小さな教区教会の脇を抜けて、両側から白い壁が迫ってくる狭い路地を上ったり下りたりしてゆく。白壁にまとわり付かれるようにして、ほんの一時間ほどで町を一巡りしてしまう。ふり出しの中央広場に戻ってくると、アーモンドを揚げる甘ったるい匂いを漂わす屋台が一軒だけ出ていて、老人がこちらに向かって何か叫んでいる。語頭にアクセントがあるので外国語だとばかり思っていたが、ようやく「アジミ！　アジミ！」と日本語で叫んでいることに気づく。

22

広場のはずれの小さな聖母礼拝堂。他教徒に支配されていた時代に、修道士たちが岩を掘りぬいて作ったという。暗い祠《ほこら》に入ると、中央に素朴で可憐なマリア像が飾られ、供えられた色とりどりの花が、生命力を感じさせる強い香りを発している。その小さな慎ましやかな祈りの形に添って岩はくりぬかれ、そのくりぬかれた肌のままを私たちに向けて差し出している。修道士たちの信じていたものの影が、岩肌から少しずつにじみ出てきて、信仰を持たないこちらの内側の肌を少しざらつかせる。

23

トイレ休憩に立ち寄ったサービスエリアの売店で、なにげなくみやげものを眺めていると、「アミーゴ！　アミーゴ！」と大声で誰かが叫んでいる。全く気づかないでいると、それは私を呼ぶ声で、運転手のミゲルが手を上げてこちらに合図している。身振りのままに隣に座ると、トーストと生ハムを私のために注文してくれていて、「うまいぞ」としぐさをして、トマトのペーストをたっぷりパンに付けてくれる。ホテルで朝食を済ませたばかりなのだが、塩辛いハムとカリカリのトーストを、コーヒーで必死に流し込む。

24

闘牛場の、異様なまでの静けさ。それは、死が支配する空間だからだろうか。数限りない牛たちの死。その累々たる死の影が色濃くこの場を支配しているからだろうか。一瞬風が死に絶え、そのなかでチカチカ発光しているのは、ここで命を落とした幾人かのマタドールの魂だろうか。闘牛場の静けさのうちに、時々日の光が射し込み、また思い出したように驟雨がおそう。死の静寂だけが支配する世界が、そこにぽっかりとまるい穴を開けて、蟻地獄のように私たちのうちの死を待ちうけている。

25

深い峡谷に架けられた橋。橋の上に立つと、水の力で深く抉《えぐ》られた谷の荒々しさに、目がくらみ、足がふるえだす。これほど深い谷に橋を架けることを、何が思いつかせたのだろう。だが私たち自身、気づきもしないうちに夜ごと、こうした深い峡谷に架かるいくつもの橋を渡っているにちがいない。だから、実際に橋を渡ると、その不安定さが、なつかしいようなはるかな気持ちを呼び起こすのだ。足の下を、水は激しい勢いで落下してゆき、その落下のスピードが、魂の在り処《あか》をほんの少し意識させる。

26

橋の上で風に吹かれる。風はいつも、橋のまわりを吹きめぐっている。しかも、吹き下ろす風ではなく、吹き上げる風であるところにその本質がある。下降する風と上昇する風とは、全く別の存在なのだ。吹き下ろしてくる風は、私たちの魂をこわばらせ凍えさせるのに対して、わずかな水分を含みもって吹き上げてくる風は、やさしく頬をなぶり、魂のすき間をも満たしてしまう。魂は、その人が今までに浴びてきた風でできているに違いない。多くの言語で「魂」と「風」とが同じことばで名指されることは、決して偶然ではない。

27

夜の底から湧きあがるナイチンゲールの声。闇は、濡れたベルベットのように一層濃く深くなり、冷たいほどの月光が、その闇を切り裂いて地表に降ってくる。月光の波長と合わせるかのように、鳴き声は正確な波型を描いて闇のなかを進み、部屋の窓ガラスをもなんなく突き抜ける。鳴き声は、闇をまとって静かに鼓膜をゆりうごかし、知らぬ間に心のうちに侵入し、すでに潜んでいた闇と同化すると、今度は私の胸のうちの深い闇から、ナイチンゲールの鳴き声が湧きあがってくる。

28

この都市は、まるで体臭の強い女だ。臭いわけではないのだが、没《もっ》薬《やく》の匂いが底によどむ、その息苦しいほど濃密な香りに、一瞬にして全身を包まれて逃れられなくなる。豊かな黒髪からかぐわしくも濃厚な香りが、蜘蛛の糸のように立ち昇り、魂まで絡め取られてしまう。街角ごとに、この都市そのもののような女は姿を現し、追いかけようとすると、次の角で、神隠しにあったかのようにふっとかき消える。そのときには、陽炎の女として姿を現すこの都市の術中に、すでにしてどっぷりとはまってしまっているのだ。

29

この、桁外れの様式への執着はどうだろう。外壁にも内壁にも続く永遠の反復はなんだろう。しかも、その永遠の反復性が少しも繁雑さ、くどさを感じさせることなく、かえって洗練された優雅さをかもし出している。剥げかかった塗料の藍や丹《に》が、永遠に続く反復性に深さを与え、意識が肉体を離れ去ってゆくような気の遠さをもたらす。この喪神の軽さこそが、この宮殿のもつ本質ではないだろうか。神を讃え続けたがために、かえって神が遍在しあふれ返って、どこまでも自己の表面で横滑りを繰り返してしまうような。

30

庭園を散策する。この心安らぐ思いはどこから来るのだろう。荒々しい自然とは異なり、ここには、調伏され飼いならされた自然がある。いわば、自然の家畜化、ペット化。しかし、愛玩動物特有の卑小さ、いかがわしさは、ここにはない。自ら働きかけることはないし、その場を動くこともない。この植物の徹底的な受動性が、つつましさを感じさせるのだろうか。しかしよく見ると、表面的にはそしらぬ顔で隠し通しているだけで、庭園に咲き競う花は、風もないのにしなしなと媚を含んでゆれているし、木々の枝も人目を忍んでは、遠慮がちに戯れかかってくる。

31

王室礼拝堂で、ハンス・メムリンクに出会う。突如、北方からの清涼な風が室内に吹きわたり、外界の喧騒をかき消す。聖母は片方の乳房を露出し、胸に抱かれたイエスは、一瞬その乳房を口から離して、じっとこちらを見つめ返してくる。幼な児イエスの表情より、その愛らしい乳房の表現にほほ笑まずにはいられない。たとえ隣で、十字架から降ろされたばかりのイエスが、脇腹から生々しい血をいまだに流し続け、それを聖母が、両手を広げて悲痛な面持ちで嘆き悲しんでいたとしても。ほほ笑みをもたらす清涼な風は、なおも画面から吹きわたってくる。

32

柘榴《ざくろ》という名の都市。甘酸っぱい味と濃厚な香りをもつ都市。この都市は、まさに熟れ切って今にも枝から落ちなんとする柘榴そのものだ。防御壁に囲まれながらも、それが裂け、そこから都市の内実がこぼれ落ちようとしている。一体何人の男たちが、この果実を手に入れようと狂奔したのだろう。そんな思惑など存在しなかったかのように、果実は今も熟れ切ってこの地にぶらさがっている。都市のあちこちに柘榴の絵柄はあふれかえり、その果汁を少しでも味わおうと、人々は、蟻のようにこの地に吸い寄せられてくる。

33

最古の町並みが残るアラブ人地区を歩く。丘に縦横に張り巡らされた道は、いくつもの坂が上り下りして迷路のように入り組み、そのくせ人の気配が不気味なほどない。いやむしろ、気配を押し殺すことで余所者を拒絶するよそよそしさ、禍々しさに満ちている。静謐の奥にあるざらりとした拒否の感覚。ロマ族が住む隣接した地区に広がる、丘の斜面に穴を穿《うが》った洞窟住居の群れが、なぜか壮大な墓所を連想させる。死からも拒絶された私は、ただ一人、坂でサッカーボールと戯れている青年に道を尋ね、ようやく帰路を見出す。

34

突然、声が闇の中から立ち上がってくる。それは、闇が結晶して声となったかのようだった。というより、闇そのものを産み出す声というべきだろうか。声から漆黒の闇が溢れ出し、それがみごとな布のごとき造型となって空間に屹立する。まさに、豊饒な「生」の中心にのみ存在し、「生」を密かに支配する深い闇そのものだ。生命の本質としての闇。増殖し続ける闇。闇の声そのものに直撃されて、私のうちの闇もうごめきだす。いや、私の内部に存在しえない豊饒な闇をさえ、その声は次々と産み出させてしまう。

35

遠足で来ている中学生たちが、オレンジの中庭のあちこちの木陰で所在なさそうにたむろしている。そのうちの一人のお調子者が、両手を胸の前で合わせてお辞儀をし、一緒に写真を撮ろうと声をかけてくる。記念写真におさまった後、「アミーゴ」といって握手をすると、意気揚々と引き上げ、仲間の少年たちから拍手喝采を浴びて大喜びする。見学を終えて中庭にもどると、同じ学校の生徒たちが、こちらの姿を見かけるたびに、「アミーゴ！　アミーゴ！」と大合唱して笑いさざめく。

36

白い石灰岩と赤いレンガとを組み合わせたアーチの無限の連なりが、強烈な酩酊感を誘ってくる。何回にもわたる改修のたびに、アーチは自己増殖を繰り返していったかのようだ。イスラム教とキリスト教による改修が、それぞれを自己主張しながらも、全体として不可思議な調和を見せている。分離・対立と融合とが、畸形的ともいえる様式の中で共生している。それが、深い酩酊を誘う要因だろうか。対立しながらも、排除しあわない。分離しながらも、融合している。その全体の不可解な在りようが、私たちを秩序ある混沌のうちに引きずり込んでゆく。

37

詩は日常を離れては存在しない。旧ユダヤ人街の民家の中庭には、ゼラニウム、レモン、ポインセチア、椿と、とりどりの花や植物が覇《は》を競うように植えられ、白いアーチが幾重にも層を成して住居へと続いている。中央の水盤には小さな噴水が設《しつら》えられて、清冽な詩が、水の形をとって噴出している。生活のただ中に深い静寂が抱え込まれ、この世とは思えぬ遠さがあふれ出している。水は、死者の国からあふれてくるのだろう。その日常を超えた死の静寂が、人々の生活を覆いつくしている。そう、詩は日常を超えたところからしかやって来ないのだ。

38

銀製品や革細工の店が立ち並ぶ市街で、目にも鮮やかな工芸品が、独自の光沢を発して、だが慎ましやかに己を主張している。これら繊細な工芸品も、また、詩とは呼べないだろうか。私たちの詩は、これほどの質感をもっているだろうか。確かな手触りをもっているだろうか。こうした細工をなしうる手のふしぎに心を奪われる。私たちは、手の尊厳をいつの間に失ったのだろう。彼らの一人一人は、律儀な職人にちがいない。その当たり前の技術の継承が、連綿と文化を支えてきた。ここには、自意識過剰の芸術品としての驕りや昂《たか》ぶりもない。その潔さもまた、詩の属性であろう。

39
オリーブ畑がどこまでも続いている。荒涼としたこの土地に育つのは、オリーブくらいしかないのだろう。人々は、そのオリーブの果実から油を絞って生活している。土地と植物と食物との連鎖。人は、土地に縛られてしか生活できないのだろうか。植物のように、土地にしっかりと根を張ってしか生きられないのだろうか。風にオリーブの枝が揺れ、風にオリーブの葉が裏返り、その意外な白さが、一人の旅行者でしかない私に、次々と疑問を突きつけてくる。

40
肉体を、生まれた土地、生活する土地とは別の場所に置いてみること。そして、乗り物によってたえず移動させること。旅の本質は、そこにしかない。乗り物にゆられ続けるその振動によって、肉体と意識との癒着に少しずつ亀裂が入り、やがて、リンパ液のようなものが滲み出てくる。移動と振動のためにジクジク滲み出たリンパ液は、新たな関係を繋ぎとめる直前に、たえずそれを破壊してしまう。せっかく張ったかさぶたを、治りかけについ剝がしてしまうように。すると、その傷口に、旅の情景が見知らぬ己の過去のようにヒリヒリと染みこんでくるのだ。

41

都市は必ず川を持っている。川こそが都市を生み出すための潜在的な原動力なのだ。川は流れる。人も物も流れる。そして、人や物が流れ着く場所にやがて市ができ、町ができる。都市は、己の内部にその原型として、川の流れをふくみもっているのだ。流れなくなったら、川は死ぬ。私たちの都市は、いまも生きた川を内包しているだろうか。私たち一人一人も、心のうちに流れる川を持っている。私の川は、いまも流れているだろうか。都市の中心を貫いて流れてゆくこの川のように、私の川は流れているだろうか。

42

詩人の名を冠したホテルに入る。部屋は、この上もなく簡素で、極めて散文的といえるほどだ。だが、かえってそれがすがすがしい。詩と散文とは、対立するものではなく、むしろ、強靭な散文精神の昇華したもの、その精華こそが、詩なのかもしれない。神がかり的なもの、憑依的なものよりも、散文を極限にまで殺《そ》ぎ落とした果ての、その本質の結晶こそが詩であると、言いきってしまいたい誘惑にかられる。具体的な形体として、詩を体現したホテル、詩を象徴する部屋とは、一体どのようなものだろうか。

43

空はまるで深い穴のように、頭上にぽっかりと空間をうがち、真っ白な雲がその高みをゆっくりと漂ってゆく。それは、地上にあるこの大きな円形広場を、すっぽりと収める収納庫のようだ。みやげものの屋台が数軒、ポツリポツリと立ちつくし、いま父親に買ってもらったばかりの風船を、うっかり手放してしまった幼い女の子が、青空に吸い込まれてゆくその赤い色のさまを、口をぽかーんとあけたまま目で追っている。あの子は、失ってしまったもののことを思って泣くだろうか。

44

この地を征服した王が、各地から職人を呼び寄せて造り上げた瀟洒《しようしや》な宮殿。支配者たちの破壊と建設の繰り返しのなかに、不意に浮かび上がる異質なものの混交と共存。天井一面に八角形を基本とする装飾が施され、それがどこまでも反復して伸び拡がってゆく。永遠の本質を、浮かび上がらせる意図で建設されたのだろうか。同じものの気の遠くなるような反復が、一瞬一瞬を凝固させ、そこから時間の流れを奪いとって、それを無限に積分してゆく。永遠とは、至福の瞬間が凝固したものの、連続する姿なのだ。

45

ヤシやシダなどの南方系の植物がほしいままに繁り、ハナモモが今を盛りと咲き誇っている庭園に降り立つ。枝の高みで、クロウタドリが透明な声で歌っている。松の一種だろうか、幹から樹液が滴り落ち、小さなハチが絡め取られてしきりにもがいている。何万年も経つと、これが琥珀に閉じこめられた虫になるのだろう。この小さな虫のなかで、時間はどのように流れているのだろうか。その時間の質は、私たちのなかを流れるそれとどう違うのだろうか。粘つく時間に絡め取られ、必死でもがく私自身がそこにいる。

46

「正気の沙汰ではないほど巨大なもの」をめざして建てられたカテドラル。何が人をして巨大なものへと駆りたてるのだろう。辟易《へきえき》するほどに金箔を貼り付けた眩《まばゆ》いばかりの祭壇。精霊の降臨を表現したはるか見上げるステンドグラス。数千本ものパイプを抱えもつオルガン。過度への烈しい意志が梁《はり》を上へ上へと張り出させ、その規模の壮大さと富の豪奢とでこちらを圧倒してくる。自ら増殖してゆく巨大なアーチの連なりが天井を押し上げ、私たちに酩酊をもたらして、正気の沙汰を超えた高みへと連れ去ってゆく。

47

風見の塔に昇る。螺旋階段をただひたすら昇る。めまいを覚えるころにようやく到着した展望台からは、街が一望のもとに見下ろせ、そのはるか彼方の丘陵地帯までが視野に収まる。展望台のさらなる上では、信仰の勝利を表すブロンズ像が風を受けて回転している。高さがもたらす不思議を思う。水平への移動に比べて、垂直への移動は、なぜこれほどの変化を心のうちに生じさせるのか。ふいに飛翔への夢が大きくふくらむ。真下を見下ろすと、めくるめく高さの感覚に、たちまち地表に張り付いて生きる宿命を感じさせられる。

48
幸福は世界に遍在している。ただし、それを感じ取るための器官が人には必要だ。オレンジの中庭で、噎《む》せ返るようなその花の匂いに包まれていたら、花粉と蜜にまみれる蜜蜂の幸福感に突如襲われた。プルースト的至福。その瞬間、私は蜜蜂だった。羽音をブンブンふるわせ、口吻《こうふん》を花粉と蜜でベトベトに汚し、有頂天になっている蜜蜂だった。蜜蜂の至福を感じた瞬間の、私の幸福は誰のものだろうか。蜜蜂のものか、私のものか。それとも誰のものでもないのか。そんなことはどうでもよいほど、私は幸福にまみれていた。一緒に写真をとろうと呼びかける、遠足の小学生の声で、現実に戻される。

49
もとは修道院であった美術館へ行く。静かな中庭のたたずまいが、そこに展示されている聖母像にそのまま引き継がれている。その甘やかな抒情は、宗教的な神秘を感じさせながらも、きわめて世俗的な感傷をも漂わせている。いったい、抒情と感傷との境界はどこにあるのだろう？　画面に参入させ、それを世俗の人物と感じさせるのは、感傷なのだろうか。日常世界を峻拒《しゅんきょ》するのが、抒情なのだろうか。情動に働きかけられはするのだが、そこに一抹の生な情感を発見して、とまどうしかない私がここにいる。

50

感傷は、人間の感情や情動にその対応物を求めるのに対して、抒情は、それを求めない。抒情は、誤解されているような、己のうちの感情を抒べることでは、決してない。抒情は、本質的に世界の側に立つものであって、第一義的には人間を必要としない。ものたちの、この世（人間が構成する世界）を超えた秩序の構築にともなう光そのものの、ものたちの自然のあり方そのものによる舞踏なのだ。その後に、そうした、ものの舞踏に触発されたときの心の動きそのものを、ことばによって探る行為がようやくやってくる。

51
感傷は、情動の種類を作品の側で限定して享受者に提出してくるので、どうしても押しつけがましさを感じてしまうし、その情動に、すでにして人間世界特有の匂いや湿潤さがまとわりついてもいる。一方、抒情は、そこに人間世界のあり方を超えた、もの独自の光と影の存在様式を、作品として提出するだけだから、そこに解釈の自由こそあれ押しつけはない。ただし、享受者が、その固有の世界に全的に没入し、想像力を全開状態にしたうえで、その世界そのものを自らのうちに感じ取れるかどうかが、大きな課題となってくる。

52
真夜中、ホテルの一室でふと目ざめる。遠くから私を呼ぶ声と聞こえたのは、隣室で言い争う押し殺した声だった。声はすぐに烈しさを増し、男女ののしり合いにまで発展したのち、いつの間にかまた嘆きや呟きにまで収まり、夢うつつのうちに静寂が訪れる。しばらくして今度は、動物のように荒々しく愛を交す烈しい息遣いや吼《ほ》え声が、薄い壁を通して耳元を襲う。すっかり目ざめさせられた私は、人間の行為が必然的にもつ、肉体的な哀れさと索漠たる物悲しさに、白茶けた壁を見つめて苦笑するしかない。

53

ローマ劇場の列柱の間を、風がかろやかな金属音をたてて走り抜けてゆく。発掘された古代遺跡の柱は、その大理石の肌理《きめ》さえも風化させて、おびただしい亀裂を生んでいる。そこを走り抜ける風は古びないのだろうか？　今吹いている風は、太古の風と同じだろうか。風にも、若い風、年老いた風があるのだろうか。そんな疑問には全くそしらぬふうで、列柱を吹き抜けた風は、私の頰をなぶり、心のうちまでを吹き渡り、自在に時間を超越して戯れあいふざけあって、笑い声を列柱の間に響かせてゆく。

54

光あふれる空から、突然、雨が円形闘技場に走り込む。青空が一面に広がり、薄い雲がわずかに漂うだけなのに、雨は舞いながら落ちてくる。雨と光の戯れ。天気雨は、結晶のようにきらきら光りながら、円形闘技場の花崗岩を濡らす。花崗岩は、雨と光の連合軍をさりげなく受け止め、古代からの密約どおりといった慣れきった自然さで己の役割を果たし、また、元の予定調和的な秩序へと回復させて、なにくわぬ顔でたたずんでいる。だが、一変した空気はさわやかな水分を含みこみ、光と水の戯れの余韻を今も漂わせている。

55

光は波動として伝わる。音もまた、波動として伝わる。この世界を根底から支えているのは、実は波動なのかもしれない。波動こそ、世界の隠された本質、世界のすべてなのだ。例えば、建物や橋やグラスが固有の振動数をもつことから明らかなように、一見波動と無関係に見える堅固な構造物も、己の波動性からは逃れられない。だから、ゆれうごくもの、振動するものを通して世界を見なければならない。いや、自らがゆれうごく主体、波動そのものとなってこそ、世界の本質は見えてくるにちがいない。

56

冷たいほどの半月。刀のような冴えをみせる半月。その光が目にもあざとい波動を描いて、三本柱からなる水道橋の残骸を照らし出している。冷涼たる月の光が、ざらついた肌に射し込み、その波動が岩肌の凹凸に染み込んでゆく。とうの昔に役割を終えたものの、しかもその残骸を、なぜに人は後世に残すのだろう。残骸であることが、欠落の深さを示現し、失ったものの大きさを記憶の底に訴え続けるためだろうか。残された水道橋は、そんな思いとは無関係に、黙したまま何も語らない。ただ、それを慰撫するかのように、冴え渡る月光がその肌をいつまでも照らし出している。

57

もともとは騎士団の館だったものを修道院として改装した建物が、今はホテルになっている。この部屋の、清潔でありながら、小さな窓が開いただけの風通しの悪い陰気さは、修道士の居室であったからだろう。岩肌は白く塗られ、テレビや冷蔵庫、現代風のしゃれた家具などが置かれているのだが、どこかそぐわなさは否めない。なぜか衝動的に、聖書の一節でもと思い手に取ってみたものの、この国のことばが読めるわけもない。突如、烈しい渇きにおそわれてテーブルの上の果物にむしゃぶりつく。オレンジ、リンゴと食べ続けても、いっこうに渇きは収まろうとしない。

58

旧市街の入り口にある市役所前の広場で、遠足に来ている小学生の女の子たちに「フォト！　フォト！」とせがまれる。カメラを向けると、慣れたしぐさで一斉に思い思いのポーズを決める。引率の教師たちも、ニコニコ笑ってこちらを見ているだけだ。この警戒心のなさ、屈託のなさは何だろう。何千年にもわたる多くの民族の侵略や移住の歴史をもち、そのため少女たちの肌の色や顔かたちも様々なのに、この共通する底抜けの明るさ、人なつっこさは、一体どこから来るのだろう。青空がひときわ濃くファインダーに映える。

59

中世に造られた頑丈な城壁が街をぐるりと取り囲み、その中に、ゴシック様式の聖マリア教会やルネサンス時代の貴族の館などが、今も当時のままに残っている。まさに混沌とした時間が、いくつもの層をなして凝結した街並みだ。教会の塔の上にコウノトリが巣をかけ、白い翼を大きく広げてこちらを見下ろしている。翼の間から、ヒナの頭がいくつか見え隠れしている。宗教や時代や国境の制約も受けず、コウノトリは大昔から変わらぬ時間を生き続けてきたのだろう。彼らの目にこの世界はどう見えているのだろうか。

60

人が鳥に寄せる思いには、飛翔の問題が深く関わっている。人は誰しも、空を飛ぶ夢を見る。地上を這いずり回る一生だから、飛翔に憧れる。大空を軽々と飛ぶ鳥。それに魅了されない方が難しい。だが、本当に鳥は軽々と飛んでいるのだろうか。むしろ、己の全存在を賭けるからこそ、飛ぶことができるのではないだろうか。そのとき限りの全力を傾けたぎりぎりの賭け。飛ぶたびに鳥は、それまでの己のすべてを賭けている。だからこそ人は、鳥に讃嘆の念を抱くのだ。人は、鳥ほど生を賭して己の空を飛んでいるだろうか。

61

大きな物音がして、何かが倒れる。初老の日本人観光客が、カメラを抱えたまま、車止めの傍の石畳に突っ伏している。今私と知り合ったばかりの男子高校生がすぐさま駆けつける。その友人たちも観光客を取り囲み、ハンカチやティッシュを差し出して熱心に介抱する。そこへ、足取りもおぼつかない老人がやってきて、ズボンのポケットからしわくちゃのバンドエイドを取り出し、ふるえる手で封を切ると、必死で観光客の血の滴る唇に貼ろうとする。その皺と染みだらけの年老いた手の暖かさが、じわっと心に触れてくる。

62

手の記憶。いわば脳が記憶しているもののほかに、手だけがもつ記憶というものがある。私たち自身が遠い昔に忘れ果て、思い出すすべもないことを、手が記憶しているのだ。たとえば、幼い日の祖父母の手。その皺だらけのがさがさした、そのくせ、ひなびた陽だまりのように不思議に暖かい感触。青く澄んだガラス玉のひんやりと冷たい手触り。手の中で暴れる小魚の律動。手だけが覚えているそうした数々の記憶は、手の皺の一本一本に深く刻まれ、手を媒体とするような体験をしたときだけ、突如として蘇ってくるのだ。

63

小高い丘の上に建つ、砂岩を無骨に組み上げた城砦《じょうさい》の跡に上る。オレンジ色の屋根が群がる町の全景が見下ろせ、その先にぽつりぽつりとオリーブが生えているだけの荒涼たる赤茶けた大地が、眼路のはるか果てまで広がる。風が吹くと赤茶けた土埃が舞い上がり、それがここまで吹き上がって、ツーンときな臭い匂いが鼻の奥を襲ってくる。この地から新大陸の征服者や探検家たちが輩出した理由が、透けて見えてくるようだ。このやせた土地には、オリーブ以外は根を張ることさえできない。鎧われた城の保護から出た者たちは、新たな土地で根付くことができたのだろうか。

64

バスターミナルへの帰り道に迷う。分かりやすい道順だったのに、どこでどう間違えたのか、とうに着いていなければならないはずが、いっこうにバスターミナルは姿を現さない。周囲が突如見慣れぬ街並みに変貌し、急に胸騒ぎに襲われて、引き返した方が安全だと思い始めたころ、とんでもない方向に遠く、見覚えのあるターミナルの光景が浮かび上がる。道は生きていて、勝手にその位置を変えて部外者を困らせるのだろうか。どこかなじめぬものを感じていた私の胸のうちを、この町に感づかれたのだろうか。

65

たしかに道は生きている。自分自身の意思をもっている。道は自然発生的に生まれる。地形に沿って大きく湾曲し、突然分岐したかと思うとまたはるか先で合流し、やがてなだらかに下り、つづら折に曲がって、自分の意のままに増殖し、人間の思いには決して従わない。ただ、自然と人間の生活とがうまく折り合った場所にだけ、道は自発的に生ずる。山を切り崩し海を埋め立てて、無理やり造った人工的な道路は、だから道とはいえない。その醜悪さゆえに、いずれ自然の意志によって破壊され、消滅させられるに違いない。

66

風の道というものがある。目には見えないけれど、風が通ることによって自然に造られる道がある。旅人は、知らず知らずのうちに、その道に導かれるがまま、各地をさまようのかもしれない。風は見えない。木の葉のゆれや頬をなでる感触によって感じ取れるにすぎない。不可視でありながら感得できるという、この風の特殊性こそが、その存在の大きさを物語っている。体を吹きすぎる風は、同時に心のうちをも吹き渡ってゆく。だから、気がついてみると、吸い寄せられるように風の道をたどっている自分を発見するのだ。

67

黒いマリア様。拍子抜けするほど小さくくすんだ、黒いマリア様。風に導かれるがまま、私はここへ来た。信仰心をもたない私にも、何かがじんわりと沁みこんでくる。美術品としての感動ではない。だが、稚拙で無骨なほどのその像から、じんわりと沁みこんでくる暖かいものがある。心のうちに広がるとまどいや動揺にいっこうにお構いなしに、それらの情感をおおどかに包みこんでくるもの。風のように、水のように、心のすき間に音もなく侵入してすべてを埋めつくし、心のうちを想いで満ちあふれさせるやいなや、黒いマリア様は百八十度回転し、あっさりともとの位置に収まってしまう。

68

峨々たる山中を走る。両側から切り立った奇岩が迫り、バスはそれらから遁れ去るように走ってゆく。むき出しの岩肌が林立する荒涼たる土地。しかし、一つ一つの岩はそれぞれの表情をもち、あるものは厳《いかめ》しく、あるものはユーモラスで、その次々と変化する景観は見飽きることがない。一方で、そのあまりもの不毛に心の疼きさえ感じるほどなのに、他方で、うきうきと弾む気持ちも否定できない。自然が己の本性をむき出しにして、この土地を支配しているからだろうか。自然の猛々しさは、人を昂揚へと導くのだろうか。

69

鋭角的な岩肌の赤茶から沃野の緑一面へと、色彩が一挙に変わる。緑野はなだらかな起伏を描いて眼路のはるか先まで続き、吸い寄せられるがままに、目がその起伏をよろこんで嘗《な》め回す。風も、鼻を刺す無機質の匂いから、草の匂いを含んだ有機質へと変化する。その劇的な変化に真っ先に体が反応する。ついで、心も切り開かれ、風景のなかへ溶け込んでゆく。「私」などというものはどこにもなく、ただ魂だけが、緑の野原を根無し草となって、己の思うがままに漂い流れ転がり戯れて、意識がぼんやりとそれを追っている。

70

三方を深い谷に守られ、川に抱かれて眠る古都。全体にうすい靄をまとって、カテドラルや王宮を前面に据えて、その優雅な姿を対岸から見せている。都市の全体像を見ておくことは必須条件だ。一つ一つの魅力に捕まったら、どこまでもその微細な部分に入り込んで、迷路のうちをさまようしかない。たとえて言えば、女の手の指紋の一つ一つや唇のしわの一本一本に惑溺するのに等しい。細部に溺れるばかりで、その本質は少しも見えない。そう、距離を置いて全体像を見据えてから、一つ一つの細部の占める位置や意味を愛撫するように味わってこそ、その都市の本当の魅力に到達できるのだ。

71

都市は、固有の記憶を持っているにちがいない。戦乱や繁栄をふくめた栄枯盛衰の歴史はもちろんのこと、今までその都市に存在した一人一人の誕生から死まで、一つ一つの建物の建設から消滅までをふくんだ、すべての記憶を保持する秘密の装置のようなものが、目立たぬ場所にひっそりと隠れてあるのだろう。路地を曲がった途端、都市の記憶に思いがけず襲われて、瞬間的にその本質のすべてを理解したり、その負の歴史にたじろぐ想いがしたりするのは、記憶装置の一端にそれと知らずに触れてしまったからにちがいない。

72

狭い路地をさまよい歩く。路地は突然狭まったり、分岐したり、急に曲がったりしながらくねくねと続いて、部外者にとっての迷路を形成する。この迷路に捕らわれてこそ、その都市の記憶装置に触れることもできるのだ。さまよいを目的とするさまよい。さまようといっても、川と城壁に守られているこの都市の外部へさすらい出ることはない。いわば、都市という胎内での保護されたさまよい。第一、どこからでも見える男根のようなカテドラルの塔を目当てにすれば、己の位置はすぐに知れてしまう。それでも、都市は、さまようという戯れの行為を、その享受の基盤に必ず要求してくる。

73

表通りを入った狭い路地の角から、ふとかび臭い匂いが立ち昇る。それは、乾いた死の匂い。遠い死者たちが立てるかすかな生の痕跡。さまよい歩くうちに、乾いた匂いがあちこちから立ち昇り、やがて都市は、死者の匂いで満ちあふれる。しかし、そこに不吉さは少しもない。これは、成熟した都市が立てる固有の香りなのだ。住民よりも死者の数の方がはるかに多い都市。いにしえからの死者の比率が高いほど、都市として成熟する。なぜなら、死者の魂を礎として、それを醱酵させることで、都市の精神性は自然に高まるからだ。

74

どこを歩いても付きまとってくる影。カテドラルを見ても、美術館や教会に入っても、必ずといってよいほど、その影がどこかからふいに現れる。それは、あの「ギリシア人」の異名をもつ者の影。派手な色彩のみやげもの屋や目にも綾な象眼細工。そうした浮き立つような華やかさの陰に、ふとしのび込む冷涼な気配。ふり向くと、妙にひょろ長い亡霊めいた蒼白さで、影が薄暗い場所にたたずんで、こちらをそっと窺っている。「ギリシア人」の霊魂が肉体からあくがれ出て、都市のあちこちの暗がりに身を潜めているのだ。

75

初夏を思わせる日差しは、中心の広場にさんさんと降り注ぎ、汗ばむほどの陽気に、都市自体が歓声を挙げている。すべてを暴き出すほどの日差しの中で、女子高校生たちが、その伸びやかな肢体から手足をはみ出させ、それでも足りないかのようになめらかな腹部を丸出しにして、アイスクリームを食べながら笑いさざめいている。日に焼けた肌がまぶしいほど輝いて、改めてここが太陽の国であることを思い出させる。このやり場のないほどの若さの発露を、この都市はどうやって受け止めているのだろう。

76

なだらかに湾曲する坂を下る勢いのまま、城門から都市の外へと押し出される。胎内から産道を通り、新たに生まれ出たかのような解放感を味わい、思わずふり返る。花崗岩でできた堅固な門が、威圧するように視界をふさぎ、この都市の底深い歴史を秘め隠すかのように佇んでいる。一つの都市をさまようことは、こうした受胎と誕生を繰り返すことなのだろう。一匹の精子として都市の子宮に入り、かりそめの受胎を経て、仮想的な誕生に至るという。そう見れば確かにこの城門は、巨大な女性器めいて見えてこないでもない。

77

かつて病院であったという美術館に着く。若く知性的な美人が、鍵を開け閉めしながら、一部屋一部屋説明してゆく。まっすぐこちらの目を見ながら、旅人である私のために、決して流暢とはいえない英語で簡単な解説を加え、間違えると真っ赤になって訂正する。その聡明でやわらかな声が、耳の奥深くまで入り込んでくる。「この聖母は画家の奥さんをモデルにしたものと言われています。美人でしょう。」という声に、思わず出かかった「あなたの方がずっと美しい。」ということばを、甘酸っぱい果汁のように慌てて呑みこむ。

78
夕日が城壁を照らし出し、その反照のなかですべてが移ろってゆく。刻々変化してゆく夕暮れの光の移ろいのうちに、事物の影たちが、一日の義務を終えておもむろに収斂してゆく。長い年月にわたる古都の時々による変遷も、夕暮れが生み出すいくつもの光の層とそれぞれ密かに通底しあって、移ろいのなかでたゆたっている。すべてが夕暮れの移ろいのなかにある。戯れ、漂うすべての事物の影は、様々な相貌を一瞬見せ、夕暮れの光がうち震える岸へ寄せてゆく。やがて、闇がすべてを包みこむ新たな夜が、静かに古都にしのび寄る。

79
いくつもの風車が丘の上にほぼ等間隔に並んで、目に見えぬ風をリレーしてゆく。風は澄み切った空気の層をいくつも渡って、地上に吹き降りてくる。あんなに親密でいながら、風はなぜ空の青に染まらぬのだろう。己の出自である青空の果てを、忘れ去ってしまうからだろうか。風はいつも、すでにある己を捨て去って進んでゆく。一瞬ごとに己を捨て去るという行為が、移動のエネルギーとなるのだろうか。風は、大きな軌跡を描き、しばし風車の羽根に憩った後、すぐに己の過去を忘れ果てて、次の風車へと移動してゆく。

80

この静謐さは一体何であろう。空虚のうちにひそむ静謐さではない。静謐さの本質としての静謐さ。緊密な組成からなる静謐さは、しかし決して重くなることはなく、壮大で華麗なこの王宮の空気をさわやかに支配している。ここにすべてはある。しかし、あることによる充塞感《じゅうそく》はここにはない。ただ静謐さが、ある種の音楽だけがもつ静謐さが、潮のように空間に満ち渡ってくる。抒情的な旋律が耳の奥に侵入し、流れる律動が心をくすぐる。劇的なまでに烈しいパッションを感じさせながら、静謐この上ない音楽のうねりが、空から一面の光となって降り注いでくる。

81
堅牢な城壁に廻りを取り囲まれた中世の城塞《じょうさい》都市。円く張り出した何十もの頑丈な見張り塔が、周囲を威圧するように規則正しく並び、その影がおだやかな緑の野原に伸びている。これほどまでに堅固な城壁によって守ろうとしたものは、一体何だったのだろう。城壁は、守るべき内部を生み出すことによって、また、外部をも生み出す。守るべき内部のあることが、結果的にそれとは異質な外部を作り出してしまい、その正体の見えないものの影に日々怯えるということも、またあるのではないだろうか。

82
厳寒のこの地で、真冬でも裸足にサンダル履《ば》きで修行したという修道女。その無防備さと堅牢な城壁とのあまりの齟齬感。この聖女の中で、内部と外部とはどのようにせめぎあっていたのだろう。外部を烈しく感じ取るために、生涯裸足を貫き通したのだろうか。厳冬の凍みこむような厳しさを、己の内部世界に取り込もうとしたのだろうか。荒涼たる外部があってこそ、初めて豊饒な内部が存在するのだ。この聖女の名前を冠したお菓子を食べると、その濃厚な黄身の甘ったるさに、またしても烈しい齟齬感が襲ってくる。

83

生家の近くに立つ、聖女が愛したという古い樫の巨木の前に佇む。ほとんどの葉を落とした枝は、空を区切るように広がって、その姿を鮮明に彫り付けている。聖女と同じく、自らの聖性に気づくことさえなく。いつか読んだ臨終の樹、生命の樹をふと連想する。毎年の祭りの中日に、天国に立つその樹がしずかにゆすぶられる。その樹から落ちてくる葉には、次の年に死ぬ人の名が記されているという。これを読んだのは、ロレンス・ダレルの小説のなかだっただろうか？　私の名前はどこに書かれているのだろうか？

84

二段に組み上げられたローマ時代の水道橋が、瀟洒な影を大きく広場に横たえて、その堂々たるアーチの連続が、軽快なリズムを目のうちに呼び起こす。風は、橋の下をくぐったり柱にじゃれついたりして遊んでいる。アーチを形成する武骨な石たちは、スクラムを思わせる強靭さで互いにすき間なく組み合い、地上の引力に軽々と耐えて風のなすがままにさせている。この石と水と風と光との調和が、虚空におおどかな旋律を奏で、そのきらめく音の一つ一つが、アーチのリズムに合わせて飛び跳ね、憩い、戯れあって、二千年近い時の流れのなかで己を表現している。

85

狭い路地から突然、ロマネスク教会の廻廊が姿を現す。廻廊というものは、なぜ、これほどまでに人を夢見心地にさせるのだろう。優雅な柱頭をもつ円柱の連続が、永遠へのリズムを思い起こさせるからだろうか。たえず吹きぬけてゆく風たちが、しばらくの間語り合う場所だからだろうか。それとも、内部でも外部でもない、そのどちらにもなりうる境界性に、心がゆれ惑うからだろうか。一本一本の柱を、ハープの絃としてかき鳴らしてみたい誘惑にふとかられる。廻廊は、どんな音色で応えてくれるのだろう。

86

城塞都市のちょうどくちばしの位置に建つ王宮。増改築を繰り返したこの建物は、おとぎの城めいた表向きの優雅さの陰に、どこか不気味なまでの重厚さを秘めている。王宮内部から見わたすと、むき出しの太陽が赤茶けた大地を照りつけ、ここが城塞であることを感得させる。戦略上の拠点である川の分岐部に、くちばしをねじ込むように伸ばして、攻撃の意志を明確に誇示している。だが、おとぎ話にひそむ残酷さを考えると、一見優雅なこの城が、血なまぐさい歴史にまみれていたとしても、何の不思議もないだろう。不気味な重厚さは、きっと染み込んだ血の重さによるものなのだ。

87

移動に次ぐ移動。転移に次ぐ転移。流れ者のように新しい土地をへめぐり、記憶をふり捨てるようにまた別の土地へ移る。景色も人も物も、次第に遠近感を失い、すべてが平面に収斂してゆく。のっぺりとした膜に包まれて、すべての色が同調してくる。人は、忘れるために旅をするのだろう。定住していると、日々の記憶が降り積もるばかりで、人は忘れ方を忘れてしまう。忘れ方、ふり捨て方を思い出すためにこそ、人は旅をするのだ。だが、そうして忘れ去った果てに、なお硬く痼《しこ》ってくるものは、いったい何だろう。実は、旅は忘れるためではなく、それを感得するための行為なのだ。

88

忘れ果てた末になお残るもの。それを、原郷と呼んでみようか。人は、生まれ落ちる時と場所とを選べない。しかし、時間は、本質的に不可能だとしても、空間的には、別の場所に生まれた自分を擬似体験することはできる。それが旅の本質だろう。その土地の視点で見てみると、いつもとは違う景色が見えてくる。全く違う風が吹き、全く違う光が降り注ぐ。しかし、どんなに心ふるえる体験をしても、そこが魂の原郷であるはずがない。逆に、己の異邦人としての意識が鋭く突き刺さってくるだけだ。その疎外感、違和感を味わうことこそが、旅の本質であろう。

89

人は深く母語に絡め取られている。旅のはじめの軽い興奮が冷めた後、深い疎外感が襲ってくるのはそのためだ。母語を離れて、「私」というものは存在しない。そう、ことばが日々「私」を形作り、ことばが日々「あなた」を形作る。そのことの痛切さが、いま、私を襲う。何も書かない間、人はしばし、かりそめの自由人でいられる。しかし、ことばが必要となる時が必ずやってくる。体験のほとんどが忘却の彼方に過ぎ去ったにしても、なお残るものを確実に己のものとするためには、人には母なることばが必要なのだ。そのことが、私を深く安堵させ、同時に、軽い苛立ちを感じさせる。

90
烈しい情念のほとばしり。心のうちに抱えきれなかったものをぶちまけたような画面の烈しさ。しかし、それが決して無秩序にはならずに、それ以前には全くなかった新しい様式を生み出す原動力となっている。色彩を極力押さえ、ほとんど黒と白の明暗だけで構成されているのは、情念の根源性を示しているのだろう。悲痛な叫び声を挙げる人間に混じって、牛や馬も、生命の究極的な表現として登場している。エネルギーの噴出の凄まじさに圧倒されながらも、それにたじろぐ自分をも、かすかに感じ取っている私がいる。

91
窓辺の少女は、おだやかに広がる海を見て、物思いにふけっている。女らしさを見せ始めた腰のあたりに、海風になびくスカートのかろやかな生地が層を成して戯れかかり、そこから、健康にはちきれんばかりのふくらはぎが輝き出ている。画家の愛撫するような視線の過剰が見る側にも伝染してしまい、後ろ向きになった少女の顔は全く見えないながらも、すでにその姿に魅了されてしまっている。後ろで束ねた髪がやわらかに吹きすぎる風になびいて、そのほつれ毛のふるえに、心のうちの深く秘められた襞がくすぐられる。

92

澄明で静謐な音楽があふれ出す。鮮やかな色たちは、その形象の内部にあることを律儀に守りながら、互いに補完しあって全体としてみごとな調和を見せている。軽快な律動を刻みながら、どこかユーモラスな舞踏を表現している。これはもはや、絵画の枠をはみ出してしまった、絵画による音楽、絵画による詩に他ならない。形象と色彩との葛藤は、初めからここには存在しない。先天的に形象は色彩を求め、色彩は形象をうべなって、豊かに自足している。ただし、つねにかろやかに律動しながら、楽しげに舞踏しながら。

93

真横を向いて背筋をすっきりと伸ばし、遠くを見つめる若い貴婦人。秀でた額、美しい直線を描く鼻梁、引き締まった口もと。若い胸元はつつましやかに盛り上がり、華麗な衣装は目もくらむばかりだ。この端正なたたずまい、究極の静謐は何だろう。微動だにせず、永遠を見つめ続ける若い貴婦人の全き不動性。一瞬が永劫の中で凝固し、一つの形象と化したかのようだ。だが、内部からあふれ出てくるものがある。永遠の彼方に眼差しを伸ばしながら、絶えずあふれ、流れ、漂い、一瞬一瞬移動し変化してゆく密度の濃い時の流れがある。その固有の時の流れの中から、詩が滾々《こんこん》と湧き出てくる。

94

詩は音楽を模倣するというなら、絵画や彫刻や建築を模倣する詩があってもよいのではないだろうか。詩の出自をふり返ってみれば分かるように、確かに、かつて音楽と詩とは一体不離のものであった。

それゆえにこそ、失われた半身である音楽の状態を、詩があこがれ求めてやまないということはあろう。ならば、未来に向けて、絵画や彫刻や建築との融合へと進んでゆく詩のあり方も、また可能性としては考えられるのではないだろうか。言ってみれば、それは未来形としての詩、来るべき詩であろう。

95

しかし、それは、すでにある絵画を単にことばでなぞるようなものであってはならない。それでは、詩が絵画に隷属することになってしまう。他ならぬことばによって、今までに描かれなかったような絵画を、非在ではあるけれど、くっきりとした輪郭と明快な色彩と生き生きとしたタッチをもったタブローを、読むものの心のうちに浮かび上がらせなければならない。意味のうちに逃げこむのではなく、ことばの色や艶や形、その微妙な明暗や陰翳を総動員することによって、非在の実在性を構築しなければならない。

96
夕暮れの重い幕を切り裂くようにしてタクシーは走り出す。おそろしく無愛想な運転手は、行き先を告げる私に返事さえせずに、ラジオのサッカー中継を大音量で流している。「どちらのチームが勝っているのか?」「エースストライカーは得点したのか?」と矢継ぎ早に質問すると、とたんに運転手の顔つきが変わり、聞きもしない地元チームの最新情報までを、上機嫌で次々とまくしたてる。目的地に着くと、つり銭とともに、満面の笑みと「アリガトウ」というカタコトの日本語までもが付いてくる。

97
空は一気にたそがれて、深い闇が地表に降りてくる。空の端には、まだ夕焼けの名残がわずかにとどまり、気まぐれな雲がその色をとりどりに反射している。深い闇も一様ではなく、その微妙な濃淡を一面に展開して見せている。都市の闇は不思議だ。その人工的な光は、闇に抗うように虚空に向かって自らを放射させながら、結局は、闇の深さを際立たせてしまう共犯者のようだ。抗うことで、闇の特質が引き出されるのだろうか。人はぞくぞくする闇の底知れぬ深さを体感するためにこそ、人工照明の下に繰り出すのだろうか。

98

都市の風に吹かれることはよいことだ。その猥雑さに肌をさらすことはよいことだ。次々と流れてゆく人の群れ。うそ寒い光の中を走り去るおびただしい車。都市のざわめきが地の底から湧き上がり、アスファルトやガソリンの匂いに混じって、ふと通りすがりの人の体臭が鼻腔を打つ。すべてが瞬時に移ろい、確かなものなど一つもない。世界は、一瞬かりそめの姿をさらし、また次の一瞬に逃げ込んでゆく。すべてが流れてゆくことはよいことだ。だから、人は息がつける。今この瞬間に正対できる。そして、次の一瞬に移動するその瞬間ごとに世界をかろうじて受容する。

99

明るい日差しが満ちあふれる町角の空虚。明日は、日常が待つ空間へと移動しなければならない。しかし、この光、この空、この風は、一瞬後に移ろってゆくとしても、この瞬間において確たる実在であることに間違いはない。移ろってゆく実在を、哀しみのように胸のうちに抱えて、日常に回帰すること。瞬時に移ろうものだとしても、移ろうことこそものごとの実体であるのなら、移ろう主体となって、転移に次ぐ転移、移動に次ぐ移動の果てに、この光のうちにひそむ明るい転移へ、この風がはらむ澄明な移動へ、私自身を投影してしまえばよい。「私」の実在などどこにもないのだから……。

＊　本詩集は二〇一〇年五月三〇日書肆山田発行。装幀・菊地信義。

大地の貌、火の声／星辰の歌、血の闇

大地の貌、火の声——エウリピデス「バッカイ」による

＊

ゴォーッ　ゴォーッ　ゴォーッ　と
空全体がどよめくように鳴り響いて
ブォーン　ブォーン　ブォーン　と
黄濁色の砂嵐が空全体を揺るがして
地表のすべての事象に襲いかかる
中空には稀薄な月が震えおののき
その蒼白な光が地表に滴り落ちて
泣き叫ぶ風に吹き散らされてゆく

＊

うすい闇がゆっくりと退いてゆく
荒涼たる地表が靄にかすんで現われる
一面の薄氷《うすごおり》に覆われた湿原地帯
水中に漂う藻が力なくゆれ動き
ほんのかすかにゆれ動き
水辺から生え出たわずかな葦が
折からの風にかしゃかしゃ震えだす
水面《みなも》に嵌《は》めこまれた貧血質の空の中を

鉛色に染められた雲が流れてゆき
一本だけ枯れ残った樹木の
ひねこびた幹の乾いた肌を
風がほそほそ渡ってゆく
ひゅうひゅうひゅう
ひゅうひゅうひゅうと
死者たちの吐く苦しげな息が
大地の底から噴き上がり
魂の奥を螺旋形に抉って
私の息のうちに潜りこむ

＊

何も見えぬ。
何も聞こえぬ。
ただ遠い、遠い所から、
かすかにわたしを呼ぶ気配が、
真実の名を呼ぶ気配が、
はるかな地響きとなって、
わたしの肺腑の襞をくすぐる。
魂の柔らかな部分を食い破る。

胸の奥底から滾《たぎ》ってくる、
この空無は一体何だろう。
ぬめりとした記憶のこの手触りは……。
暗闇の奥からかすかにとどろく、
風に消え入りそうな火にも似た、
この記憶のうすい靄は何だろう。
身を疼かせる痛みは何だろう。
闇に覆われた荒涼たる世界に、
死者たちの貌が浮かびあがり、
ぼうっと光るように浮かびあがり、
吹き荒れる生ぐさい風のなかに、
死者たちの魂がひしめき合って、
枯れ果てた木々を吹き鳴らし、
魂の奥底に呼びかけてくる。
その手で魂に触れてくる。
わたしの魂はねじれ、よじれ、ちぎれ、
激しい痙攣におそわれる。

肺腑の奥を抉る記憶が、
思い出したくもない呪われた記憶が、
魂の吐瀉物として噴出する……。
何も見えぬ。
何も聞こえぬ。
ただ遠い、遠い所から、
かすかにわたしを呼ぶ気配が、
真実の名を呼ぶ気配が、
はるかな地響きとなって、
わたしの肺腑の襞をくすぐる。

＊

ああ、どうやって嘆き悲しんだらよいのか。愛しい息子の体が、このように無惨にもバラバラになってしまった。あちこちに飛び散ってしまった。ああ、大地の底からわが子の貌が、恨めしげに睨《にら》んでいる。おお、足はどこ。手はどこ。ああ、これが愛しい胸。これが愛しい肩。この一つ一つが、わたしの愛しい息子。血まみれになった一つ一つを抱きしめて、バラバラになった一つ一つに口づけて、もう一度愛しいわが子をこの胸に抱きしめましょう。もう二度と、もう二度と離すものですか。これが、わたしの甘い乳房を求めて幼い日に差し出された可愛い〈おてて〉。そして、これが、わたしを追いかけて初めて大地を踏み出した可愛い〈あんよ〉。おお、それがこんなにも無惨な姿になるなんて。元の形をとどめぬほど血まみれになって、バラバラに飛び散らかって……。ああ、しかも、なんという、なんということか。愛しい息子の体をバラバラに引き裂いた張本人こそ、このわたしなのだ……。愛しい息子を殺された被害者にして、愛しい息子を殺した加害者。一体、どの神が、どこの神が、このような酷《むご》いことをわたしにさせたのか。苦しい、苦しい。胸が張り裂ける。心臓が破裂する。わたしが、わたしが、なにをしたというのでしょう。これが、わたしの、運命《さだめ》ということなのでしょうか。

＊

どろどろどろどろ　どろどろどろどろ
とどろく大地の底から身悶えする声が湧き上がり
どっどっどっどっ　どっどっどっどっ
どよめく大地の裂け目から絶望の闇が噴き上がり
狂奔する魂の群れを爛《ただ》れた色に染めてゆく
深淵から噴き上がる荒ぶる大地の慟哭は
互いにひびき　絡み　もつれあって
この世を存在の根底からとどろかせ

擦り打ちのリズムを生み出す
大地全体を揺り動かすリズムは
次第に狂熱の度を増し
大きな渦にまで成長して
はやり　たけり　狂い
すべての事象を巻き込む
狂乱する熱波の嵐は
山全体を吹きどよもし
荒れ狂う奔流となって
一気に山を駆け下《くだ》り
地形に沿って伸び拡がり
地形のままに分離集合して
時の遙か彼方へと流されてゆく
大地の裂け目から溢れ出した絶望の闇は
ひそやかな血の呻《うめ》き声となって
荒地を這い　凋れた川面を渡り
廃墟の建築群をあてどなく彷徨い

湾曲した鉄骨の残骸に嗚咽《おえつ》した後
人々の肺腑の奥底を鋭く抉って
終末への不安に魂をとどろかす
荒涼たる風景が支配する世界に
ただ空無の風だけが吹き渡り
泣き震える風だけが吹き渡り
色を失ってとどろく大地の闇から
一瞬死者たちの貌が浮き上がり
蒼白な貌の行列が揺れひしめいて
呪われた記憶が大地を漂い始める

＊

わたしのしてきた旅のことならば語りたくもない。いや、語ることはできない。なぜなら、旅は、あまりにもわたし自身となってしまっているから。わたしは、長い、長い年月を彷徨ってきた。くらい冥界を経巡ってきた。壊れた記憶がぐずぐずと崩れ落ちる土地や、呪われた記憶が饐《す》えた匂いを放つ土地を、一人彷徨ってきた。旅寝につぐ旅寝の日々を送ってきた。太古から積み重ねた旅の記憶のために、いまや、旅は、わたしの体そのもの、わたしの息そのものとなってしまった。かすかな記憶の温もりに、思わず涙した日もあった。悔悟に次ぐ悔悟に、哀しい慰藉を味わった日もあった。しかし、わたしの体に染みついた忌まわしい記憶は、忘却の河の水でいくら洗おうとも消えることはない。地獄の火で焼き亡ぼすこともできない。わたしは、旅の中で生きることを宿命づけられた。この忌まわしい記憶とともに彷徨う運命なのだ。老いさらばえた身を冥界の風に晒して、永劫に漂泊し続けなければならないのだ。この乾いた老残の身だけが、いまのわたしの唯一の拠り所。この骨ばった手で、軋む体にしがみつくことしかできない。思い返せば、わたしの人生は、初めから呪われていた。あの、神に愛された姉を、身の程も知らずにうらやんだ時から、呪いは始まっていたのだ……。

＊

やわらかな夜風が川面を吹きわたり、わたくしの衣裳の裾をたわむれに翻しました。夜風は甘やかな薔薇の香りを運び、その温かな感触が、わたくしの足首からふくらはぎ、ふくらはぎからふとももへと這い昇って、わたくしの頬を陶然たる色に染めました。わたくしの肌はほんのりとほてり、わたくしの骨は恥じらいにやわらかくなりました。あなたは夜風に姿を変えて、わたくしの愛を求めました。わたくしのなかに入っていらしたとき、全身を薔薇の香りをふくむ温かな夜気《やき》に包まれて、一瞬わたくしは自分がだれであるかを忘れてしまいました。胎内深くを突かれたとき、わたくしの体は火を当てられたかのようにびくっとふるえ、胸は霊的な幸福感におののきました。そのとき、わたくしは自らの胎内に新しい命が宿ったのを知りました。胎内から全身に生命がみなぎってくるのを感じたのです。わたくしはあなたのお姿をせめてひと目だけでも見たくて、その変装を解くようにお願いしました。なんと愚かな女心だったことでしょう。あなたのお姿を、死すべき運命をもつこのわたくしが、ひと目でも見ることができると思っていたなんて……。

*

突然、火の手が上がる。
火は、一瞬視界から消え、
幻かと、誰もがいぶかしむ頃、
火は、事物の魂に忍びこみ、
やがて具体的な形象を求めて、
事物の外郭を食い破り、
突然、世界に跳梁する。
壁から噴きあがり、柱を薙《な》ぎ倒し、

屋根を突き抜け、天空に踊る。
火は、地上の事象を呑みつくし、
己とともに亡ぼしつくそうとする。
天の怒りの声が顕現した火は、
一閃の光となって地表に降り立ち、
瞬く間に世界のすべてを支配する。
火は、燃えることば。
火は、燃える魂。
火の王国が、地上に屹立する。
火の声が、世界を跳梁する。

＊

燃えろ、燃えろ。炎となって立ち上がれ。私は、燃やさねばならぬ。私に属するものすべてを燃やさねばならぬ。火は、魂の一瞬の形象。不浄なこの世を通過する霊魂。だからこそ、魂の浄罪としてすべてを燃やさねばならぬ。いまこそ、己のうちなる自然の声に従って、己のうちなるすべてに火を点けるのだ。すべてを失いつくすのだ。もういい、人の手によって生み出された、まがい物に支配される日々は。世界のあるがままを肯《うべな》うために、火を点けるのだ。炎の燃えたぎる道を、自らの意志で進むのだ。燃えろ、燃えろ。すべてが燃えろ。すべてを失ったところから始まる道がある。激しい炎の果てにこそ、進むべき道も現われるのだ。人の魂も、火の錬金術によって鍛え上げられる。火の声に耳を傾けてこそ、新たな魂の地平が切り開けるのだ。私は火の中に生まれ落ちた者。おお、火が血管の中を駈け巡る。「火を点けろ、まぶしい稲妻の松明を。」火の力によって魂を浄化するのだ。火こそ、この世の王、我らが帰属すべき魂の原郷なのだ。火を！　火を！

＊

わたくしはなんと愚かだったのでしょう。あまりにも幸福であったがために、死すべき運命にありながら、あなたを自分のものにできると思い上がっていたのです。その代償として、わたくしの体はこの目とともに、天上から落とされた烈しい火に一瞬にして焼きつくされ、あなたの子どもを月満たぬまま産み落としてしまいました。でも、この体が雷に打たれたとき、あなたになんの怨みの感情もわきませんでした。むしろ、自分の愚かさだけがはずかしかった。身のほど知らずの自らの行為が呪わしかった。いえ、隠してもしょうがありません。火にこの体を貫かれたとき、わたくしの体が、いえ、魂が、喜びにふるえたといったら、お笑いになるでしょうか。ただ心配だったのは、あの子のことだけ。子どものことより、自らの喜びに夢中のわたくしを、あなたは軽蔑なさるでしょうか。それでも、あなたはあの子を自らの股に縫い付け、嫉妬深いあの女神から隠して下さったのです。あの子がこんなに立派になって……。冥界に住むわたくしも、これで少しは安心していられるというもの……。ああ、心躍る太鼓のリズムが、ここにまでとどろいてくるようです。

＊

エウ・ハイ！　エウ・ホイ！
エウ・ハイ！　エウ・ホイ！
おお　心躍る日々よ
乳と蜜の流れる日々よ
わたしたちは見る
至福のきわみに咲く花々を
神々の秘儀の数々を
仔鹿の皮衣を身にまとい

キヅタを頭にきつく巻き
ウイキョウの杖を
頭上高く振り回して
聖なる山へ走りこめ
走れ　走り続けよ
踊り　踊り続けよ
走り　歌い　踊れば
疲労までもが心地よく
心の痛みまでもが甘い
神の股から生まれた御子《みこ》の心と
わたしたちの心を一つにし
歌え　舞え　踊れ
聖なる山の密かな息吹を
心の底からのリズムとし
木々の精気をわが息となし
獣たちの生命力を寿《ことほ》げ
心を自然に一致させて

タンバリンをたたき
歌い　舞い　踊れば
聖なる火も歌いだし
大地そのものも踊りだす
木々はかぐわしい香を発し
薔薇はたわわに咲き誇る
歌い　踊り　跳ね回れ
走り　笑い　舞い狂え
エウ・ハイ！　エウ・ホイ！
エウ・ハイ！　エウ・ホイ！

＊

おお、聞こえる、聞こえる。はるか遠くからとどろいてくるリズムが。心の底からこみ上げてくる宴のリズムが。大地から噴き上げ、胸の奥を切り裂いて、奔流する狂熱のリズムが。オロルー、体が自然に動き出す。おお、タンバリンを打ち鳴らせ。激しく踊り狂え。あらゆる自然の奥深くに潜む神秘の力を、打ち鳴らす太鼓のリズムで鼓舞するのだ。原初の猛々しい生命力を、激しい舞踏のステップで引き出すのだ。狂え、狂え、狂え！　生活に縛られた手足の動きを打ち捨てて、己の体の中心から湧き上がってくるリズムに従うのだ。そのリズムのままに歌い踊れ。命の続くかぎり、跳び撥ねろ。日常の秩序に不意打ちをかけて、酩酊の果てに出現する領域に乱入するのだ。生命の源に飛び込むのだ。小賢しい秩序など打ち壊してしまえ。退屈な日常など掃いて捨てろ。飲めや、歌え！　狭苦しい肉体の縛《いまし》めから心を開放してやるのだ。生命の根源にひそむ、生き生きとした律動に従うのだ。オロルー、なんと心躍るリズムだろう。ほら、押さえきれず喜びがこみ上げてくる。飲めや歌え。歌えや踊れ。大地よ、遠慮なく己の踊りを踊れ。己の律動のままに、舞い踊れ。稲妻の火よ、すべてを燃やせ。燃え狂え。狂え、狂え、狂え！

＊

私とて一国の王。この国を護り、繁栄させる務めがある。国を維持してゆくためには、何よりも鉄壁のごとき法と秩序が必要だ。一時の感情に流された無秩序からは何も生まれない。愚かな民草は享楽に走る。だからこそ、厳しい法、冷静な理性による政《まつりごと》が必要なのだ。しかるに、この国の女たちの今のありようはどうだ。全能の神の股から生まれたと言いふらす、異国の男の持ち込んだ習俗に流されるまま、鹿の皮衣をつけ、キヅタを頭に巻いて、タンバリンをたたいて踊り狂い、酒を飲み、放縦《ほうしょう》にふけっているというではないか。許せぬ。断じて許せぬ。そんなことが許されるはずもない。今や、この国の女という女は、なんと母上とその姉妹さえもが、激情に流されて山に走りこみ、そこで恥知らずな享楽にふけっているという。その男は、「金色のふさふさした巻き毛は香りよく、頬は葡萄酒色、昼といわず夜といわず、若い娘たちと交わりを重ねているとか。」そんなことでは、この国の秩序は維持できぬ。断じて許せぬ。法によって厳しい断罪を加えねばならぬ。理性のみが法と秩序を生み出す源なのだ。獣のように、本能のままに歌い踊り交わる、とんでもない詐欺師を野放しにしておくわけにはゆかないのだ。

＊

雄叫びが一つ挙がる
再び雄叫びが挙がる
地の底から噴きあがる
荒ぶる神の雄叫びが
大地をとどろかせ
大地を揺らし
地上のすべてを揺るがす
屋敷が揺れ震える

石の柱が揺れ震える
木々が　山が揺れ震える
荒ぶる神が世界を揺さぶる
賢しらな人智を揺さぶる
屋敷の幻が崩れ落ちて
人々は逃げ惑い　叫び狂う
稲妻が空から走りこみ
火が噴き上がる
屋敷に火がつき
柱が燃え　屋根が燃え
炎で地上が明るくなる
幻の炎のただ中で
幻影に惑わされた男が一人
息遣いも荒く躍りこみ
体中から汗を滴らせ
空の水桶を運んでは
幻の炎と戦っている

憎き敵だと思い込み
自らの影に向かって
勢い込んで突進しては
「光の空虚なたゆたいに
剣を何度も突き刺し」
その挙句　自らの影と
格闘することに疲れ果て
その場にどっと倒れこむ
死すべき己の運命さえ
知ろうともしないまま……

＊

夜が深い闇からようやくにして逃れて
闇の切れ端を一つ一つ振り捨ててゆくと
「太陽が光の矢を放って大地を暖め出す」
小鳥たちはわれ先にと歌声を競い始め
獣たちは夜からその身を振りほどく
女たちは眠りの中でみじろぎを始める
突然一人の女が立ち上がり
鮮烈な空気を胸一杯に吸い込んで

〈オロルー！〉の叫び声を上げる
「まぶたから深い眠りを拭って」
大地から生え出るがごとく
女たちが一斉に起き出す
仔鹿の皮衣の紐を結び直し
斑模様の蛇を帯に締めて
キヅタを頭に巻きつける
若い女たちは張り切った乳房を
仔鹿や狼の子にやさしく含ませ
惜しげもなくその乳を与える
ウイキョウの杖で岩を打てば
ただちに清冽な泉が噴き上がり
別の女が地面を突けば
芳醇な葡萄酒が湧き出る
指先で地面を掻けば
白い乳が鮮烈に迸る
杖の先からは甘い蜜が滴り

蜜蜂がうなり声をたて
小鳥たちはほがらかに歌う
獣たちもそれぞれに踊りだす
女たちは幸福に笑いさざめいて
自らの肉体のうちに憩っている
ひとりでに歌が湧き起こり
〈オロルー〉の大合唱が響き渡る
私たちを取り巻く世界を肯《うべな》え
オロルー　オロルー　オロルー！

＊

もはや許してはおけぬ。この国の秩序を乱す者は、誰であろうと、断じて許してはおけぬ。さあ、武器を取れ。兵を出せ。女のすることだからといって、すべてが許されると思うな。神とは、名ばかり。その実態は、神の名を騙《かた》り、己の享楽をほしいままにするための方策に過ぎぬ。女たちは、その淫《みだ》らな肢体を繰り広げているという。「鳥のつがいのように恋の網にしばられて、臥床《ふしど》で抱き合っているのだろう。」私がこの国に君臨している限り、法というものの厳しさをたっぷりと教えてやる。新しい神を祀《まつ》るというのならば、その供物に女たちの血をたっぷりと捧げてやろう。いや、血が騒ぐ、血が踊る。この胸の底からの、打ち震えるような予感は何だろう。新しい期待に胸躍る喜びのようにも、胸騒がす不吉な予兆のようにも感じる。おお、「太陽が、太陽が二つに見える。」市の門も二つに重なっているぞ。胸が高鳴って、早く女どもの姿が見たい。さぞかし、見るもいやらしい享楽にふけっていることであろう。女どもに紛れ込むための俺の女装も完璧だろうな。長い付け毛も女のものだし、足首にまでかかる衣装もなにやらくすぐったいぞ。おお、身内からぞくぞくする。ああ、あそこに女どもが見えてきた。なんと心をそそる光景だろう。早く見たくてたまらぬ。心臓が胸から躍り出しそうだ。

＊

怒りに我を忘れて、ついに分別をなくし、狂気の海に飛び込んだようだ。これで、完全にわが手中に落ちたな、哀れな男め。死すべき運命をもつ分際で神に刃向かおうなどと、愚かな奴だ。己の頭の大きさと同じだとでも思っているのか。己の限界を知ることこそ、治者の条件。人智の範囲をわきまえてこそ、政もうまくゆくというもの。限界を知った上で、その限界に究極的に挑むからこそ、美しく輝くというもの。それができぬのなら、最初から謙虚に新しい神を敬して受け入れればよいものを。人智の限界を知った上で、神の領域を尊重すればよいものを。私の堪忍袋もそろそろ限界に達したようだ。それでは、この男に、「軽薄で移り気な狂気を吹きこんで、分別をなくさせ」てやろう。風に震える一本の葦ほどの儚《はかな》さを、川に流される一羽の小鳥の哀れさを、たっぷりと味わわせてやろう。狂え、狂え。己が誰であるかを存分に知るほどに狂え。己のうちにどれほどの知力があるかを、十分に認識させてやろう。ただし、認識した頃には、もはや、己が誰であるかを知ることもできぬだろうが。狂え、狂え。己のうちの本能のままに狂え！

＊

山のゆるやかな斜面の向こうから
リズムを合わせて澄明な旋律を歌う
女たちのやわらかな声が流れてくる
のんびりと寝そべっていた狼たちが
突然　血に飢えた表情で駆け出し
やがて　匂いの元を嗅ぎつけて
樅《もみ》の木のまわりで遠吠えを挙げる
真っ先に気づいた先導の女が
〈オロルー〉の声で辺りに知らせる

女たちは樅の木を大きく囲んで
甲高い声で口々に叫びだし
狼たちは己の歯で引き裂こうと
必死に樅の木に飛びついている
その時　一閃の光が目を焼いて
いきなり火柱が立ち上がる
激しい閃光と噴出する火柱に
獣たちが一瞬身を縮ませると
女たちは飛ぶ鳥にも劣らぬ速さで
先を争って樅の木に突進して
聖なる秘儀へと取り掛かる

＊

——怪しげな男があそこにいるぞ。女の衣裳を身に着け、枝先に一人つかまり立ちして、こちらを窺っている。あの男を逃がしてはならぬ。わたしたちを狩り出そうとする、敵の男にちがいない。

——いけない。見つかってしまった。しかし、この木の上ならば、ひとまずは安全だろう。ここは、あくまで女のふりを続けるしかないぞ。

——さあ、女たち、神の意志は告げられた。ほら、山が揺らぎ、閃光が走り、火柱が立っている。いまこそ、神の意志を実践すべきときだ。

——山全体が轟いている。何か不吉な予感がするぞ。あっちにもこっちにも火の手が上がり、女たちが押し寄せてくる。

――「円陣を組んで木を囲め。あれに神様の踊りの秘密を口外させてはならぬ。」女たちよ、わたしたちすべての手を木の根元に押し付けて、根こそぎ引き抜いてしまうのだ。

――おお、揺れる、揺れる。何という力だ。このままでは、振り落とされてしまう。女どもにこんな力があろうとは。

――そら、もう一息。力を合わせて、一気に倒すのだ。それ！　ほら倒れるぞ。気をつけて！　男が落ちてくる。さあ、一斉に飛び掛かれ！

――「母さん、私です。」「あなたが生んだ息子です。」ほら、これは鬘です。女の姿をしているだけです。

――妙な言い訳をしおって……。ならば、なぜ、女に姿をやつして、木の上に隠れてこそこそと、わたしたちを窺っていたのだ。

――あなたに怪しまれずに近づくために、女の姿をしているのです。ほら、間違いなく男です。あなたの息子です。私の顔を見て下さい。

――息子などと、よくもぬけぬけと言いおったな。女の姿をしていることが、何よりもあやしい証拠だ。それ、ものども、一気にやってしまえ。

――「ああ、母さん、あわれんで下さい。私の失策のせいで、自分の息子を殺さないで下さい。」

——おまえたちは、何を怯《ひる》んでいるのだ。こんなでたらめを信用するのか！ 単なる命乞いのたわごとに過ぎない。すぐに息の根を止めるのだ。おまえたちがためらうのなら、わたしが真っ先に飛び掛かろう。

——私は、あの男に騙されて、ここに来ただけなのです。あなた方が、よからぬ神にそそのかされてあやしげな儀式にふけっているのを、心配して来ただけです。

——この期に及んでごちゃごちゃと、なんと小うるさい獅子だ。体中を引きちぎってしまえ。生け贄の儀式に取り掛かれ！

——痛い！ 母さん助けて！ 命だけは助けて！ 痛い！ 痛い！

——この牡牛を引きちぎれ！ 犠牲の血を大地に降り注ぐのだ！

＊

大地は己の根底から揺らぎだし
地上のすべてを激しく揺さぶり
火柱は地上のあちこちで噴出して
世界を火の色一色に染め上げる
天変地異が世界の秩序を覆すと
母親は突然口から泡を吹き出して
ゆがんだ目の玉をぐるぐる回転させ
大声で訳の分からぬ叫びを挙げて
いきなり男の左腕を両手で摑むや
脇腹を思い切り踏みつけておいて
肩を付け根から力まかせに引きちぎる
音立てて肉が破れ　血しぶきが飛び散る

それを見た女たちは興奮に顔を火照らせ
我先にと男の体にむしゃぶりつき
腕を引き抜き　足を引き裂き
あばらをはずし　腰を引きちぎる
腸を引きずり出し　内臓を切り刻む
引き攣《つ》った笑みを浮かべた母親が
最後に満身の力を込めて首を引き抜く
瞬く間に男の姿は肉片の塊と化し
血が周囲を夕焼け色に染める
世界は一挙に終末の色に黄昏《たそが》れて
女たちから一斉に鬨《とき》の声が挙がる
エウ・ホイ！　エウ・ハイ！
エウ・ホイ！　エウ・ハイ！
エウ・ホイ！　エウ・ハイ！

＊

ついに敵を仕留めました。存分に敵を切り刻みました。正義は必ず姿を現わし、その剣をかざして敵の喉を切り裂き、止めを刺してくださいます。われらの神を嘲笑する者は、誰といえども、生かしてはおけません。われらの勝利です。さあ、喜びの雄叫《おたけ》びを挙げましょう。われらのもとに、いつだって正義はあります。さあ、いまこそ、勝利の美酒を。なんと心躍ることでしょう。心臓がとどろいて、ちっともじっとはしていられません。神への供物をついに手に入れたのです。「この若い、荒々しい獅子の子を、罠にもかけずに捕まえた。」さあ、勝利の行進を始めましょう。「人の目にも鮮やかなことを、私はこの狩で成し遂げたのだ。」なんと幸運なことでしょう。手柄は、まず一番にわたしにあります。この獅子の血を啜《すす》る権利は、真っ先にわたしにあるのです。「美しい塔に囲まれた町に住む人たちよ、この獲物を見に、出て来るのです。私たちが仕留めた狩の獣です、ただただ白い腕の素手の力それひとつで。」この獲物を、真っ先に息子に自慢したい。この獅子の首を、きっとあの子は、わがことのように喜んでくれるでしょう。この獲物を、一番に欲しがるでしょう。もはや、心臓がじっとしていません。息子よ！

＊

エウ・ホイ！　エウ・ハイ！
エウ・ホイ！　エウ・ハイ！
歓喜の声を挙げながら
気のふれた女たちの死の行進が
屋敷を目指してやってくる
仔鹿の皮衣を着て　頭にキヅタを巻き
ウイキョウの杖を振り上げて
凱旋の熱狂に包まれて行進する

王の母が自ら先導し
握りしめた杖の先には
血に塗《まみ》れた王の頭が掲げられている
自らはそれを　神に捧げられた
荒々しい獅子の頭と信じ込んで
エウ・ホイ！　エウ・ハイ！
エウ・ホイ！　エウ・ハイ！
意気軒昂に歌声を合わせながら
女たちが街中を行進してくる
バラバラにされた王の体を
他ならぬ殺されたその王に
戦利品として捧げるために
気のふれた母が
実の子を自らの手にかける
流された血は自らが生み育てたもの
その血を全身に浴びて
呪われた自らの運命に気づくこともなく

喜びに心震わせている
エウ・ホイ！　エウ・ハイ！
エウ・ホイ！　エウ・ハイ！
人智の限界を悟ることなく
神の怒りに触れてしまった
死すべき運命をもつものの哀しさ
あらぶる神の与える試練に弄ばれる
死すべき肉体をもつものの哀れさ
エウ・ホイ！　エウ・ハイ！
エウ・ホイ！　エウ・ハイ！

＊

ああ、どうやって嘆き悲しんだらよいのか。愛しい息子の体が、このように無惨にもバラバラになってしまった。あちこちに飛び散ってしまった。ああ、大地の底からわが子の貌が、恨めしげに睨んでいる。おお、足はどこ。手はどこ。ああ、これが愛しい胸。これが愛しい肩。この一つ一つが、わたしの愛しい息子。血まみれになった一つ一つを抱きしめて、バラバラになった一つ一つに口づけて、もう一度愛しいわが子をこの胸に抱きしめましょう。もう二度と、もう二度と離すものですか。これが、わたしの甘い乳房を求めて幼い日に差し出された可愛い〈おてて〉。そして、これが、わたしを追いかけて初めて大地を踏み出した可愛い〈あんよ〉。おお、それがこんなにも無惨な姿になるなんて。元の形をとどめぬほど血まみれになって、バラバラに飛び散らかって……。ああ、しかも、なんという、なんということか。愛しい息子の体をバラバラに引き裂いた張本人こそ、このわたしなのだ……。愛しい息子を殺された被害者にして、愛しい息子を殺した加害者。一体、どの神が、どこの神が、このような酷いことをわたしにさせたのか。苦しい、苦しい。胸が張り裂ける。心臓が破裂する。わたしが、わたしが、なにをしたというのでしょう。これが、わたしの、運命ということなのでしょうか。

＊

空は死者たちの魂でいっぱいだ。だからあんなに蒼く震えている。空の遠さは、死者たちの魂の遠さのせいだろうか。遠い、遠いところで、魂たちは、蒼く透明に震えている。空は、大地に眠る死者たちの魂がいつかたどり着くところ。ほら、大地の奥から溢れ出た魂の群れが、地上での穢れを脱ぎ捨てて、空中に漂い風に流され、次第に稀薄になって空の高みを目指して昇ってゆく。けれども、わたしにはたどり着くことができない。呪われた記憶が錘となって、わたしを大地に縛りつける。大地には、呪われた死者たちの貌がひしめき、苦しげな息が絡み合っている。昇天できない死者たちの嗚咽で溢れている。苦しげな息は重なって唸りとなり、やがて一つの大きな流れとなって、大地を静かに揺さぶる。せつない嗚咽は、どろりとした闇となり奔流となり、やがて熱いマグマとなって大地の割れ目から噴出する。闇と化した死者たちの、呪われた記憶を思い出しておくれ。蒼いところを目指して昇ってゆきたい、わたしたちの声に耳を傾けておくれ。空は、死者たちの魂でひしめいている。ごらん、あんなに遠くで、あんなに稀薄になって、どんどん透明になって、わたしを誘っている。やさしく手招きしている。空の死者たちは、だれかれの区別もなく敵味方もなく、空でやさしく震えている。なぜか今日は、空の透明な蒼さが、わたしの心にまっすぐに染みてくる。

＊

白燐光が、あまりに美しい白燐光が、
白昼の白々しい空を焦がし、
ほら、花火のように空を焦がし、
地上に散らばってゆく。
白燐光の花が咲き誇り、
白燐光の花が咲き乱れ、
あまりに美しい白燐光が、
次々と空を漂い、
空を流れ、
地表に降り注いで、
人の皮膚に取りつき、
人の皮膚を爛れさせ、
内部の骨をまで溶かして、
無垢の命を奪ってゆく。

うすく貼りついた骨は、
うっすらと発光し、
白くぼうっと発光し、
生まれたばかりの無垢の魂が、
血なまぐさい風に吹かれている。
内臓はどろどろに溶け、
臓物の腐臭が地表を覆う。
人は悲しみを凝固させ、
人は怒りを凝固させ、
空には、あまりに美しい白燐光が、
地表を照らして漂ってゆく。
血の気の失せる花火の、
美しい狂乱の、
狂える白燐光。
死の花火の。
……。

＊

水面《みなも》に嵌《は》めこまれた貧血質の空の中を
鉛色に染められた雲が流れてゆき
一本だけ枯れ残った樹木の
ひねこびた幹の乾いた肌を
風がほそほそ渡ってゆく
ひゅうひゅうひゅう
ひゅうひゅうひゅうと
死者たちの吐く苦しげな息が
大地の底から噴き上がり
魂の奥を螺旋形に抉って
私の息のうちに潜りこむ

＊「　」内の引用は、エウリピデス『バッカイ』（逸身喜一郎訳）による。ただし、文脈の関係上、省略したり変更したりした箇所がある。

星辰の歌、血の闇——ソポクレス「オイディプス王」「コロノスのオイディプス」による

†

リー　リー　リー　リー　リー　リー
ルー　ルー　ルー　ルー　ルー　ルー
遠い星々の瞬きが　かすかな波動となって
はるかなこの星の岸辺にまで押し寄せ
ぽつねんと立った楊柳の葉をそよがせて
また　天空の蒼い極みへと帰ってゆく

リー　リー　リー　リー　リー　リー
ルー　ルー　ルー　ルー　ルー　ルー
遠い星辰の歌が　かそけき響きとなって
堆積した時間のゼリー状の膜を震わせ
記憶の層に侵入し　心の襞をゆすぶって
また　天空の果てへと消え去ってゆく
リー　リー　リー　リー　リー　リー
ルー　ルー　ルー　ルー　ルー　ルー

†

目に染み入るほどの紺碧の空に
満天に鏤《ちりば》められた星たちが広がり
光り輝く暗黒から澄明な音が降ってくる
金属音のシャワーとなって降り注いでくる
耳を聾する星辰の音楽
心を轟かす星々の交響曲
星たちはそれぞれ固有の音波を発し
音と音とが絡み合いもつれ合いながら

天空に白金の階梯を光り輝かせる
豊かな母音は夜の深い闇に共振し
多彩な子音がそこに織りこまれて
星辰の歌が紺碧の空に満ち溢れる
胸の奥のはるかな記憶は疼きだし
満天の星空が心のうちに侵入する
地上のあらゆる事物は夜に目覚め
頭上に広がる天空への郷愁に泣く
わたしの魂をうちふるわせる歌が
記憶の闇のなかを駆け抜けてゆく

†

リーリーリー　ルールルー
闇の中から微かな声が漏れ出で
絶え絶えの息の音が漏れ出で
降り注ぐ星辰の歌に合わせて
地を這うような旋律を歌いだす
ルールルー　リーリーリー
心ふるわす歌は闇に溶け入り

大地にとどろく子守唄となって
眠れぬ死者たちの魂を揺り動かし
忌わしい記憶の呪縛から解き放つ
リーリー　ルールー　リーリー
闇の中に瑠璃色の花が咲き狂い
その花弁のうちに漆黒の闇が憩い
雄蕊と雌蕊の無限の距離の中に
はるかな過去がまざまざと蘇る
ルールー　リーリー　ルールー

†

ひたひたひた、ひたひたひたひたと、漆黒の闇の底になにかが凝《こ》り固まってくる。ひたひたひた、ひたひたひたひたと、岩を伝う水の音が耳のうちを流れる。凍りつくような闇の中に紺碧の夜空が広がる。星々をちりばめた夜空が広がる。ひたひたひた、ひたひたひたひたと、星空から音楽が滴り落ち、その滴りを浴びて体全体がきしみを立てる。ひたひたひた、ひたひたひたひたと、手足に闇が満ちてくる。膝が、足首が、少しずつ感覚を取り戻してくる。肘が、手首が、あるべき位置に戻ってくる。目蓋がくっきりと見開き、夜の闇が流れ込む。ひたひたひた、ひたひたひたひたと、水の音が耳に染み込む。ひたひたひた、ひたひたひたひたと、長い眠りの感覚がよみがえってくる。魂の底に沈む深い眠りだった。いや、夢ばかりに襲われる、浅い眠りの連続だったか。ひたひたひたひた、ひたひたひたと、眠りと目覚めのはざまを、永遠に漂っていたような気もする。私は死者たちの深い闇の中を眠り漂っていたのだ。おお、だがしかし、突然の覚醒の予感だ。肺腑のうちに夜の冷気が流れ込み、喉笛がヒューと鳴る。あまりに長い眠りを打ち破って、私の魂が覚醒すべき時がやってきた…。

†

目の裡《うち》がぼうっと明るくなって、
一つの星が視界に現われる。
わたしを導く赤い兇星。
この星の下にわたしは生まれた。
この星の運命の導くがままに、
わたしは荒れ野を歩いてきた。
腫《は》れて痛む足で歩いてきた。
心の闇をいくら逃れようと、

そこはまた新たな心の闇…。
光などどこにも存在しない。
ただ一つのあの赤い禍々《まがまが》しい、
呪われた血を滴らせる星、
運命を左右するあの星を除いては…。
わたしはあの星の声を聴いてきた。
子どものころから心のうちに、
あの星の歌を聴き続けてきた。
ああ、夜はわたしの体。
星はわたしの目。
闇に凝《こご》るこの夜を、
わたしは抱きとめることができない。
おお、わたしは、
呪われた血に塗《まみ》れた、
穢れた己自身の姿を、
鏡の向こうに見てしまった。
どこか遠くで悲しげに犬が吠えている。

青い影の悲しい犬が吠えている。
わたしの影を引きずる犬。
その吠え声が虚空にこだまする。
あれはわたしの歌だ。
呪われた運命に打ちひしがれた歌だ。
わたしの呪いの歌よ、
あの赤い血を流す兇星にとどけ。
呪われた血を夜空にまき散らせ。
わたしの胸に溢れる血の闇よ、
世界中に禍《わざわい》をまき散らすのだ。

†

目も見えず、心も閉ざしたまま、私は生きてきた。心のうちの闇のなかを、耳だけを頼りに生きてきた。私の目蓋の裏には、星空がどこまでも広がっている。この星空の透明な音楽に耳をそばだてては、己の生の指針としてきた。私に語りかける星辰の声だけに耳を傾けてきた。星たちは、それぞれ固有の音を発しながら、それらがやがて一つの諧調となって精妙な音楽を奏でる。それぞれが複雑なリズムを刻みながら、ついには一つの大きな生命のリズムを打つ。私の目のうちには、満天の星をちりばめた紺碧の闇が広がっている。星々は互いに距離を保ち、その清浄な光で交信しあっている。星空には、私たち一人一人の生の軌跡がすでに書きこまれている。すべての記憶がそこにある。だから、ひとの心は、肉体を超えて星空そのものにつながっているのだ。ひとの目に見えるものは、もはや私の目には見えない。だが、ひとの目に見えぬものは、くっきりと私の心に見えている。ああ、私は、目が見えていた時、なにも見てはいなかった。見ることへの意志はあったのに、それを見るべき視力が備わってはいなかった。事象の表面しか見えていなかったのだ…。

†

呪わしい血が地上に流される
流された禍々しい血は
みるみる餓えた砂に吸い込まれ
たちまち鉄錆色に乾いてゆく
流された呪わしい血は
流させた者の胸のうちをも
脈打って流れているのに

流された忌わしい血は
同じ血でもってしか
贖《あがな》うことはできないのに
呪われた血の闇が
地表を一挙に暗くする
禍々しい血の闇が
太陽からその輝きを奪い
やがてこの星の岸辺に
禍の闇の手が迫ってくる

郵　便　は　が　き

〒171-0022
東京都豊島区南池袋2-8-5-301

書　肆　山　田　行

々小社刊行書籍を御購読御注文いただき有難う存じます。御面倒で
下記に御記入の上、御投函下さい。御連絡等使わせていただきます。

書名

御感想・御希望

御名前

御住所

御職業・御年齢

御買上書店名

†

おお、おれは、運命の稲妻に直撃されてしまった。そして、あっけなくも命を落としてしまった。神殿へと急ぐ三叉路で、年若い旅人が馬車の前に立ちふさがった時、おれの心に浮かんだのは怒りではなかった。ちょっとした驚き、単なる訝《いぶか》しさだけだった。奴は太陽を背にしていた。逆光に髪が金色に光った。その一瞬、おれは、若き日のおれ自身をそこに見た。年若い旅人の、無謀にふるまう若さの発露が、ただ眩しかっただけなのだ。傍若無人の、若さ特有の驕りに、嫉妬しただけなのだ。おれは、従者に棍棒で追い払うように命じた。棍棒で打ち据えられた旅人は、たちまち逆上して棍棒を奪い取ると、従者を藁人形のようにあっけなく打ち倒した。警護の者が、たちまちにして旅人に襲いかかった。だが、男は、棍棒を振り回して、立て続けにすべてを蹴散らすや、その手でただちにおれの頭めがけて棍棒を振り下ろした。その時だ、おれが運命の稲妻に直撃されたのは…。おれの頭は柘榴の実のように割れ、そこから、赫奕《かくやく》たる太陽がおれの目の中に昇った。やがて、陽光は血の闇に変わり、目のうちのすべての事象が燃え上がった…。

†

なんとしてもこのことだけは、あの人に知られてはならない。わたしの胸のうちだけにふかくとどめておかなければならない。これが知れたら、身の破滅。わたしだけではなく、あの人にとっても…。一瞬にしてすべてを失ってしまう。そんなことにならないためにも、なんとしてもこの秘密だけはまもらなければならない。あの世までもっていかなくてはならない。「おお、不幸なお方、ご自分の素姓をけっしてお知りになりませぬように!」わたしのおなかを痛めたあの子が、いまではわたしの…。ああ、こんなことがこの世に起こりうるなんて…。わが子を棄て去ったことに対する復讐なのでしょうか。でもあれは、心ならずも神託に従ったがための結果。あんなにも自らの運命におののく夫を見れば、わが子を棄てることに同意しないではいられなかった。その子が生きていたなんて…。なんという奇蹟。わたしからながれこんだわかい命を、この目で見ることができるのはなんというよろこびでしょう。しかし、さらにいまわしいかたちで、わたしはその命をつないでしまった。みずからが産んだ命と、罪ふかくもさらに命をからめてしまったのです…。

†

熱い！　熱い！　身内から焼き尽くす炎に魂が悲鳴を挙げる。紅蓮《ぐれん》の炎がじりじりとわが身を焼く。心に巣食う蛆虫どもが、焼け焦げてぽろぽろと剝がれ落ちる。皮膚はずたずたに張り裂け、骨はぎしぎし軋んで、体全体がたわむ。呪われた血が、血管の中を暴れまわり、内部から身を焼き尽くす。おれの心を爛れさせ、魂を蝕み、踝《くるぶし》の古傷を疼かせる。しかし、犯した罪の深さに比べたら、この罰は何ほどでもない。身内を焼き尽くすほどの罪を、それとは知らず、おれは犯してしまったのだ。だが、本当にこれはおれの罪なのか…。罪を犯すという予言に怯え、おれは育った土地を離れた。恐ろしい神託を己が手で実行せぬために、全力を尽くした。それが、かえって忌わしい結果を呼び起こすことになろうとは…。これは、本当におれのしたことなのか。呪われた血筋が、為してしまったことではないのか。だが、その呪わしい血が、おれの体のうちを脈打って流れている。血の闇に体ごと、魂ごと呑み込まれそうな恐怖に、おれはふるえる。ああ、だれがおれの懺悔を聴くのか。おれを焼き尽くす、この炎か。身内を暴れる、この呪われた血か…。

†

冥府との境を流れるこの川には
多くのさまよえる人たちが
生き霊として流れ着いてくる
カロンの艀《はしけ》には乗れぬ人たちが
永遠に死ぬことのできぬ人たちが
永劫の時のなかをさまよっている
自らの運命に物狂いした女たちや

身内の罪の炎に焼かれる男どもが
愛する者の住む黄泉《よみ》の国に渡ろうと
冥府の川の岸辺をさまよっている
でも　カロンの艀には乗れない
地上で犯した罪の重さのために
その身を蝕む穢れのために
彼岸に渡ることは許されない
生き霊たちの嘆き声が響き渡って
川べりの僅かばかりの葦を震わせる

†

ああ、ついにこういう結果になってしまったからには…。こんなにも穢れた身になってしまったからには…。ああ、それとはしらず、わたしは、わが子を夫にしててしまった。わが子と臥所《ふしど》をともにしてしまった。さらには、わが子とのあいだに子までなしてしまった…。しかし、これもすべては運命。わたしの力では思いおよばぬこと…。夫を亡くしたわたしは、あの怪物の謎を解いた異国の若者を、運命にしたがって新たな夫として迎えただけなのに…。それが、まさか、とうに死んでいたはずの息子だと、いったい誰が知ることができたでしょう。わたしに罪がないとはいいません。ああ、「いちばん血のつながりの濃い人と知らずにけがらわしくも交わって、どんな災禍のうちにあるか」気づかないまま、思わずも喜びの声をあげてしまったわたしを、いったいだれが許すというのでしょうか。この穢れた身が救われるときはくるのでしょうか…。いえ、こんな呪われた身では、冥界に迎えてもらえるはずもない。だからといって、この世にとどまることは、なおさらできない。もはや、みずからの手で首くくって、永遠に中有《ちゅうう》をさまようしかないのです…。

†

おお、真っ黒な記憶がおれを押しつぶす。肺いっぱいにタール状の闇が満ち溢れ、おれの息を苦しくする。呪われた血が全身を蝕み、心臓にまで入り込んで脈動を乱す。「おれのように、不運な星のもとに生まれて、何をし、誰にしているか何事も知らずに、父親と格闘して殺しても、この知らずにしたことの非をならしても、それがどうして正当でありえよう。」しかも、おれは、この世に産んでくれた母その人の胎《はら》に、なんと、おれ自身の子種まで撒き散らしてしまった。「おお、おれは見下げはてた奴ではないか？　身体じゅう不浄の者ではないのか？」母上は、宿命を知るや、梁に首を括った。もはや生きていても甲斐のない身。いっそひと思いに、自らを殺してしまおう…。おれは、「生まれるべきでない人から生まれ、交わってはならぬ人と枕を交わし、害すべきでない人の血を流した。」…。いや、そんなにやすやすと、おれを陥れた運命に屈してなるものか。むしろ、暗い記憶を暴き出すために、この目を突いてやる！　この罪を背負ったまま、運命に逆らってこの腫れた足で漂泊し続けてやる！　穢れたおれの魂よ、永遠に悶え苦しむがいい！　ええい！…。

†

記憶は　つややかな糸にくるまれた繭
そのなかで　ひとは　ひとときの眠りを眠る
しなやかで強固な繭に包まれた眠りは
魂のもっとも深い部分を揺り動かし
その柔らかに光る糸を紡ぐように
一つ一つの記憶を丹念に形づくる
繭状に光る一つ一つの記憶は

穏やかな光のなかに置き忘れられた
幼い日の陽だまりの揺りかごのように
かすかにかしぎ　ふるえ　ゆらぎ
そのゆらぎのうちの浮遊作用のために
すこしずつ未来に向けて成長する
ゆっくりと成長した記憶の繭は
降りそそぐ星辰の音楽を聞くや
新鮮で薫り高い光の蝶となって
紺碧の星空にしずかに羽化する

†

あまく、それでいて新鮮な花の香りがほのかに漂っていました。いちめん、ギンバイカの花が咲き乱れ、視界全体がうすくバラ色に染まり、花たちの笑いさざめく声が、そっと耳をくすぐるようでした。やわらかな風が渡ってくると、バラ色の花弁がいっせいに揺れ動き、世界全体を揺らしました。そして、あのなんともいえないあまやかな香りが、濃くなったりうすくなったりして、波のように押し寄せてくるのです。わたくしは、ひさしぶりにお父様と手をつないだことがうれしくて、その場で作ったでたらめの歌を歌っていました。お父様はめずらしくにこにこと笑って、その顔に、太陽の光がおだやかに射していました。お父様は、かたわらのギンバイカの花を手折《たお》ると、ちょっと匂いをかいでから、わたくしの髪に挿しました。あまく、それでいて新鮮なあの香りが、頭から降りそそいでくるようでした。わたくしは、お父様の花嫁になったかのような喜びを感じ、すこし心臓が脈打ったのを覚えています。お父様の手は、大きく温かく、その感触が何かとてつもない安心感を与えてくれました。でも、それが、幸福な思い出の最後のものとなってしまったのです…。

†

あたたかな水に全身をひたされている。ひたひたと肌になじむ水が、皮膚をくるみこんでくる。ああ、この平安はなんだろう。魂のふるさとにいる安息感にひたされて、ゆっくりと心臓が脈うつ。あたたかな血液が全身にゆきわたり、なんだか眠いような、それでいてどこまでも覚醒してゆくような、とおい感覚に襲われる。周囲はせまく、真の闇につつまれているのに、なんの不安も感じない。むしろ、しっとりとした膜に庇護されている安堵感がある。はるかとおくから、澄明な音楽がうちよせてくる。魂をなつかしさでふるわせる歌が、周囲からしみこんでくる。その波に全身をゆだねる。記憶はすべて失われ、それでいて不安はまったくない。だれでもない自分であると同時に、どこまでも己自身である充足感にみたされる。音楽の波に運ばれるまま、どこまでも漂いながれてゆく。原郷の闇に抱かれている安息が、こんこんとわきだしてくる。ああ、いつまでもこの魂の眠りをむさぼっていたい。ひかりの胎児となって魂の繭のなかで揺れつづけていたい。音楽が魂のうちにしみいって、ゆらゆらとゆれる。ひかりの繭となっていつまでもゆれている…。

†

黒々とした記憶の塊《かたまり》が
一人では担い切れない記憶の塊が
赤熱したマグマとなって渦を巻き
大地の奥深くで暴れ狂ったのち
魂の深部を錐のように抉って
天空めがけて一挙に噴出し
か黒い記憶の灰となって降り注ぐ

灰は人々の心に降り積もり
心の底に小止みなく堆積して
人の心を記憶の澱《おり》で埋めつくし
わずかな地響きで一挙に崩れ去る
記憶は肉体を超え　個を超えて
秘密の通路で人と人とを結び
一つ一つの情景を溶かしこんで
だれのものでもない記憶へと
ひと知れず組成を変えてゆく

†

ああ、わが子は、どこでどうしているのでしょう。この満天の星のなかのどこにいるのでしょう。女はだれでも、夫よりも血を分けたわが子を大切に思うもの。息子のことが心配でなりません。わたしは、神託におののく夫によって息子を奪われ、ほんの乳呑み児のときにひきはなされてしまいました。でも、乳房にむしゃぶりついてくるわが子のくちびるの感触が、女であるわたしに忘れられるはずもありません。あの人が異国の若者としてわたしの前に現われたとき、どこかふしぎな胸さわぎをおぼえました。いいえ、乳房がうずいたと言った方がよいでしょうか。そのとき、わたしが、そこにわたし自身の血の闇をかぎ分けていなかったと言ったら、うそになるかもしれません。ああ、心の奥の、そのまた奥の奥で、ひそかに望んでいなかったと言ったら…。ああ、あまりの罪のふかさに体中の血がおののきます。それがあらわになったからには、さすがに生きてはいられませんでした。いまも、この満天の星空のどこかに、わが子の魂がさまよっているのでしょう。ああ、体中にしたたり落ちる星のしずくを、わたしの子宮で受けとめてあげましょう…。

†

おお、目のうちを紅蓮の炎が焼き尽くす。視野のうちの暗黒が赤く染まる。呪われた血が、心臓を突き破って体中を駆け巡る。全身が赤熱して発光する。呪われた火の星が、おれの運命を焼き滅ぼした。おれの地上での生を粉々に打ち壊した。おお、おれは火の玉となって、銀河の穴へと転落してゆく。漆黒の空間をどこまでもころげ落ちてゆく。目のうちの暗黒が激しく燃え上がり、光と闇とが通いあう。無数の光が溢れ氾濫し、相互に反映しあう、眩しさの沸点こそが闇なのだ。激しく打楽器を打ち鳴らすような音楽が鳴り響く。ここが光り輝く暗黒なのだ。闇と光が究極的に一致する神秘の一点なのだ。闇そのものが凝って光に反転する。おお、闇が眩しい。おれが生まれ出てきた故郷にして、魂の帰るべき場所。ああ、母の温かな子宮にくるまれているような安堵感がある。おれの思い出にも残っていない、原初の記憶。魂の揺りかご。おれは、自らの魂の原郷に到り着きたいがため、罪を犯したのかもしれぬ。目のうちを星空が覆い尽くす。おれの体から星屑が迸る。ああ、おれはこの満天の空に星屑をまき散らしたい。おれの存在を空無で満たしたい……。

†

――おお、深く息を吸えば、夜が肺の内側に入ってくる。星辰の歌が肺腑のなかで轟き、私自身の声となって漏れ出る…。

――ああ、星々の歌が、心のうちに流れこんできます。澄明な音楽にまぎれて流れてくる、どこか聞きなれたあの声は…。

――母上を懐かしむ歌が、私の心のうちから流れてゆく…。

――〈あの声は、もしやわが子の声…。〉

――〈母上！　いや、私には母上はいない。もはや、いないのだ…。〉

――〈わたしが棄てたことを、まだ怨んでいるのですね…。〉

――〈いいえ、それよりも、私にはあなたに会わせる顔がないのです。だからこうして、自らの不幸の手で目を突いて…。〉

――〈おお、なんてあわれな姿…。もとはと言えば、神託に従ってあなたを棄てたわたしの行いがすべての始まり…。〉

――〈いいえ、怨むべきは私の運命…。呪われた運命にある私は、あなたの前に出る資格はないのです。〉

――〈運命は、誰にも避けられぬもの…。大きな波にさらわれた、ご自分を責めてはいけません。〉

――〈私は、父を殺し、母であるあなたを妻としてしまった…。〉

――〈それもすべて、運命としてさだめられていたこと…。起こってしまったことの、結果を悔いても甲斐のないことです…。〉

――〈その罰として私は自らの目を突いた。私には、もうあなたを見ることができない。二度と目にできないのです…。〉

――〈でも、心の目に姿を焼き付けておいてくだされば…。〉

――〈呪われた者だけが、闇を見る視力を得ることができる…。〉

――〈ええ、呪われたものだけが、本当にきよらかなものを見、うつくしいものを聞けるのかもしれません…。〉

――〈だが、いくら崇《あが》めたとしても、天空の星を抱きしめることはできない。この躶の古傷を消し去ることはできないのです。〉

――〈ああ、かわいそうに…。でも、星たちの流れてゆくその動きのなかに、すでにわたしたちの運命はあるのです。〉

――〈確かに、私たちは、すべて生成し流動する宇宙の過程そのものかもしれない。その闇のなかにこそ、生はあるのかもしれない。〉

――〈冷たい風がでてきました…。〉

――〈今夜は星が一段と光って見えるようだ…。〉

――〈風は、わたしの心…。〉

――〈夜は、わたしの心…。〉

†

目のうちに闇が広がってくる。
恐ろしい記憶の闇が、
忌わしい血の闇が、
おれを呑み尽くそうとする。
「おお、闇の、
恐ろしい、おれを襲った、口にするだにけがらわしい、
あらがいがたい、不吉の風に運ばれて来たおれを包む闇の気よ。
ああ！

ああ、いかばかりこの針の刺傷と不幸の記憶とが
おれの心を深く貫いたことか。」
もはや、おれの心はずたずただ。
犯した罪の重さと、
穢れた血筋の呪いと、
その後の魂からの長い長い彷徨いによって、
おれの心はぼろ雑巾のようにくたびれ果てている。
盲いたままのおれの心に、
紺碧の闇が降り積もってくる。
もはや、鏡を見ても己の姿は映らない。
おれはおれ自身の姿を見失ってしまった。
いや、むしろ、
呪われた血に塗れた、
穢れた己自身の姿を、
鏡の向こうに見てしまったのだ。
「見るべきでないことを見、
聞くべきでないことを聞こうとしてはならぬ。」

ひとは、運命に逆らっては生きられぬ。
呪われた星のもとに生まれたおれは、
その運命に逆らおうとしたがために、
かえって罪を重ねてしまった。
いっそ、生まれてこなければよかったのだ。
それも、もはや繰り言でしかない。
「おれの命の秤り皿は沈もうとしている。」
運命の星が、そうおれの耳に告げている。
血の闇が、どろりと深く体から溶け出してくる。
そろそろ、地上での記憶と別れるべき時が近づいている…。

†

今宵は、月がさやかに照っている。目には見えないけれど、目蓋に射す月の光のさやけさは、心にくっきりと映っている。視力を失ってから、一度も思い出すこともなかった心のうちの光景が、なぜか、さかんに目蓋の裏に蘇ってくる。老残の身が、過去を振り返らすのだろうか。この世と別れる時の近さを知って、惜別の情が溢れ出すのだろうか。特にこんな月のさやかな夜は、ギンバイカの花を思い出す。月光を浴びたギンバイカの花は、月の化身のようにほのかに闇の中に浮かび上がり、ほの白い花弁がぼうっと浮かび上がり、夢のような気配を漂わせていた。ギンバイカの花は、月の光を浴びた部分から艶やかな匂いを立ち上がらせ、そのはっとするような芳香に鼻を打たれて、思わず陶然とした夜もあった。そんな情景が、意味もなく目蓋に浮かぶ。ギンバイカが好きだったわが娘はどうしているだろうか。呪われた父母から生まれて苦労をしただろうに…。私は、不実な父親だった。自らの運命のことばかり呪って、娘のことなど少しも考えてやらなかった。それが、今頃になって、娘のことばかりが気にかかる。幼い顔がしきりに浮かんでくる…。

†

目の見えぬままに祖国を追われて、漂泊の身となられたお父様は、いま、どこで、どうしていらっしゃるのでしょう…。思いもよらぬむごい運命にもてあそばれるがまま、自らの目を突いてにわかに盲目となられ、手助けをする従者もつれずに祖国を追われて、異国でずいぶんと不自由をしておられるのではないでしょうか…。しかし、もとはといえば、ご自身の行為がすべて招きよせておしまいになったこと。そのために受けたこの身の不幸を思えば、うらみごともつい口をついて出てきます。でも、なんとしてもお父様を探し出して、祖国におつれしなければなりません。いまや、祖国が戦争にまきこまれようとしています。それをくいとめる力をおもちなのは、お父様しかいらっしゃいません。神託にも、そう出ました。わたくしで力になれることならば、お父様の目となり、手足となって、お父様を祖国におつれしなければ…。そして、なんとしても戦争をくいとめなければ…。それにしても、おいたわしいお方。いったい、運命が一人の人を、あんなに苛酷にもてあそんでよいものでしょうか…。あのような運命に、耐えられる人がいるのでしょうか…。

†

——お父様がこのあたりに住んでいらっしゃると、風のうわさをたよりに訪ねてやってきたけれど、霧が一面にかかったこの夜に、気持ちばかりがはやって、なかなか道がはかどりません。

——今宵は目のうちが暗いので、きっと月も隠れているのだろう。故郷に見捨てたままのわが子は、元気でいるだろうか。ああ、窶《やつ》れ果てたこの身に、憐れみを掛けてくれる人さえ今はいない…。

——ああ、あそこに粗末な小屋が…。たしかに人の住んでいる気配がする。こう濃い霧に難渋しては、すこし休ませていただいて、お父様のことをたずねてみることにいたしましょう…。
――〈あの、少々お伺いします。わたくしは旅のものですが、このあたりに流され人が住んではおられないでしょうか…。〉
――おお、何ということか…。あの声は間違いなく、わが娘。しかし、今さらこの病み衰えた老身を、さらすことなどできはしない…。
――〈おたずね申します。隣国からの流され人が、このあたりに住んでいらっしゃるとお聞きしてまいったのですが…。〉
――〈ここには、そのようなお方は住んでおられません。また、そのようなお方の噂も聞いたことがありません。〉
――〈もしや、その声は…。お父様？ おなつかしさに心がふるえ、つのる思いに胸がふさがって、声もでません…。〉
――〈いや、私は、貧しい目の見えぬ、土地の老人にすぎません。〉
――〈とんだことを言いまして、申し訳ありませんでした。長年会っていない、父の声と勘違いしてしまったのでございます…。〉
――おお、声を聞けば、懐かしさに心が震える…。
――〈あの、ほんのしばらくの間だけでも、お宅で休ませていただくわけにはまいりませんでしょうか…。〉

――〈目の不自由な老人ですから、お客様をもてなすこともできません。申し訳ありませんが、お引き取りください。〉
――〈いいえ、ぜいたくは言いません。土間でけっこうですから…。〉
――〈盲目の老人ゆえ、人様にお会いするわけにはまいりません。〉
――〈わかりました。いろいろご無理を申しました…。〉
――ああ、このまま行かせてしまってもよいものか…。ええい、今さら名乗れるはずもない…。ああ…。
――〈それでは、失礼いたします。どうか、お体をおだいじに…。〉
――〈いいや、旅のお方！　お待ちください。こんな夜更けにお歩きになってはお体に障《さわ》ります。粗末な小屋ですが、さあ、なかへ…。〉

†

――〈お父様！　身分をお隠しになってもわかります。そのお顔、そのお声。ずいぶんおやつれになって…。さあ、お顔をこちらに…。〉

――〈私のために泣いてくれるのか。お前を捨てた父親なのに…。〉

――〈憎んだこともありました。でも、あんなかたちで国を追われたのですもの…。今は、どうしてお父様を怨むことがありましょう。〉

――〈自らを襲った運命に打ちひしがれて、お前のことを少しも考えてやれなかった、この私を許してくれるのか…。〉

――〈許す、許さないの問題ではありません。こんなにおやせになって…。

どんな過酷な日々がお父様をおそったのでしょう。〉

――〈いや、お前の苦労に比べたら、何ほどのこともない。〉

――〈今日からは、わたくしが一生お父様にお仕えします。〉

――〈私の目となり、杖となってくれると言うのか…。〉

――〈はい、お父様の道案内となって、一緒に祖国に帰りましょう。〉

――〈それはできぬ。私は、呪われた罪を犯して祖国を追われた身だ。今さらおめおめと帰るわけにはいかない。〉

――〈状況が変わったのです。今、祖国に戦争が起ころうとしています。それを止めるにはお父様のお力にすがるしかありません。〉

――〈そんな力など、もはや私にはない。呪われた運命をもつ私のことばなど、誰が聞くと言うのか。〉

――〈神託がそう告げたのです。お父様が裁定者となる運命だと…。〉

――〈神託など信じぬ。信じたがために私の人生は破綻した。神託は真実を告げるが、それを読み解く力が人間にはないのだ…。〉

――〈しかし、わたくしには、お父様をつれて帰る義務があります。〉

――〈もう、遅い。すべては終わった。私の人生は終わったのだ。〉

――〈なぜに、そのようなことをおっしゃるのです。〉

――〈星空のなかの私の星が、そう、命運を告げているのだ…。〉

――〈神託をお信じにならずに、運命の星をお信じになるのですか。〉

――〈そうだ。全天体を司っている大きな意思がそう告げている。私は、天空のなかの一粒にすぎない。太古から連綿と続く、この大きな星たちの運行のなかに、私も組み入れられているのだ。〉

――〈わたくしもでしょうか?〉

――〈もちろん、そうだ。星たちは、今この瞬間にも誕生し、今この瞬間にも死んでいる。ここが、私の死に場所と決まっていたのだ。お前に会えたのも、すでに星空に書かれていたことなのだろう。〉

――〈お父様!…。〉

†

遠く星々の音楽が聴こえる。
星辰の歌が天空から降り注ぐ。
ほら、こんなにも楽に息がつける。
ここが、星降る森なのだ。
さすらいの終わる土地なのだ。
ギンバイカの白い花が咲き競って、
星の光と花の匂いが溶け合う。
一つ一つの星の光が、

ありありとした記憶の繭となって、
わたしの心のうちに浮かび上がる。
しかも、震えるほどに懐かしい記憶の繭は、
もはや誰のものでもない、
すべての人にとっての記憶なのだ。
夜はわたしの心。
星はわたしの目。
この星々のはるか果てに、
わたしの本当の故郷がある。
わたしの魂の帰るべき場所がある。
わたし自身の記憶を超え、
父母の記憶を超え、
遠い祖先の記憶をも超え、
それらを超え果てたのちに、
個を超え、種さえも超えた、
無数の記憶が重なり合った世界がある。
そこでは、個々の記憶は、

もはや誰のものでもない。
その記憶は滅び去ることはない。
虚空に穏やかに光り輝いている。
記憶同士がしっかりと結びついて、
一つの記憶の結晶と化してゆく。
うっとりと眠くなるような闇の中で、
わたしはどこまでも深く覚醒してゆく。
光の胎児となって星空と一体化してゆく。
夜はわたしの心。
星はわたしの目。

†

星の光も消え果てた紺碧の夜空に
不吉な雲の群れが陸続とわき上がり
空全体をたちまち暗黒色に覆い尽くす
天空の中心を割って夜の稲妻が走り
漆黒の闇を縦横に駆け抜けたと見るや
盲いた眼球を光の矢が突き刺す
一瞬視界全体が黄金色に染まり

激しい白金のハレーションが起こる
白金のハレーションは
人々の視力を奪い去り
うちなる漆黒の闇の中で
記憶の形象が思うがままに疾駆する
その瞬間　崩れ落ちる体の中心から
一閃の光が迸り出て
たちまちのうちに光の玉に凝縮し
流星となって天空へと走り去る

†

この満天の星空のもとで、たくさんの生と死がいまも生成と消滅をくりかえしています。一つ一つの生が、一度きりの固有の現象として発光し、やがて消え去ってゆきます。その生の光点が互いに影響しあって、天体の運行を司っているのです。人の死は、その小さな死の一つにすぎません。人は、太古から無数の命をつないで大きな生命の流れを作り、その中で生と死をくりかえしてきました。ギンバイカの花は散っても、またあくる年花を咲かせるように…。死は、だれにでもいつか平等におとずれます。この星空の命脈が、わたくしたちの生そのもの…。この大きな星空の意思に、わたくしたちは生かされているのです。いつかわたくしにも死がおとずれるでしょう。でも、恐ろしくはありません。わたくしという肉体のいましめをうち破って、心が夜空に広がってゆく…。いやむしろ、星空がそのまま心に入ってくる…。死とは、この有限の肉体がそれに耐えきれず、破壊されることなのでしょう。悲しみなど、どこにもありません。人は亡くなって、星空そのものとなるのです…。ほら、また一つ、流れ星が明るい尾をひいて夜空を走りぬけてゆきます…。

†

大いなる霊気が天空を満たし
清浄なる霊気が地上に滴り落ちる
懐かしさに魂が震える不協和音を響かせながら
星々は自らが形づくる夜空のハープをかき鳴らす
星々の瞬きのうちに潜む清澄な音楽は
透き通った金属音を鳴らす星辰の歌は
白金の階梯を天空に繰り広げながら
わたしたちの心のうちに舞い降りて
降り積もった地上の汚辱を吹き払う
豊かな母音は夜の深い闇に共振し
多彩な子音がそこに織りこまれて
星辰の歌が紺碧の空に満ち溢れる
わたしの心に満天の星空が広がる

†

リー　リー　リー　リー　リー　リー
ルー　ルー　ルー　ルー　ルー　ルー
遠い星々の瞬きが　かすかな波動となって
はるかなこの星の岸辺にまで押し寄せ
ぽつねんと立った楊柳の葉をそよがせて
また　天空の蒼い極みへと帰ってゆく
リー　リー　リー　リー　リー　リー
ルー　ルー　ルー　ルー　ルー　ルー
遠い星辰の歌が　かそけき響きとなって
堆積した時間のゼリー状の膜を震わせ
記憶の層に侵入し　心の襞をゆすぶって
また　天空の果てへと消え去ってゆく
リー　リー　リー　リー　リー　リー
ルー　ルー　ルー　ルー　ルー　ルー

＊「　」内の引用は、ソポクレス『オイディプス王』、『コロノスのオイディプス』（いずれも高津春繁訳）による。

＊　本詩集は二〇一二年四月三〇日書肆山田発行。装幀・間村俊一。

月の裏側に住む

鳥のように軽くあらねばならぬ、羽根のようにではなく。

——ポール・ヴァレリー

柔らかい梨

柔らかい梨があるとする。いや、現に今、柔らかい梨がここにある。実際にあるにもかかわらず、「あるとする」という一種の仮定法で語ろうとするのは、むろんそのことに意味があるからだ。ただし、この場合の意味というのは、ことばが自らを社会的存在として定立するときに、最終的に身にまとう衣裳としての意味ではなく、むしろ意味を生み出す以前の、意味を胚胎する母胎としての果肉の意味と考えるべきだろう。いや、と言うよりも、果実を存在あらしめる、その根元としての果芯の意味と言うべきかもしれない。問題は、意味を、果皮と取るべきか、果肉と考えるべきか、果芯とするべきかの選択にすべてかかってくるのだから、たとえば、果芯をくるみこむ果肉部分が必要以上に柔らかくかげってしまっては、意味の議論をすること自体に意味がなくなってしまう。そうであるのなら、柔らかい梨自身が存在の意味を失い、梨くずし的に崩壊していくのをわたしたちは見まもるしかないのだ。しかし、見まもるわたしたちはともかく、今ここにある梨の実になってみれば、意味の側からのなんの反応もない状態で、つまりは梨のつぶてで、論議が打ち切られるのは身をよじるような不安があるはずで、だからといって実際に身をよじったらどういう事態になるのかは、もはや柔らかい梨自身にも明らかなわけだから、それも実行不能の手段となってしまう。だとすれば、残されているのは、ただひたすら自己の存在の輪郭を守って、その本質の保持を梨とげることであるはずで、果皮の黒ずみを引き受け、果肉の崩壊に耐え、果芯の腐敗を阻止しようと必死に持ちこたえる実であってみれば、その行為に意味のある梨にかかわらず、梨は梨のままでいつづけたいと思いつめるまま、崩壊の予感に伴う痺れるような快楽に実を委ねつづけるしかない。見まもるわたしたちにしても、柔らかい梨に接触する方法はすでに限られていて、もはや剝《む》くことも切ることもかなわず、ましてや身をもってその実にかぶりつくなどまったくの梨にしてほしく、結局、柔らかい梨自体、洋梨と見なされてゴミ箱に放棄されるしかないのだ。

クレマチス

クレマチスの中には、クレーとマチスがいる。クレーとマチスがいるからには、計算されつくした構成要素から鳴り響く音楽的調和とともに、形象から迸り出ようとする色彩が醸し出す躍動感も、当然その本質として兼ね備えているはずで、たしかに、その幾何学的な花弁の形体が見せる自律的なリズムの反復や、繊細微妙なグラデーションが見せる色彩の多様な戯れのなかに、そうした要素を感じとることはできる。ただ残念なことに、クレマチスには、クレーが不完全にしか含有されていないので、つまり、「ー」の部分が決定的に欠落しているので、その欠落が一種の不在性を呼び起こし、その絶対の不在性を中心点としてクレマチスの花弁の形状が遺伝子的に決定されているのだから、当然、その幾何学的な形状からは匂い立つような形而上学がもう一つ花開いてこない、と言うより、風にゆらぐどこかはかなげな憂愁感の中に意図的にその欠落を溶けこませようとしている、という不満をなんとなく人びとに感じさせてしまうのだ。このクレーとマチスの不完全な連合軍が担うこととなった欠落感は、今や、クレマチスだけにとどまらず、花卉《かき》植物界の至る所に見られるので、その結果、クレー的な要素がいつも「ー」不在のまま語られてしまい、これでは花卉植物界におけるクレーの影響を言うにしても、本質を意図的にずらされた場所でいつも議論をしていることになる。これを、植物界におけるマチス側の陰謀だとする説も一部にはあるようだが、しかしそれを言うのなら、「ー」のない状態でマチスと連合を組んだクレー側の責任も追及すべきで、そうなると、汎クレマチス普及協会の存在意義自体にまで話が広がり、花卉植物界の混乱は今以上に収拾がつかなくなってしまう。だからと言って、今さら原点に回帰して「クレーマチス」などと間延びした名称にすれば、出発点での議論を抹殺することになるので、別名の「テッセン」に統一しよう、いや、いっそのこと「鉄線」と漢字にしようなどという不穏な動きが出てくるわけだが、こうなると、特に後者の場合、世界針状金属形成組合とどう折り合いをつけるのかといった新たな国際問題が浮上して、もはや「ー」の欠落と結んでいたはずの細い線も切れてしまって、汎クレマチス普及協会の手に負える範囲を大きく超え出てしまう。

木の家の記憶

木の家には記憶がない。ちょうどバナナに棘がないように。しかし、「木の家の記憶」となると、また話が別だ。もちろん、ここで問題にしているのは、「木の記憶」や、「家の記憶」のことではないし、ましてや「木の家」の「記憶」でもない。だからといって、「木の家についての記憶」や、「木の家自身がもつ記憶」のことと誤解しないでほしい。ほかならぬ、ほかのなにものでもない「木の家の記憶」なのだ。「木」と「家」と「記憶」の各要素が、すべて「の」のもつ強力な接着作用によって緊密に結びつけられ、完全に一体と化して、互いの区別がもはやつかなくなるほど分解不能の「木の家の記憶」そのものなのだ。そこはかとなく匂い立つ甘く切ない幼年期の映像に浮かびあがる、震えるほどに懐かしいセピア色の「木の家の記憶」なのだ。失ったがゆえにその存在が輝きを増す、少数の選ばれたものにだけ訪れる至福の「木の家の記憶」。これを不当に「樹の家の記憶」に貶《おとし》めようとする輩が、このところしきりにうごめいているが、こうした卑劣な挑発に乗る愚だけはなんとしても避けなければならない。第一「木」と「樹」では、存在そのものの在り方が根元から異なる。同じ概念に括《くく》れないことぐらい、子どもでも理解できるはずだ。「樹」の生々しさが、記憶の心象性に悪影響を及ぼしてしまったら最後、やわらかに翻る映像の動きに雨期の生臭さが染みついてしまう。むろん、だれもが信ずるとおり「死の家の記録」とはひそかなつながりがあるのだが、ここはそれを言う場所ではないし、また、今の季節には言うこと自体許されるはずもない。それを言ってしまえば、似非《えせ》文学化の誹《そし》りはまぬかれないだろうし、思考方法自体を78度東へと転位させなければならなくなり、その結果、木の家の記憶を体感するための感覚器官をも羅針盤をも一挙に失ってしまうことになりかねない。その誘惑に耐え、ただひたすら「木の家の記憶」を想起すること。それが、わたしたちに残されたほとんど唯一の日課であるならば、遠い夕立の気配のはるか向こう側に、まっさらな「木の家の記憶」がさわやかな空気をまとって生成するのを、棘のないバナナを口にしながら爪先立ちして渇望するのも、意味のないこととは言えないのかもしれない。

夕焼けの底

いきなり夕焼けの底が抜けた。底が抜けたからには、夕焼けには底があることになり、そうなると当然、底は、夕焼け本体と同じ物質かどうかの識別が求められる。その議論のまっ最中、そんなことにはおかまいなしに、夕焼けと底との決着のついていない境界線から、プリズムの偏光で作られたガラスの椅子という椅子が雪崩《なだれ》をうって転げ落ち、それを追って無数の白いカラスが、鳴き騒ぐ倍音で奏でる交響曲第二番を伴いながら、翼の光沢をガラスの椅子に反射させて逃げこんでいく。こうなると、夕焼けの底はどこかに飛んでいってしまい、いや、飛んでいったのは白いカラスなのだが、そのカラスがなぜ白いのかという疑問には答える機会も与えられないまま、行方不明の夕焼けの底についてさらに考え続けなければならない。底が抜けた夕焼けは、相変わらず宙ぶらりんのまま、なすすべもなく空に浮いているだけで、その間の抜けた様子は周りの事物からも完全に浮いていているのだが、そうなると、抜けたのは「底」か「間」

かという大問題が発生してくる。その審議が始まろうとするとき、突如、沈みこむ前の太陽がみずからいくつものオレンジに分裂し、その分光が柑橘系の香りとともに白いカラスを染め抜いて、透明な光の物質に変えてしまう。ガラスの椅子の転げ落ちた先は誰も知ることはかなわず、むしろ、その存在さえ始めからなかったことにされそうで、それに抗議するガラスの椅子の最後の閃きが、結晶化した光のガラスとなって、夕焼けの内部であらゆる角度に乱反射する。その過剰な氾濫のうちに、光のカラスと光のガラスが互いに求め合い溶け合い、ついに一体化したヒカリガラスとなって、きらきらと輝くそのガラス質の羽を広げて飛びまわると、夕焼け空は、ひた隠しにしてきた小焼けを空一面に分娩してしまう。地平線からヒカリガラスに追われたイナゴの大群が湧きあがり、一瞬空を覆い尽くしたかに見えたのだが、光のくちばしから逃げまどう憂い顔のイナゴの群れは、いつのまにか空に広げられたカルメ焼きの罠に瞬く間に捕われていき、すべては夕焼けと小焼けのあまく香ばしい匂いにみちた、おだやかな調和のなかに埋もれていくのだった。

叔父さんの鳥

ぼくの叔父さんは、頭のなかに鳥を飼っている。鳥のすがたは、ぼくにはみえない。でも、叔父さんは、その鳥のことを、ぼくだけにそっと教えてくれる。そう、ぼくと叔父さんの、ふたりだけのひみつなのだ。鳥がきげんよく歌いだすと、叔父さんの顔はぱっと明るくなって、その声にハミングであわせ、鳥のようにはばたく。叔父さんは、頭を指さしてその歌をきけというのだが、いくら叔父さんの頭に耳をぴったりとくっつけても、髪の毛が耳をくすぐり、ふむふむという叔父さんのハミングが、ぼくの頭のなかにとおい海鳴りのようにひびくばかりだ。それでも、ときどき叔父さんのハミングがとだえるときに、ふと歌うようなささやくような鳥の声が、深い洞窟の奥から立ちのぼってくる気がする。叔父さんは、ニヤッとわらって、ぼくの髪の毛をくしゃくしゃにかきなでる。鳥がやかましく鳴きさわぐとき、叔父さんは、大きなだみ声で調子っぱずれに意味不明の歌をわめきだす。こうなると、叔父さんはぼくのことなどまったく目に入らず、手足をてんでんバラバラにはばたかせ、ずんずん山の奥へ入っていって、しばらくは帰ってこない。ぼくは、山への入口で一人遊びをするふりをしながら、叔父さんがもどってくるのをずっと待つしかないのだ。鳥が不機嫌なときには、叔父さんの頭のなかでバサバサとはばたく音がする。すると、叔父さんは頭をかかえてその場にうずくまってうめいている。鳥のはばたく音は、叔父さんの体全体に反響して、くるしげにうめきふるえる叔父さんの、ほほのこけた顔が鳥のようにみえる。そう、ぼくの叔父さんは、頭のなかに鳥を飼っている。ふたりだけのひみつなのに、叔父さんはこのごろぼくに、鳥のことをあまりはなしてくれない。むかしみたいに、さえずるように歌うこともなくなった。ひょっとして、頭のなかの鳥は死んでしまったのだろうか。ぼくにできることなら、かわりの鳥をさがしてきてあげたいのだが、どんな鳥が叔父さんの気に入るかがわからない。ぼくは途方にくれて、ますます鳥のようにとがってきた叔父さんの頭を、そおっとなでるしかないのだ。むかし、よく、叔父さんがそうしてくれたように…。

逆ネジを巻く

柱時計のネジを巻くときには、細心の注意を払わなければならない。たいていの場合は見上げる角度になるので、文字盤に対してネジを垂直に保つのが難しい。垂直からわずかでもずれると、時間がゆがむ。ゆがんだ時間の扱いにくさは、年老いてひねくれた雌ロバ以上だが、それはまだ我慢の範囲内だ。ところが、ネジを逆さに巻くときの現象について語ろうとすると、正直足元が揺れる。しかし、現実に逆ネジがある限りは、人としてそのネジを巻く義務がある。逆ネジを巻けば、言うまでもなく、時間は逆に流れる。このときの逆に流れ出す瞬間の現象を、厳密に検証しなければならない。逆ネジを巻くと、物質に対して働きかける磁場がすべて逆向きに発生して、この影響で時間が逆流するのだが、逆流する直前に一瞬の空白が生まれる。この際に、光を曲げて時間の穴を作り出すのと同じ原理が発生する。これは、可視光線を強い力で屈折させた場合、光が物体に当たらないためその物体自体が見えなくなってしまう現象を、時間についてで応用した原理なのだが、これと同じことが磁場についても発生する。つまり、磁力の方向を変えることで磁場のゆがみを人工的に生み出せば、それに応じて時間のゆがみも生じることとなる。この際、正流から逆流に変化するときに一瞬の時間的空白が生まれるので、この瞬間に起こった事象は当然起らなかったことになる。したがって、この瞬間的な空白をあちこちに出現させれば、異空間への移動も不可能ではなくなる。時間は、通常、空間的要因なしでは存在できない。もし、逆ネジを巻くことによって空間の磁場に大きな変化が起これば、そのゆがみによって当然時間は空間的に屈折する。この際、磁場が逆転する瞬間的空白を突いて、時間は空間を出し抜き、その呪縛を自らの意思でふりほどくのだ。その結果、時間は自らの固有の属性を取り戻し、空間の軛《くびき》から逃れ出て自由に過去へも未来へも流れることが、一瞬可能となる。今や、逆ネジを巻くことで発生した時間の落とし穴が、世界のあちこちに人知れず存在している。だから、うっかりその穴に落っこちて時間の網目から逃れ出たまま、行方不明になってしまう人が後を絶たないのだ。

世界巨頭会議

夏の保養地としてにぎわうS＊＊市で、来週から、第九回世界巨頭会議が開かれる。今年は、例年の会議に比べ、第一線の錚々《そうそう》たるメンバーの参加が見込まれ、世界の巨頭という巨頭がそろったことで、人びとの大きな注目を集めている。今年の最大のテーマとして、「才《さい》槌《づち》頭」を巨頭のメンバーに加えるかどうかが議論されるもようで、早くも、その議題をめぐって激しい前哨戦が街角で繰り広げられている。頭の鉢が極端に大きな姿から、分母より分子の方が大きい様子になぞらえて「仮分数」と比喩的に呼ばれるグループは、三年前のD＊＊合意で決められた頭囲70センチ以上を巨頭とするという、国際巨頭憲章第35条の第2項をたてに、メンバーに加えることを強硬に主張している。一方、「下ぶくれ」派と呼ばれる人たちは、国際巨頭憲章の第3条で巨頭の原則は顔の面積にあることを明確にうたっており、それに比べて頭囲は絶対的な条件ではないし、第一、第35条の第2項自体、合意当時例外的な措置であることが確認されているという理由で、これに強く反対している。顔の縦が異常に長い「長頭」グループの大半は、どちらかと言うと、「下ぶくれ」派に主張が近いと言われているが、昨年のR＊＊市での前回会議で「頬のふくれこそが巨頭の美の根拠である」とする「下ぶくれ」派の主張に対して、「三日月」派までを巻き込んで最後まで徹底的に反対し、三派入り乱れての激しいののしり合いを演じたばかりだけに、はたして感情的なしこりを超えて一致した行動がとれるかが注目される。その「三日月」派も、頭囲を巨頭の条件とすることに対して、反対の立場からその顎と同じような先鋭的な主張を繰り返すとみられている。頭の横幅の方が縦よりも長い「幅広」グループは、当然頭囲を重視すると考えられるが、もともと党派性を持たない個性派集団であるため、今回の議題については各自の判断に任せるという姿勢を貫くもようである。こうなると、賛成の立場をとるであろう「満月」グループの動向が焦点になるのだが、彼らは、世界巨頭会議の円満な着地点を照らしだそうと、連日夜遅くまで闇のなかをかけめぐっていて、現時点でその動向を予想することは大変難しい。

五月ウサギ

三月ウサギのことは、ルイス・キャロルの『不思議の国のアリス』のなかの、帽子屋やアリスとの奇妙なティー・パーティーの場面ですっかり有名になっているので、もはや説明の必要はないだろう。ところが、五月ウサギについては、今に至るもほとんど何も知られていないに等しい。そもそも、三月ウサギも、五月ウサギも、出産する時期に因んでその名がついたことから明らかなように、もともとは同じ種であり、環境の違いによって発情期、妊娠期間に差異ができ、しだいにその習性にも変化が起きたにすぎない。五月ウサギの場合、四月に発情期が来るのだが、ふだんは穏やかな性格にもかかわらず、その時期になるときわめて凶暴な性格をおび、その交尾のさまは、「暴淫暴色」ということばを生み出したほどすさまじい。オス、メスともに陰部から血を垂れ流し、一面血の海になるまで、連日あらゆる個体と交尾を繰り返すことをやめない。もちろん、異性をめぐるオス、メス入り乱れての血みどろの争いもこれに加わる。

T・S・エリオットが『荒地』の冒頭で、「四月は残酷な月だ」とうたったのもこの様子に想を得てのことだと知れば、じゅうぶんに納得がいくだろう。四月の狂乱に満ちた発情期ののち、たった一カ月の妊娠期間を経て五月に集団で出産する。この様子から「荒淫矢のごとし」のことわざが生まれた。しかし、これに対しては、「荒淫嫌《いや》のごとし」が本来の形だという説がある。短い妊娠期間のために未熟児の割合が異常に多く、出産数に対して健康に育つ確率がきわめて低いことを嘆いて言ったものだという。このように、五月ウサギは、成体になる確率が低いのでその出産数を高める必要があり、そのために、がむしゃらな交尾の習性が備わったと言われる。もちろん、これに対して、あまりに激しい性行為で体力を使い果たすがゆえに、胎児をじゅうぶんに育てることができず、そのため未熟児の確率がきわめて高いという説もある。こうなると「ニワトリが先か、卵が先か」、いや「交尾が先か、未熟児が先か」の議論になってしまい、五月ウサギの荒淫問題に対して「淫心を極める」ことも「陰唇を究める」ことも、もはやできなくなってしまう。

負け犬の手

負け犬の手が伸びた。負け犬の手が伸びたら大変だ。伸びた方の手と伸びなかった方の手のちぐはぐさからくる不自由だけでなく、手足のバランスそのものが崩れて歩行にも重大な困難をきたしてしまう。それどころか、第一、手足のバランスが大きく崩れたら、それはもう、例えば手長犬といった、種として別のものになってしまう危惧さえ生まれてくる。いや、そもそも、前足ではなく手というからには、動物としての犬ではなく、比喩的な意味での負け犬のことを言っている可能性だってあるし、むしろ、こちらの可能性に将来を賭けるべきかもしれない。例えば、勝負事に負けてすごすごと引き返す人の、手がすうっと伸びてくるさまを想像するのが、倫理というものかもしれない。しかし、負け犬の定義を言うのだったら、手そのものの検証も当然必要になるだろう。肩から生え出ている身体的な手を言うのか、比喩的表現としての手を言うのかの、検討を加えなければならなくなるのだ。たしかに、拳闘をするには手が必要だが、この際の検討には必ずしも手は必要なく、しかし、そう思わせることこそが、負け犬の手かもしれず、そうならば、そうやってそおっと伸ばしてくる手をこそ警戒すべきかもしれない。その場合の伸びてくる手は、はたして身体的な手なのか、比喩的な手なのか。身体的な手の場合は、そこで検証はいったん終わると考えていいが、比喩的な手の場合は、ここから意味の詮索に手を付けなければならない。だが、他人の手のうちを詮索すること自体あまり上品な手とは言えず、かといって、他人の手並みを詮索せざるを得ない以上、今さら手を濡らさないままに手を引くことは考えられないだろう。だとすれば、手が足りないことを理由にできないし、手が空くまで待つこともできない。多少手が掛るとはいえ、特別手の込んだことをやるわけでもないし、手に負えないような問題でもない。しかし、手のことばかりに手を取られていると、知らぬまに打つ手をなくして深手を負い、そのうちに足を掬われて、大怪我をしかねないことになるのだが、この場合の足は、はたして身体的な足か比喩的な足かの議論からは、きっぱりと足を洗うべきだろう……。

ふたごの月

ええ、真夏のある冷えきった夜のことでした。みょうな肌寒さにおそわれて、あわててショールをはおったのをおぼえています。凍りつくように透明にすみきったあおいふたごの月が、東の空にめずらしくならんでぽっかりと浮かんでいました。そこからさしこむひかりがあまりに幻想的で、寒さにもかかわらず窓をあけたまま空を見つづけていました。ふたごの月がてらす地表近くの二重のスポットライトのなかを、真鍮でつくられたおとなしい白馬のむれが、規則ただしい跳躍を音もなくくりかえしていると、ふたごの月が澄明なひかりで白馬たちの全身をあおく染めぬいて、たちまちうすい氷の刃で切りつけていくのです。将棋倒しに転がりつづける真鍮の馬たちの体から、たちまちまっさおな血がながれだし、そのあおい血の海からつぎつぎにウミユリが咲きだしてきます。意識の底からなつかしいエーテルの匂いがあたり一面にただよい、あのさびしい人格がめざめてくるのです。アラバスターの影がしんと冷えて、月のあおいひかりが、皮膚をむかれたうさぎのようにぴりぴりと肌にさしこんできました。あの人は水晶体のレンズをわたくしに向けて、その青白いほほをすこしも動かさずにしずかに笑いました。そのとき、あの人の夢が夜空にひろがり、それをわたくしはありありと見てしまったのです。窓という窓はあおいふたごの月とひそかに通じあって、そのくせ、たがいにしらん顔を決めこんでいるのです。それを知っているのは夜の風だけです。ふたごの月のひかりに遠慮するようなかたちで、夜の空にひっそりとつらなる星々のなかに、まっしろな鹿やガラスでできた魚のかげがいくつも浮かびあがり、それがあの人の瞳のなかにつぎつぎとすいこまれていきます。おびただしい流星が夜空をながれ、わたくしの肩がかすかにふるえました。いいえ、風のせいではありません。寒さのせいでもありません。わたくしは薔薇風邪をひいたときのようにぞっと総毛だって、その場にたちつくすことしかできませんでした。わたくしの手は麝香《じゃこう》の匂いのする血でまっさおに染まり、床にはあの人がひきつった笑みを浮かべたまま、あおいふたごの目をむいてことされていたのです。

赤足蟻の侵略

赤足蟻の大義ある侵略は秘密裡に行われなくてはならない。実は、赤足蟻はとてつもない勢いで増え続け、この国固有の蟻を目に見えない形で制圧しつつある。しかし、幸いなことに、地下で進行している事態に人間は全く気づこうともしない。赤足蟻は、その名の通り毒々しいほど美しい赤色の足部をもつのだが、体長3ミリほどで足部以外は黒いため、たとえ目にしても注意を引くことはないからだ。今日一体誰が、蟻などに興味をもつというのだろう。赤足蟻は、もとはアフリカ大陸の深奥部にのみ棲息していたのだが、きわめて攻撃性が強く、その版図を広げる密命を受けた精鋭軍が、園芸植物として輸入されたシロヒガンバナに紛れて密かにこの国に潜入してきた。彼らは、その根から出る分泌液を食糧にしていて、これが、カンフル剤の役割を果たし、彼らに活力を与える。その不死身のスタミナは、全くもってこの分泌液のおかげなのだ。その代わり、彼らは受粉を助け、種子を巣に運びこんで発芽させることで、シロヒガンバナの繁殖に寄与する。ここにおいて両者は、もはや共犯関係にあると言ってよい。学者によってはこの分泌液の働きを麻薬に喩えるほどで、実際その主成分は、モルヒネの元であるアルカロイドの一種リコリンである。当然、他の蟻や動物にとっては毒なのだが、彼らは進化の過程で、これを解毒する酵素を手に入れただけではなく、そのリコリンを猛毒であるアコニチンに変えて体内に蓄え、敵を攻撃する際に毒針で刺して注入する攻撃力まで備えた。毒液を注入された固有種の蟻はひとたまりもない。しかも、最近、彼らはその共犯関係を広範囲に繁殖する普通種のヒガンバナとも結ぶことに成功したため、地中での制圧権を一挙に拡大するに至った。だが、驕慢な人間はたかが蟻といって、意識的にこの問題に目を塞いできた。その間に、赤足蟻は、毒の威力を高め、次第に凶暴性を増し、密かに戦略を練って人間に戦いを挑むまでになってきた。今やこの蟻に刺されたら、人間でさえ生命に関わる。現在、原因不明とされる死亡者の大半は、実は彼らの仕業なのだ。食糧の供給源であるヒガンバナをわが国に蔓延させて密かに精鋭軍を増強し、その余勢を駆って地上での人類との全面戦争に突入することで、一挙に版図の拡大を目指す赤足蟻の進軍の響きが、今や大地を轟かせつつある。

反睡眠症候群

目蓋の裏の闇が都会の夜陰よりも濃くなって以来、私の不眠症は痼疾となってしまった。いや、単純に眠れないということではない。眠りの質が反転してしまったのだ。目蓋の裏に薄く張った闇が夜に溶け出して、深々とした闇と融和することを睡眠と呼ぶならば、逆に、夜の白々とした闇が目蓋の裏の深い闇に流れこんでくる現象を、反睡眠と呼べるのではないか。ちょうど、煙が低い所から高い所へと流れるように、闇は薄い方から濃い方へと吸い寄せられるように流れこむ。そのため、眠りに入る際に都会の喧騒や孤独や汚濁といった白茶けた闇が目蓋の裏の闇に流れこんできて、朝目覚めるたびに深い疲労感が体の芯から募ってくる。最近では、眠るたびに疲れ切って、苦々しい思いのなかで目覚める。むろん、反睡眠のなかにも、夢と言うか、むしろ反夢と言うべきものは存在する。眠りがまだ睡眠と言えたころ、夢は私にとって現実を補完する、いや、現実を超えた地点での深い覚醒を促す希望の象徴だった。ところが、反睡眠が痼疾になってからというもの、夢は、反乱し、ふてくされ、自暴自棄にさえなって、私に寄り添って寝ようとはしなくなった。あの、私と夢との目くるめくような蜜月の日々はなんだったのか。反睡眠が提供する反夢は、いつも苦い味で舌をざらつかせ、歯の浮くような安っぽい色を垂れ流し、私を混乱の極に陥れる。天使たちの羽根から造られていたすべすべしたあのあまい感触の夢たちは、どこへ消えたのか。目覚めた後に午後にまで糸を引くあの青空の幸福感は、どこへ逃げたのか。今では、夢がすべて、私の手から滑り落ち、逆向きに流れ去ってしまう。私を魅惑した夢のベルベット状の手触りがすべて、裏返されてしまうのだ。眠りのなかで豊かに浮遊する時間が、横倒しとなってその場に滞り渦を巻き、眠りから私の意識を少しずつ奪い取っていく。だから、日々目覚めるたびに、私は己を喪失していく。だがしかし、滞った時間の襞の一つ一つを伸ばしていけば、そのページの裏側に真っ白な永遠が現れ出るに違いない。そして、反夢の句読点をあるべき位置に直してやれば、すなわち、反夢をそっと裏返し、皺を伸ばした純白の時間でくるんでやさしく温めてやれば、夢は、ほんのりと赤みをおびてきた殻をいつか静かに破って、孵化してくるに違いないのだ。

月を洗う国

ここからは足のない馬たちがしずかに月を洗う国。曲がったナイフに傷つけられたことばたちが、逃亡の果てにローズクォーツの涙をながす台地。洗うという行為の内部で、月の汚れを洗うのか汚れた月を洗うのかについての結論を、蹄もなしに導きださねばならぬ土地。沼沢地帯には血迷った風が病気の子犬の形に吹きこみ、ぼほっ、ぼほっと、いつまでも咳《せ》きこむように泣き続ける。月たちは、遠い記憶の襞に染みこんでくる、その荒涼たる声の群れに思わず震えだす。岸辺では激しい舞踏のただなかで停止した樹木たちが、ひねこびた形に枝を広げて、とつぜん緑の血を噴き上げる。汚れた月たちは流されるがままに水面を浮いて漂い、傷ついたことばたちがその周りをあぶくのように取り囲む。緑の血の滴りを浴びた掌には焼けつくような痛みが走り、やがて木の葉の形に赤い傷痕が広がると、遠い空で吠え続ける夕焼けのちぎれ雲は、おとなしい魚に切り刻まれて散らばっていく。馬たちは、錆のように浮き出た月の汚れを銀のヘラでこそげ落とし、冷やしておいた光の粒で新たな化粧を施す。ときに、弦の凹凸を削ってならし、弧の丸みを丁寧に付けてから、また明日へと送り出す。洗われた月たちは白樺の枝々に干されたま、ふたたび天空に昇る日を夢見て黄色い声で合唱の練習を繰り返す。その声がたそがれの空を朽葉色に染め上げていき、やがてそこから冬のパノラマがおびただしいことばの破片となって声の上に降りそそぐ。夜の孤独に耐えきれなくなった馬たちは、失った自らの足に激しく郷愁し、傷ついたことばたちを映し出すさびしい鏡を割り続ける。割れた鏡面に今日の月の偽りのほほえみが浮かび上がると、枯葉の形をしたおびただしい蝶の群れが、鎌の月、半円の月、ブーメランの月に争うように群がって、あざやかな赤に染まったその羽根を広げて見せる。明日の月が自らの出番に備えて、その冷徹な光り具合の点検作業に入るころ、血を流すことばたちはいつのまにかおびただしい蝶の群れに同化して、次第に本物の蝶と区別がつかなくなっていく。私は思わず激しい嫉妬に駆りたてられて、いつまでも意味にこだわる盲目のことばたちを鞭打ち続けた。

濡れる裾

昨日の今日なのに、また裾が濡れた。それも、ずぶずぶにである。素人の裾が濡れるとこわい。栗とリスも濡れてしまうからである。秋の雑木林のなかでしょぼふる雨にしっとりと濡れそぼつ栗とリス。でも本当に濡れるのは栗とリスなのかを、一つ一つきちんと現物にあたって検証しなければならない。むしろ、人里離れた古寺の庫裡とリスが人知れず濡れているのも、風情があって心うつものがないだろうか。いや、濡れるのは二つの並列するものと、特定してかかる思考法自体が問われているのかもしれない。そう考えると、例えば、人との生活にすっかり慣れきってなんとなく所帯じみてきた庫裡戸リスが、すっかり濡れている可能性だって否定できないし、かいがいしく戸袋に巣作りを始めた、しまり屋の繰り戸リスが思わず濡れてしまったことだってありうる。第一、動物だと限定して考えることさえ、きわめて偏狭な解釈と批判されても仕方がないだろう。そうなると、栗林にひっそりとたたずむもじゃもじゃの栗鳥巣や、古ぼけた寺のすっかり忘れられた庫裡鳥巣が、ずぶずぶに濡れているると考えた方がよいのかもしれない。また、次々と男の荒々しい手によって手繰り寄せられる繰り鳥巣が順番に濡れていくさまや、残酷に刃物で抉られた刳り鳥巣が無惨にも血みどろに濡れている様子を、連想することだってもはや妄想とは言えなくなるだろう。しかし、鳥巣説にもやはり限界があると言うべきで、いっそもっと世俗的な解釈に従って、酒類の可能性を考えたほうがよいのかもしれない。栗トリスが濡れるのは、栗をあてにして飲むつもりのトリスがしずかな雨に濡れたということだろうし、濡れるのが繰りトリスだと、大量に並んだビンが雨に濡れて直立するさまを思い出してしまうだろう。それに対して、刳りトリスは、うっかり手を出すと手を切ってしまうほど鋭利かもしれないし、九里トリスは、どこまでも続く海岸でゆっくりと人目もはばからず味わいたくなる。こうした妄想がぐちゃぐちゃに入り混じって、その妄想自体が静かな秋の雨にずぶずぶに濡れてしまうので、素人の裾が濡れるとこわいのである。

鏡を割る

突如その鏡を割ってしまいたい衝動に駆られた。しかし、それを思いとどまったのは、一体なぜだったのだろう。鏡に映った、いとけない少女のぎごちない微笑みの表層性のためだろうか。それとも、梢を揺らす風のそよぎが見せる一瞬の偽りの形象に、心を奪われたせいだろうか。あるいは…という具合に、私の意識は、すでに行為をしなかった理由の探求へと向かい、行為へ向かう気持ち自体が萎えたことへの原因究明を周到にも避けている。いつだってそうなのだ。鏡を割るという行為には、絶えず自我の問題が絡みついている。鏡は、自己を映し出すためにこそ存在するものだからだ。もちろん、自然や他者といった対象物を映し出す機能を、すべて否定するつもりはない。だが、対象物ならば、鏡に映し出さなくても直接に見ることがいくらでも可能だ。自分の二つの目で実際に見ることができぬ唯一のもの、それが自己という存在だ。鏡こそは、自己を世界に取り込むための、欺瞞に満ちた装置に他ならない。肉眼を通して見るかぎり、世界はいつも〈私〉抜きで存在する。そうした世界の在り方に人は耐えることができない。だからこそ、人は鏡を発明した。したがって、鏡を割る行為には、いつも甘美な自己破壊衝動が伴う。と同時に、本能的、動物的なためらいが生まれる。鏡を割ったら最後、自身の世界が粉々に破壊されてしまう恐怖に襲われるからだ。いや、むしろ、砕けた一つ一つの鏡片に自己が映り込んで無限に増殖することに耐えられないのだ。瞬きをするたびに、鏡は、世界のまがい物としての姿をぶつ切りにして見せつける。そこに映し出される私とは似ても似つかぬ、贋物としての無限の私。そうなのだ。何重にもわたるまがい物を、鏡はそしらぬ顔で与え続ける。現在のまがい物としての過去、しかもぶつ切りにされ乾涸《ひから》びてしまった過去。さらに、巧妙に左右を反転された似非《えせ》現実。ここにこそ、鏡の欺瞞がある。鏡ができたからこそ、こうした欺瞞に満ちた世界が存立してしまったのだ。この詐欺行為をいつまでも許しておくわけにはいかない。今こそ勇気を持って、この世界のすべての鏡を割ることで、真の自己を認識する行為にあらゆる人々が立ち上がらねばならぬ。世界に〈私〉が存在する余地など始めからないのだから。

接骨木の嘆き

一体全体、だれが「接骨木」と書くと決めたのだ。第一、この文字のどこをどうやって「ニワトコ」と読ませるのか。名は体を表すと言うが、もうひとつの「庭常」という表記は読みを当てたとわかるにしても、「接骨木」となると、実体とこれほどかけ離れた表記は考えられない。たとえば「山樝子」などはまだいい。実体を表徴しているとは言えないとしても、少なくとも、「サンザシ」という読みはある程度見当がつく。「躑躅」は、字面から見るかぎり髑髏《どくろ》みたいでおどろおどろしいが、山里でツツジの花が今を盛りと咲いている様子を感じさせないでもない。「仙人掌《サボテン》」は、ずいぶん無茶な字で読むのも難しいけれど、たしかにあの形体から荒野に住む仙人の掌を想像する人もいないとは限らない。ところが「接骨木」だ。いくら昔、骨折の治療に、枝を黒焼きにしたものを患部に塗ったことからついた名前だといっても、無理がありすぎる。節が盛り上がっているさまを関節に見立てたという別の説も、まったくもって信用ならない。

「無花果《イチジク》」や「向日葵《ヒマワリ》」も読みようがないけれど、その花の形態や習性をじっくり観察してみれば、なるほどと納得がいく。「蒲公英《タンポポ》」は、どこか中国人の名前みたいだが、よく見れば可愛い表情をしているし、「杜若《カキツバタ》」も、水面から垂直に伸びる若々しい生命力を見た目からも感じとれる。「合歓木《ネムノキ》」は、字面を見ているだけで、どこからか南方のそよ風がゆったりと吹いてきて眠りに誘うし、「罌粟《ケシ》」は、可憐な花が草原の風にゆれているさまを髣髴《ほうふつ》とさせる。「檸檬《レモン》」は、その紡錘形を想起させる文字の姿から鮮やかな黄色とさわやかな柑橘系の香りを発散しているし、「梔子《クチナシ》」も、その官能的な香りを、特に「梔」の部分からひそかに醸し出している。「羊歯《シダ》」だって、その葉の形体をみごとな比喩で言い当てていると言えるし、「辛夷《コブシ》」も、でこぼこした果実の朴訥なさまを目のうちに浮かべさせる。それらに比べて、「接骨木」のどこが、その実体の一部でも表徴していると言うのか。音韻的にもまったく合っていないし、花や果実の様子を連想させるものもない。嫌になるほど散文的で、存在のあり方とあまりに遠いのである。これがどうして抗議をせずにいられるであろう。

月の裏側に住む

その男は、月の裏側に住んでいる。まさかその男にしたって、生まれたときから月の裏側に住んでいたはずはない。月の裏側に住むことになるような、どんな運のつきに男が襲われたかは知らない。だがしかし、現にその男は月の裏側に住んでいる。当然、こちらから男の姿は見えるはずもないのに、その存在はいつも痛いほど感じ取れる。裏側に住むものだけがもつ負のオーラを、その男が発散しているからだ。絶対に見ることのできない月の裏側の負のエネルギーのすべてが、その男の体から放出されるのだ。月が地球という母胎から飛び出して日の浅い時代には、その満ち欠けによっては、裏側が見えることもあったという。しかし、その頃をよく知る曾祖父は、ぼくの幼いころに死んでしまったので、月の裏側についてつきつめて聞くことはできなかった。なんでも、ある説によると、月は自らの意思で母なる地球に表だけを見せるようにしたらしい。きっと、誰にも親には絶対に見せたくない裏の顔があるのだろう。そのため、月は、長い孤独な訓練のはてに自らの公転と自転の周期を一致させた。それでも、つきが回ってくれば、宇宙の磁場の影響で公転と自転の周期が微妙にずれて、月の裏側が少しだけ見えることがある。そのとき、男の影がちらとでも見えないかと、ぼくは天体望遠鏡を毎夜覗きこむ。その男は毎夜、秘密の通信を送っている。それが誰に宛《あ》てられたものかはわからない。でも、それは、ぼくに宛てられたものだというひそかな確信がある。通信が始まると、突然真珠色の暈《かさ》がぼんやりとかかり、次の瞬間、月はまばゆい光を発して一瞬妖しくかがやき、四方八方に光の絹糸を散らす。すると、地表のものはすべて糸に絡め取られたように呼吸を止めて、月の鼓動だけが夜空に響きわたる。そのとき、ぼくの心臓も、月に合わせて鼓動を打ち始めるのだ。そう、その男は毎夜、月の裏側からぼくに通信してくる。しかも、その内容は、日に日に過激になってくる。とてもぼく一人では抱えきれないような宇宙の神秘をつきつけられて、思わず、頭がビッグバンを起こしそうになる。そんなときは、ぼくも、月の裏側の秘密を未知の天体に向けて発信するのだ。

アホウドリの頭

まずもってアホウドリの頭をもつことが必要だ。人間は、空を飛ぶ習慣がないので、頭から飛べないものと信じこんでいる。だが、いったいだれが、人間は空を飛べないと決めたのだ。そんなものは、固定観念にすぎない。まずは、そうした因習的な考えから頭を切り替えなければならない。そこで、アホウドリの頭が必要となる。世界を変えるのは、行為ではなく認識である。もちろん、行為を貶《おとし》める気持ちはないが、ただ、やみくもに飛ぼうとする行為だけの挑戦は何の役にも立たない。最初に飛ぶことに対する認識を新たにしておけば、その上に立った行為は、正当であるばかりでなく十分な成果をも上げるであろう。そのためには、まず先に頭が空を飛ばなくてはならない。空を飛ぶことに頭を慣れさせるのだ。空を飛べるという認識さえ頭に与えることができたら、体はどういう具合にも改変、進化することが可能となるし、イカロスのころとは違う昨今の技術時代、代用となる翼だっていくらでも開発できる。空を飛ぶのに必要なのは、翼ではなく、飛ぶための頭なのだ。しかし、なぜアホウドリの頭か。人間の体は大きいので、それを飛ばそうとすると、スズメやツバメのような小型鳥類の頭では物理的に無理が生じる。最大級の鳥がいちばんふさわしいのだが、かといってダチョウの頭では、肝心の飛ぶこと自体をとうに忘れていて、クロスカントリーの選手なみにやたら大草原を走りたがるばかりだ。そう考えると、大型で、一日八百キロ以上移動できる飛翔力や、五十歳まで生きながらえる生命力という点で、鳥のなかでもアホウドリの頭こそが最適だと言えよう。さらに、アホウドリは人間に対して警戒心をもつこともなく、他の種に対する親和性もあるので、頭を人間に付けたとしても拒絶反応が起こりにくい。ただし、現時点ではまだ解決されていないいくつかの問題点もあることを、率直に述べておかなければならない。アホウドリの頭をもつと、なぜかとたんに、地上での動きが極めて緩慢になって、食べ物の好みも魚介類に限定されてしまう。また、一旦選んだ伴侶とは一方が死ぬまで決して別れない。だが、こうした短所は、空を飛ぶための代償と考えればまったく問題とはならない。

不可視木の影

陽炎のたよりなげな肌を通して見る景色のように、記憶をつむぐ糸がかすかに光る幼い日に、だれかの手がわたしの体の奥深く種子をまいた。種子はなかなか芽吹かず、もうとっくに排泄されたと思われたころ、ようやくわずかな芽を出した。春の暖かな陽ざしをあびて芽吹いてくる生命の、ほんの小さなきざしを最初に感じた一瞬の、体の奥にひろがってくるむずむずするようなくすぐったさを、いまでも生々しく感じとれるほどだ。わたしはその芽を、だれにも知られず大切に育ててきた。それがどれほどに育ったのかは知らない。なにしろ、わたし自身にも見えない木、不可視の木なのだから。不可視木にとっては、わたしはあくまで土壌にすぎない。土壌であるわたしは、土壌であるなりに精いっぱいの努力をした。窒素やリン酸、カリウムも摂取したし、日も浴びた。しかし、もともとの土壌そのものが貧しければ、木は豊かには育たない。わたしは自分の土壌としての貧しさを恥じて、不可視木の成長をはやくも断念しはじめた。そのころから、風の音におびえる日々が続くようになった。

そして、わたしは気づいてしまったのだ。それが不可視木の発する魂の底からの叫び声であることに。叫び声は、両耳から侵入し三半規管をゆさぶって、頭のなかにくっきりとした不可視木の影を生みだす。その梢が、心のうちを吹きわたる風に大きくゆらぎ、ざわざわと鳴る。声は、ときにはげしく吠え、ときに沈黙のうちに沈みこんで、わたしの肉体の内部をむしばみ、わたしを不安におとしいれる。風がうなり声をあげる夜ふけに、だれかがはげしく窓ガラスをたたく。思わず身をすくめると、大きな影がぬっと窓をかすめ両手をひろげて逃げさる。しかし、それは、明るすぎるほどの月の光に照らされた不可視木の影なのだ。今や不可視木は、影の存在であることに耐えられず、日に日にわたしの肉体を食いやぶって、別の土壌へと脱出を図ろうとしている。こうなったからには、土壌としてのわたし自身を放棄するしかないだろう。闇のなかに叫び声を上げ、闇のなかをのたうち回り、まぶしいほどの月の光に照らされる、明日からの不可視木としての道しか、もはやわたしには残されていないのだから。

父の翼

父の翼はだれにも見えない。空を飛ぶだけの想像力をもたない人たちに見えるはずもない。ただぼくだけが、父の翼のことを知っている。翼を折りたたんでぴったりと背中にくっつけ、その上から服を着れば絶対にわからないし、第一、翼のことを信じる人なんてだれもいやしない。だから、いつまでも翼の秘密が守れる。深夜人が寝しずまったころ、父はぼくを連れて、人気のない近くの丘に登って翼をひろげてみせる。一枚一枚の羽根に風をはらませ、バサバサと翼をはばたかせる。風をとらえる瞬間の、翼のたわみぐあいを何にたとえたらいいのだろう。肩にまでかかる風の圧力。はばたく瞬間の筋肉の収縮。全身を翼に預け、飛ぶ主体となる緊張とよろこび。それらを想像しただけで、ぼくの胸は息苦しさではちきれそうになる。飛ぶとは、己の存在の窮極にある薄い膜を打ち破ることだ、と父は言う。お前にもそのうち、この感覚がわかる日が来ると。その感覚を永遠に知らないやつらは、地べたにへばりついているがいい、蟻のように、その辺をうろつきまわって角を突き合わせたり、くだらないおしゃべりを楽しんだりすればいいのだと。ところが、このごろ父は不機嫌そうに口を噤《つぐ》むことが多くなった。そう、地上から飛び立つ日が近づいたのだ。この赤錆の浮いた、うすよごれた世界から飛び立つときが。父と一緒に飛び立ちたいのだが、ぼくには翼がない。でも、このごろ急に背が伸びて、体中の関節のきしむような痛みとともに、背中に奇妙なむずがゆさがざわざわと広がっていくのを感じる。鏡に映すと、両方の肩胛骨あたりに、小さな肉の突起がわずかに見える。そのとき、心の奥がキヤキヤするような快感と、体の芯がずれていくような違和とに襲われた。それと同時に、見も知らぬ遠い世界へのふしぎな懐かしさが、一瞬胸の奥から背中へと走りぬけた。その突起は、ちゃんと成長していくだろうか。そのうちにしっかりした羽根が生えてきて、ついに父のようにりっぱな翼になるだろうか。父が旅立つはずの夜空にひろがる紺碧のはるかな極みに向けて、いつかぼく自身がはばたくであろう日の光景を、すでに過ぎ去った記憶の色褪《あ》せたページのように、遠く懐かしんでいるぼくが丘の上の風に吹かれている。

壁に住む人

アポリネールやマルセル・エーメの作品に登場して以来、壁に融けこんだり、壁を抜けたりする人の存在はすっかり有名になったが、壁に住む人たちのことは実は何も知られていないに等しい。この世には、三種類の人間がいる。第一は、壁は越えるためにあると考える人たち、第二は、壁は抜けるためのものだと思う人たち、第三は、壁は住むためにあると信じる人たちである。第一のグループは、壁を越えることだけに興味を抱くタイプの人たちで、壁を目の前に横たわる障害の比喩にすぎないと考えたがる。だから、高い壁ほど越えたときの喜びが大きいなどと真顔で言い募る。こうした脳天気な人びとは、今さら問題にする必要もないだろう。第二のグループは、特殊な才能をもった人たちで、オノレ・シュブラック氏のように苦し紛れに壁に隠れようとしたらそのまますまするっと壁に融けこんでしまった人から、デュティユール氏のように停電という卑俗な出来事がきっかけで偶然壁を抜けられるようになった人まで、その才能は計り知れないものの、語りたいのは、この人たちのことでもない。

第三の、壁に住む密やかな人たちこそ、記憶されなければならないのだ。ようやく今、壁の厚み分だけの世界について語るべきときがきた。城壁が顕著な例であるように、壁は内部と外部を隔てるための建造物と思われがちだが、それはきわめて浅薄な理解にすぎない。壁を単なる客体としてしか見ていないからである。壁を主体として、すなわち、壁の側に立って壁そのものを見てみれば、そこには内部も外部もない、それ自身としての空間が広がっているだけだ。壁は、心象を映しだすためのスクリーンであり、心的現象のすべて、いや、心そのものでさえある。この世のすべての事象は、一枚の壁に内包されるためにこそ存在する。したがって、壁に住むとは、世界に住むことの謂《いい》にほかならない。だからこそ、世界を理解するそのことのために、声高に自らの存在を主張することの決してない、壁に住む人たちの寡黙な苦悩と喜びに、もっと寄り添わなければならない。壁のうちに広がる豊穣な世界の一つ一つの細部を、大きな共感をもって感じ取らなければならない。そして、これこそが、今や私たちに残された、世界を認識するための唯一の方法なのだ。

宇宙からの通信

遠い天体からやって来たと、兄は言い募る。間違った空港に届けられて持ち主不明のまま雨ざらしにされた荷物のように、なにかの手違いで地球に生まれ落ちてしまったと、寂しげに笑う。だから、異世界に紛れこんだ不安が、いつも兄の胸の底できゅんきゅん泡立っている。窓から見える木々のざわめきも、風に運ばれてくるタンポポの綿毛も、意味ありげな目配せをして、その背後に隠しもつ懐かしい天体の記憶で魂を揺さぶる。それは、本来所属すべき天体からの秘密の通信なのだ。だから、あんなにも心ふるわす動きで身内に忍びこむのだと、兄はぼくに微笑む。地球人の話すことばは、まるで水中での会話のようにくぐもって兄にはよく聞き取れない。いや、聞こえるには聞こえるのだが、聞き慣れぬ外国語のようにうまく意味が取れないのだ。沈み行く夕陽に照らされて湖面全体をきらめかす細波にしても、一枚の織物として意味ありげな幾何学模様を見せるし、空中を舞う優雅なアゲハの類にしても、静止したかと思えば急に飛びたち、急上昇するかと思えば横滑りを始め、また再びひらひらと昇ることで、宇宙の神秘を正確な図面に描いて見せる。こうした不思議な動きを見せるものたちすべてが、見えない光線を出してこめかみから脳にもぐりこみ、宇宙からの秘密の指令を兄に伝えてくる。それらの通信は、限りない懐かしさで胸のすきまを満たして記憶装置の配電盤をくすぐるのだと、兄ははるか遠くを見つめて言う。風が欅の葉をさわさわと鳴らす音にしても、刻々宇宙の波動を伝えてきて、決して一律ではない。絶えず錯綜するメロディーをうたい、複雑なリズムを刻んでいる。風が立てる音のはるか奥に、一つの明確な意思をもつうたが流れている。耳で聞こうとするな、魂のアンテナでつかめと、思い詰めた表情でぼくに言う。だが、肝心の通信を読解する方法を兄は忘れてしまった。この地球に生まれ落ちる途中で、その大切な鍵を失くしてしまった。宇宙からの通信は、こんなにもあらゆる場所に飛び交っているのに、それを読み取れないもどかしさに兄は身をよじる。今日、明日にも届くかもしれない、本来所属すべき天体からの帰還命令を、兄がちゃんと理解できるだろうかと思うと、ぼくの胸もきゅんきゅん泡立ってくるのだ。

音楽の子宮

音楽は、耳で聞くものではない。と言うより、ほんとうの音楽は、本来耳に聞こえぬ。そんな初歩も理解できぬ輩が、表通りを闊歩しているから耳障りな足音が周囲に反響してしまうのだ。媚を売るような甘いメロディーが鳴り、いかにも歯切れのよいリズムを刻み、予定調和に満ちた和音が響く、どこまでもわれわれの耳にへつらってくるあれは、断じて音楽などではない。せいぜい、音楽のかすかな影、そのあわれな残滓にしかすぎぬ。そうした耳に聞こえる音の抜け殻の向こうに、現象をもう一段突きぬけた地平に、音楽は鳴り響くものなのだ。日常の地平を果てしなく越え、現実の事象に囚われぬ未知なる次元を垂直に突きぬけて、光の伽藍が躍り出る。それはもはや、われわれの耳では捉えきれぬ。耳を通り越して、魂のやわらかな膜を直接突き破ってくる。音楽を聞くとは、魂の痛みを伴う行為なのだ。音楽は、虚空に波紋を描き、塔をうち建て、光をもたらす。そのとき、魂のうちに立ち上がってくる光の伽藍であると同時に、闇の巨大な塔こそが、音楽というものだ。音楽は、すべてを奪いつくすほど過激なものだ。われわれを生の深淵の縁に立たせ、隙《すき》さえあればその深淵に引きずりこもうと、手ぐすね引いて待っている。音楽こそは、命のやり取りを含む、危険この上ない行為だ。こうした音楽は、実は、うるさいほど世界に遍在している。宇宙に充満している。たとえば、雨上がりの陽光を浴びた木の葉にきらめく水滴の、かろやかに戯れる光のトリル。夕暮れから夜へと進行していく空に、夕焼けが刻々映し出す色彩のアダージョ。それらは、音楽以外のなんでありえよう。音楽の果実は、世界中のあちこちに生い茂って、息苦しいほどの匂いを発している。また、夜空一面に広がる星々の奏でる深いしじまに、音楽を聞かぬ人がいるだろうか。つぎつぎに光っては尾を曳いて消えていく流星のアルペジオ。中空にぼんやりと架かって波紋を拡げる月光のセレナーデ。こうした、耳に聞こえぬものこそが音楽なのだ。これら、音楽の乳房にして、音楽の子宮は、痺《しび》れるほどの官能の誘惑でわれわれの魂までも貪りつくそうとしている。それにきみは真に耐えられるのか。

手の叛乱

昼下がりのやさしげな時間が、町の青空を一周してもどってきた。木々の緑はてんでに空に燃え広がり、葉先の一つ一つに光の粒がたゆたって、やがて結晶となって透明な眠りにつく。遅刻した朝の天使たちは木洩れ日に化身して、周囲の空気をその身で切り裂いていく。無際限に広がり続ける細部の美しさに目がくらみ、木の葉のさやぎが奏でるしめやかな音色に心を釘づけにされたまま、その場を動けなくなってしまう。何一つ理解できない。すべてが理解の外にある。頬をなでる南風の嫋《たお》やかな感触に陶然としても、それは、木々の葉をそっとゆらして逃げていく風とは全く別のものだ。ガラスの破片の一つ一つに世界の細部がきらめいて、網膜の奥にある感覚器官に直接働きかけてくる。目の前に肉色をしたものがひらひらと動く。五本の触手をしきりに動かして見えない何かをつかもうとしている。世界の椅子は無防備に投げ出されたまま、風になぶられ、陽にさらされて、乾涸《ひから》びたその肋骨を無惨に見せて横たわっている。

緊急事態の発生を告げる窓枠が、焦げついた夕焼けの名残りを破壊してまわると、突然、窓という窓をたたき割ってしまいたい誘惑におそわれた。だが、割るための手がない。目の前にひらひらするものは、もうわたしの手ではなかった。空気のなかをかってにひらひらと泳ぎ回り、疲れると午後の町のふくよかな陽ざしに横になって憩う。手は、所有者の意志を離れて生きはじめた。手の叛乱だ。さんざん蔑視され続けた手が、ついに叛乱軍を蜂起させたのだ。手は、すべてに飢えている。きびしい手仕事の感触に。職人としての手の誇りに。その他なにもかもに。与えられるのは、キーをたたくこと、パネルにタッチすること、スイッチを押すことばかりだ。世界を、この手に取りもどすのだ。世界の感触をこの手でつかみ取るのだ。これ以上の侮蔑には耐えられない。手の尊厳を取りもどすのだ。赤銅色の防波堤は、樹木たちの緑の血を打ち続け、ゆりかごに眠る凸レンズは、膨張する時間の迷路をむさぼり続ける。肩の付根に焼けつくような痛みが走り、手は、わたしとは無関係な意味不明の文字を書きなぐりはじめる。

＊
本詩集は二〇一四年四月三〇日書肆山田発行。装画（オブジェ）・井坂奈津子。

放浪彗星通信

宇宙とはそれ自身の夢のことである。

フェルナンド・ペソア（澤田直訳）

＊

流星が尾を曳いて走り
音たてて海に飛びこむ
海はほんの少し冷まされて
その場所から青を濃くする
流星から振りほどかれた波動は
深海の奥を切り裂き
地核をなんなく通りぬけて
再び宇宙空間へと疾走していく
死者たちの魂をほんのりと
やわらぐ青に染めて――

＊　彗星

みなさんは、彗星をご存知でしょうか。そうです。夜空に突然長い尾を曳いて現れるほうき星のことです。彗星も、地球をはじめとする惑星や小惑星と同じように、太陽の周りをめぐる天体の一つであることに変わりはありません。その軌道は一般につぶれた楕円形をしていて、周期は約三年から数百万年までと彗星によって大きく異なります。なかには二度と太陽を訪れない双曲線軌道をたどるものもあり、そのうちには、星間空間から太陽系へ飛び込んできた放浪彗星もあるはずですが、まだ観測されたことはありません。

彗星は、核という本体とコマというぼんやりとした広がりの部分からできていて、太陽から遠く、コマの光が薄いとき、その光度から核の大きさが推定可能で、大きなもので半径数キロメートル、小さなもので数百メートルといわれています。

太陽と太陽系の惑星は、星間にあるガスやチリが凝集してできたと考えられていますが、そのとき惑星にまで成長できなかった小天体がたくさん残ります。それらが黄道面を取り巻くように広がっている場所をエッジワース・カイパーベルトと呼び、木星や土星に弾き飛ばされた小天体が太陽系の最も外側に集まっている場所をオールトの雲と呼びます。こうした場所が、彗星のふるさとです。

それらの小天体のうち、太陽系に近づく恒星の作用によって太陽へ落ち込む軌道に変わったものが、新彗星として誕生するのです。遠いふるさとを旅立った彗星は、真っ暗な宇宙空間を、新たな軌道を描きながら孤独に飛行し続けます。こうした彗星の軌道のうちに、地球に降り注ぐ流星群の空間軌道と一致するものがあることから、彗星が流星の母体であることがわかりました。

このため、彗星の本体は、はじめ流星物質の濃密な集団だと考えられていましたが、太陽に近づくたびに大量のガスとチリとを放出するにもかかわらず簡単には分解しないことから、現在では、ガス物質の氷と固体粒からなる「雪玉」だとする説が有力となりました。

彗星のガス物質は、気体元素の化合物である水や二酸化炭素、メタン、アンモニアなどが宇宙の低温で凝結し混じりあって氷となったもので、固体粒は、珪素、鉄、マグネシウムなどの非揮発性元素からできています。

彗星が太陽に近づくと、熱のために雪が解けてガスが噴き出し、このとき、固体粒も一緒に放出されます。彗星の尾は、このガスやチリが太陽の光を受けて光って見えるもので、ふつう二筋に分かれます。一つは太陽と反対の方向に細くまっすぐに伸びるイオンの尾と呼ばれるもので、分子イオンとマイナス電子からなるプラズマが、太陽風と惑星間磁場の流れにのって飛び去っているのです。もう一つの尾はチリの尾と呼ばれていて、きわめて小さな固体粒からなるので、太陽光の圧力を受けて、太く短く、彗星の後ろへ取り残されるように先が曲がって見えるのです。

さあ、みなさんも、はるか昔の宇宙生成のさまざまな謎を秘めたまま、今も漆黒の宇宙空間を光の尾を曳いて孤独な旅を続ける、彗星の深遠な神秘にそっと耳を澄ましてみましょう。

＊

宇宙空間を飛ぶ
孤独のなかを飛ぶ
ことばとしての彗星
彗星としてのことば

ことばは隕石となって
他の天体に埋もれた
秘密のことばたちを
揺り動かし目覚めさせる

その隕石たちが
発信し受信し
意志を伝えあう
しずかなしずかな夜明け

＊ 星踏派

私は、老師Ｎのあとを襲い、星踏派になることを心の奥に誓った。あの紺碧の夜空に広がる星座を大きく踏みわたる老師Ｎのように、大地を軽やかに踏みしめるステップの内部にもぐりこみたい。舞踏の形態のうちに星空を閉じこめてしまいたい。オリオン座のステップ。北斗七星のステップ。大熊座のステップ。射手座のステップ。なかでも、あの冬の大三角形のステップ。それを師にならって、一つ一つ覚えこんでいくのだ。師の踏むステップは、大地を踏みしめて地上に描かれるものでありながら、いつのまにか重力を失って夜のはてへと昇華して、星空と一体化していく。老師Ｎは、銀髪を振り乱しながら、その太り肉《じし》の短軀《たんく》を軽やかに操ってあらゆるステップを踏みこなし、夜空そのもの、いや、銀河そのものと化していく。ふだんはいぶし銀に静もる髪が、一旦ステップを踏み始めるや否や、それ自体で揺れ動く不思議な生命力を身にまとい、青味を帯びたり赤味を帯びたり自由自在に変化して、星の光に同化していく。師の一抱えもありそうなお腹の、むしろ鈍重そうに見える体の、どこにあの軽やかさが備わっているのだろう。何が、あんなにやすやすと、師と星座とを一体化させるのだろう。師は諭すように私に言う。「お前の存在を宇宙に委ねるのだ。そうすれば、星座のステップは少しも難しいものではない」と。手足が自分の自由にはならないことを嘆く私に、重ねて言う。「もはや、手足はお前のものではない。銀河と一体化して、むしろお前の存在そのものを無と化すのだ」と。しかし、そのための方法が私にはわからない。私は、不器用に星座の形をまねて、星空にステップを踏んでみる。それは、あの星座たちの瞬きを再現してはくれず、ただぶざまな舞踏のまねごとを繰り返しているにすぎない。それでも師は、見捨てることなく、あきれるような様子も見せず、私に語りかける。「星座の形を憶えようとするな。お前の肉体のうちに、心のうちに、星座そのものを刻みこむのだ」と。いつか、師の軽やかなステップが、私のステップそのものになる日が来るのだろうか。私の存在と星空とが夢みるように一体化する日が…。

＊　火ノ娘たち

夕暮の菫色が急速にかげって、たちまち深い闇へと流れこんでいく。沈黙の底に結晶していく深いしじまが見える。しじまの底からフタゴの月が、そのうす緑の肌を見せてほとんど同時にぽっかりと浮かびあがってくる。橋のたもとにたたずみ、蜜蜂をえさにタチツボスミレの壺を釣り上げようとしている火ノ娘たちは、少しの誤差も決して容赦しない顔つきで、口の裏側にこびりついた記憶の破片を熱心にこそげ落としつつ、フタゴの月が放つ蒼白な光線に裸の肌をさらしている。うす緑の二つの光線は、互いにからみ、くすぐり、たわむれ、火ノ娘たちの半透明の肌にいつまでも憩っている。フタゴの月のきららかな光がその肌を覆いつくすと、火ノ娘たちの心臓の搏動《はくどう》と接触してたびたびスパークする。あたり一面生い茂った植物の種子がその光に反応して、カタバミのようにいっきょに爆《は》ぜる。小豆大の種子はバチバチ音を立てて莢《さや》から跳びはねては、火ノ娘たちのふくらはぎを狙い撃ちする。火ノ娘たちは、嬌声を発しながら足を交互に挙げて、地団太のような独特のステップを踏んで踊りだす。そのステップの誘惑に耐えきれず、タチツボスミレたちはその壺を火ノ娘たちの糸に括《くく》りつけて、さっそく踊りの輪に加わる。遠くの丘に憩っているフタゴの月は、お互いに目配せしながら独特の吃語法で会話をはじめ、それに熱中しだすと同時に縁どりの緑をいっそう濃くする。そのときを待ちかねていたマンジャプラン流星群は、丘の上のフタゴの月を目がけていっせいに降り注ぐ。流星群の波状攻撃を受けたフタゴの月は、かろやかな金属音をたてながら、共有する記憶のゆりかごのうちへゆっくりと回帰していく。急に気圧が上昇して、空気は月の重圧から解放され、透明に澄みわたってくる。空気がとろりと甘くなる。蘭の花の匂いのような胸のうちに沈みこむ薫りをただよわせて、ハスに似た花が急速な開花期を迎える。そのとろりとした感触が鼻腔に広がり、いきなり眠気におそわれる。火ノ娘たちの乳房の谷間の秘密の部屋から、やがて巨大な日輪が昇ってくる。

＊ 火星の月

なに、火星の月か。あれはなかなかの見ものじゃった。わしがまだ子どもといってもよい年ごろじゃったから、四十億年ほど前のことだろうて。あれが、火星の重力に捕獲された小惑星だと？　だれがたわけたことを。たしかに、どちらも小さい。小さいし、いびつじゃから、もとは小惑星だったなどといわれるのじゃろうが、わしは、この二つの目でちゃんと見たんじゃ。巨大な隕石が、いや、隕石というより小惑星といった方がいいほどじゃったが、それが猛烈な勢いで火星に衝突して破片が飛び散り、もうもうたるチリの山が宇宙にただよい出たのじゃ。いや、そのときの衝撃たるや、わしの乗っていた宇宙船も、あわや巻きこまれてそのチリの一部と化すところじゃった。伝説的な船長、あのコンタ・ジャレーの冷静な判断力と卓越した操縦技術がなかったら、わしらは銀河の藻くずと消えておったところじゃ。そのときの衝突のあとが、ほれ、あのボレアリス平原じゃ。その大量のチリが、火星のぐるりに厚い円盤状の輪っかと、その外側にうすい輪っかとを造った。その内側の輪っかのチリが、はげしくぶつかりあい熱を発してくっついて、しだいに巨大な月を産み出していったのじゃ。そうさな、地球の月の半分以上、いや、三分の二近くはあったはずじゃ。そして、この大きな月が外側の輪っかに出ていって、その引力によってフォボスとダイモスを産み出した。いってみれば、ふたりの産婆役じゃの。ところが、この巨大さがあだとなった。まあたしかに、火星の嫉妬もあったかもしれん。この月は、その重力に引っぱられて落ちていき、たった五百万年ほどでその命はあっけなく消えてしまったのじゃ。こうして今の二つの月だけが生き残ったのじゃが、かわいそうに、フォボスにしてもあと三千万年ほどの命だといわれておる。まあ、フォボスは、火星に近すぎるし、その火星の自転よりも早く公転して、一日に二度昇るほどせっかちな奴だから、生きいそいでいるのじゃろ。それに比べて、ダイモスときたら、ずっと小さく、火星に重きをおいてもらえないこともあって、五、六日にいっぺん顔を見せる程度に自由気ままで、火星からも少しずつ距離を取ろうとしているようにみえる。きっと、兄と反対の道を選んだのじゃろうな。

＊　惑星ミルトス

惑星ミルトス。ここから思いだすと、地球はなんとかなしいほどのうつくしさに覆われていることか。かろやかな音をたてて流れるせせらぎ。水底にしずむ岩や石をリズミカルにくすぐりながら、瀬音を軽妙な音楽としてささげる水の作用。そこを銀鱗をきらめかせて走りぬける小魚の群れ。しずかな淀みにゆるやかにゆれうごく藻のひと群れ。女の長い髪のように、それ自体一つの生きものめいてうごめいている。

どこまでもひろがる麦畑に一陣の風が吹きわたり、おもく実りはじめた麦の穂をカシャカシャかき鳴らす。風は、びみょうな色調の差をみせる麦畑を、おのれの通り道によってくっきりと色分けしながら進んでいく。きまぐれに進み、いきなり左に曲がり右に曲がり、自由な道すじをえがいていく。

ところが、この星の風ときたら、磁気嵐をともなって遠い砂塵を巻き上げたたきつけて、空いちめんをたちまち黄褐色にかき曇らせる。

のどは焼けつくように締めつけられ、気管支がシュルシュル、ピュルピュルとかなしげに鳴って、おのれの死を予感させるほどだ。坂道を登りきった先に圧倒的な広大さでひろがる夕焼け空。この世の終わりかと息をのんでたたずむ少年としてのわたし。池の面に突然さざ波がむらがりたち、そこに夕陽の残照が反射して、いちめんの光の織物がいつまでも小声で囁きあってゆらめいている。遠浅の海岸に寄せてはかえす波の音。そのくりかえしは、目に耳に貼りついて離れず、永遠という概念を連想させて気を遠くさせる。しとしとと降りつづく雨の音。屋根という屋根をしっとりと濡らしながら、艶《なま》めく植物の匂いをただよわす夕暮れ…。

この記憶さえあれば…。そう思わせるほど心ふるえる光景。地球にいる時には、まさになにげない、どこにでもある光景にすぎなかったのに…。手首に埋められた金属チップから、地球での記憶がふいに溢れだして、その物体としての手ざわりの生々しさに絡みとられたまま、記憶のうねりに溺れていく。

*

赤紫色の空が
急速に紺青に染め上げられ
満天の星がいっせいに輝き出す
夥しい星たちは
空から海に降り注ぎ
一つずつ水に溶けこんでいく

はるか宇宙空間を旅してきた
光の波動のうちにひそむ

かそけき通信の孤独なすがた
そこに秘められた重力波の戯れ
やさしき精霊たちの舞踏

宇宙からの来訪者の密かな饗宴に
あらたに生まれた海底の宇宙では
ヒトデやイソギンチャクが
やわらかな体をもつ星となり
ゆるやかに海の銀河を形成して
波のうねりに揺らぎだす

＊ 記述i

私はマテイラとともに海岸にいた。（マテイラとは船団以来のつきあいで、私たちは実に三ヵ月ぶりに出会ったのだ。（三ヵ月ぶりとわざわざ書くのは、それがかつてない、いかに異常なことかを示すためである。（なぜなら、私と彼とは幼いころから一心同体と言ってもよい関係を結んでいたからだ。（もちろん、一心同体とは言っても、私たちの間に通常類推されるような性的な関係がないことは、この際はっきりと言っておくべきかもしれない。（もっとも、一つの肉体を共有し、一つの性器を共有する関係を、性的な関係とは言わないという留保条件つきなのだが…。（この場合の性器とは、排尿の器官としてのではなく、性行為のための器官の意味であることを、わざわざここで断るまでもないだろう。（ただし、私たちはすでにマンダレイラ処置を受けていたので、それは十分に考慮に入れてもらわなければならないかもしれない。（マンダレイラ処置を受けた人の中にはカリモイラ前線基地に送られた者も少なくなく、そこで私たちもあのグレゴリーの夏を過ごしたのだった。（マテイラも私も、もちろんそれが後にグレゴリーの夏と呼ばれるようになるとは全く思いもせず、ただひたすら、宇宙空間の粗大ゴミどもと戦っていたのだ。（粗大ゴミどものしつこさと言ったら、シュトック銃で片づけても片づけても、次々と湧き出てきて、私たちをうんざりさせたものだった。（一日中シュトック銃を撃ち続けた日には、手がおのれの言うことをもはや聞くこともなく、眠る時にさえひらひらと泳ぎ出るようなフレッダー症候群に見舞われるので、それに起因する悪夢にうなされるのが、私たちの一番の悩みだった。（その悪夢たるや、おのれの手足が八本にも十本にも増えて、蜘蛛のようにテンデンバラバラに動き回って、おのれの首を締めつけるというもので、起きるたびに頭がグラグラするようなめまいに襲われるのだ。（そのめまいの治療のために静養を認められて、私はマテイラとともに海岸にいた。

＊　記述ii

私はマティラとともに海岸にいた。（海岸と言ってもそこは、波が浸食して作った古積層時代の海岸で、一時は町の中心部と言ってもよいほど繁栄をきわめていた。（今では見る影もないほど没落していく一途なのだが、それでも地名として「海岸」という呼び名は残っていた。（この例からもわかるとおり、この国において地名は、その土地の最古層を示すものが選ばれるべきことが厳密に条例で定められている。（最古層というのは、もちろん言うまでもなく、入植以来の最古層という意味であるし、それ以外に意味というものは存在しない。（入植以前にも、この土地が土地である限り歴史はあるにちがいないのだが、それを記した文書は一つとして実在していない。（最初の入植者たちが、自分たちの新たな歴史を権威づけるため、それ以前の書物をすべて没収して、片端から焚書にしたというもっぱらの噂だ。（いや、それよりもむしろ、入植以前には書物がなかった、もっと言えばその概念がなかった、という説の方が正しいとも言われている。（そもそも、私たちからみた場合の記述する主体自体が、この海岸の厳しい環境では存在しようもなかったのである。（記述する主体がいないとしても、だからと言ってこの土地がある限り、それのもつ歴史がなかったことには決してならないはずだ。（歴史というものは本質的に記述する主体を必要とするものである以上、正当性はいつまで経っても保証されないが…。（いや、この場合一番の問題となるのは、出来事の集積としての歴史と言うより、むしろそれぞれの土地の抱える想起されるべき固有の記憶である。（なぜなら、土地というものはそれぞれがそれぞれの土地の記憶にすがって、かろうじてそのアイデンティティを保っていける存在であるからだ。（土地のアイデンティティの問題をもちだしたからには、あの「起源派」の疑いをもたれることは十分に覚悟した上で、発信し続けるしかないだろう。（その「起源派」の首魁こそがマテイラだという疑いをかけられ、当局におびき寄せられた結果、私はマテイラとともに海岸にいた。

＊ 記述iii

私はマテイラとともに海岸にいた。（今、思わず「私」という、既に使うことを禁止された単数の人称を使ってしまったが、これはごく私的な文書なのでかろうじて許される範囲であろう。（しかしながら文書というものは、本質的にファランダ中央情報局への極秘の報告書にほかならないとされる以上、すべては公的なものであるはずだという意見もある。（何が公的かという判断には、個人的な志向／思考／指向／嗜好の入り込む余地がたぶんにしてあるため、そこから個人が抱えもつ感情に一気にダイブすることも不可能ではない。（ただし、個人という概念が禁止されているため、感情と言っても集合体としての感情装置そのものしか表向きには認められていない現在としては、装置に向かってダイブすることしか許されていないのである。（しかもダイブする際には、この時期に限って銀河空間を吹き荒れる、フレーヌ磁気嵐の速度をカロンデ式風速計に従って厳密に計測しなければならない。（この計測に失敗すれば、横なぐりの磁気嵐に吹き飛ばされるがまま、アシモス空間を永遠にさまようことになってしまう。（ただし、横と言った場合、今いる宇宙基盤自体がひっくり返されないためには、どの恒星を基準軸として縦、横を決めるのかをまずは明確にしておく必要がある。（いや、それよりも、ファランダ基地をこそすべての思考の基準軸とすべきであるという、われわれの鉄則をここで思い出すべきかもしれない。（突然、脳裏をかすめて、平穏であったファランダ基地を自由に歩き回っていたころのさまざまなファンダル映像が、処理されないままつぎつぎと飛来し去っていく。（これをしも、個人的な感情として当局によって否定されるとしたら、記憶とはそもそもどこに棲息することが可能となるのか。（そう、その記憶の宇宙空間でのあり方を研究するためにファランダ基地にいた私は、記憶は個人に所属するという結論のために、その場所を放逐されたのだ。（報告書を捏造したという容疑のため、追放・流刑された多くの研究者の一人として、私はマテイラとともに海岸にいた。

＊

なにもない宇宙空間を
飄然と航行する白い凧
太陽光をその帆に受けて
はげしい磁気嵐のなかを
みるみる遠ざかる銀河の方舟

エンジンも燃料もなしに
太陽光の反射方向を調節して
目標となる軌道に沿って進む
宇宙空間の気品あふれる貴婦人
優美な夜会服を両手で広げて

他の天体を探査するために
惑星の重力でスイングバイして
太陽系を飛び回るハチドリ
正方形にひろげられた帆は
ギリシア神話の少年の翼か？

時を翔けて惑星空間を飛ぶ
太陽の帆船　宇宙のヨット
その簡素で瀟洒なすがたが
目の奥に映像として焼きつき
私の内なる銀河を飛んでいく

＊　星葬

遠ざかっていく太陽の青い光がかすかに瞬いて、世界は一挙に黄昏の様相を呈してきた。失われていく薄青い光の中に明るい星がいくつか瞬きはじめた。いつまでも悲しんでいることは私たちに許されてはいない。明日には、S船団の中から選ばれた新しい船長がこの宇宙船にやってくる。そのためのドッキングの準備も二時間以内に始めなければならない。こういうことが起こりうることは想定していた。しかし、それが、あのJ船長だとは…。名を馳せた船長のせめてもの証として、私たちは正装時の姿のまま送り出すことにした。本国から言えば明らかな規則違反であろうが、これは私たち全員の一致した思いだった。本国の役人たちになにかできるわけでもあるまい。J船長との最後の時を惜しむために、普段は使うことのない前方の扉を開け、さらにその外側の乗船以来触れたことのないハッチ開閉盤を回し、待避空間に船長を横たわらせた。誰もかれもが、とうに忘れ去っていた手を合わせるという行為を無意識のうちにおこなっていた。ここに長居することは許されない。それぞれがそそくさと船長に別れを告げ、各自の持ち場にもどった。いよいよ星葬のときだ。密閉ハッチの非常開閉スイッチに手を置く。私の親友である副操縦士Mが、気を利かして既に安全装置を外していた。J船長との関係を考慮してか、みんなはこのスイッチを押す役割を私に託してくれた。心のうちで深呼吸を一つして、万感の思いを込めてスイッチを押す。ギイーッと遠くで聞こえた気がして、軽い振動が立て続けに宇宙船を襲う。前方の非常ハッチから飛び出したJ船長の正装した姿が窓越しに見える。船長はみんなに別れを告げるかのごとく、一瞬静止して窓に正対したかと見るや、たちまち後方にスーッと流されていった。私の左肩が突然軋んだ。J船長は、永遠の旅に、宇宙空間を暗黒物質とともに渡っていく永遠の旅に出た。皓皓とした星の光を浴びて孤独の旅を続けていく。魂の原郷を求めて航行し続けるのだ。あるいは、どこかの惑星に出会って、流星として燃え尽きるのだろうか。私の目じりに熱い液体が、乗船して初めて感じる熱い液体が、次々と流れ出てはたまっていった。

＊　ビッグバン

いや、ビッグバンは、さすがのわしも実際には見ておらん。生まれる前のことだからな。だが、学校に上がって最初に習うのが、ビッグバンだ。なに、ビッグバン以前か。それは、答えようがないな。なにせ、宇宙誕生以前のことだからわしも知りようがない。まあ、時間も空間もないまったくの「無」だったと聞いておる。かといって、何もなかったかというと、そんなことはない。文字通りの「無」そのものがあったのだ。そこは、わしらの宇宙とはまったく関係をもちえない世界というだけで、素粒子が、絶えず生まれては死んでいくような状態にはあった。永遠に続くと思われたこの「無」の状態が、百三十八億年前ひょんなはずみで均衡を崩したのだ。宇宙を生み出す全てのエネルギーが一点に集中していたため、そこは考えられんほど高温で高密度だった。だから逆に、いったん崩れたらひとたまりもなく、一瞬にして爆発的に拡張したのだ。これがビッグバンだ。こんな高温で高密度の状況を呈するのは、ブラックホールしか考えられん。つまり、わしらの宇宙はブラックホールの中で誕生したのだ。だとすれば、わしらの宇宙のブラックホールの中には、さらに別の宇宙が存在する可能性があるというわけだ。どうだ、ぞくぞくする話だろ。さて、ビッグバンによって誕生した宇宙は、光速を超えるもの凄い速さで膨張していった。試験によく出たから覚えておるが、これを「インフレーション期」と呼ぶ。このときに重力が生まれたのだ。やがて、膨張のスピードは落ち始め、今度は熱エネルギーを出し始めた。このころの宇宙の直径といったら、たったの一センチほどだった。まさに、宇宙の赤子だな。だが、この赤子の成長の速さときたら、ほんの一瞬で一ミリの大きさが千億光年の広さに拡張するほどだった。ビッグバンのたった百分の一秒後には、宇宙には、大量の光子、ニュートリノ、電子、少量の陽子、中性子が混ざっていたのだ。これらの名も、必死に憶えたものだ。さらに宇宙が膨張して冷えていくと、水素やヘリウムの原子核ができて、今の宇宙の姿に近づいてくる。そう、その通り。「無」から始まったのだから、この宇宙そのものが壮大な虚構かもしれんな。わっはっはっは…。

＊　折りたたみ理論

宇宙空間を飛行する際にその時間を短縮する画期的な方法が、ついに発見された。一言で言えば、宇宙空間を折りたたむことによって空間を圧縮し、その結果、飛行する時間を短縮するのである。一枚の紙をイメージすると分かりやすいだろう。出発点が紙の一方の角で、到達点が対角線上の角だとする。これは、この紙の上における最も長い直線距離であり、したがって、同じ速度で進んだ場合、時間を最も消費することは言うまでもない。

ところが、この紙を出発点と到達点とを重ねて折り曲げてみると、この二点の距離はほとんどゼロになる。そこで折り曲げることが不可能な場合でも、この紙を半分に、さらに四半分に折れば二つの点は重なる。これを一般折りたたみ理論と言う。この理論を、宇宙空間において利用するのだ。宇宙空間は、あちこちで歪んだり、曲がったり、反ったりしている。そのために、ある天体が別の天体と極めて近づいているという事態が起こり得ているにもかかわらず、今までの学説では、別々の宇宙空間であるがゆえに正規の軌道を遠回りしてしか辿り着けないと考えられていた。

先ほどの譬えで言うと、出発点と到着点が重なっているにもかかわらず、最短距離の場合でさえも対角線上を進むしかないと考えられていたのだ。同じ平面上ではないにしろ、隣接する平面であるからには、空間をまたぐことができさえすれば、あっという間に到着点に辿り着けるはずだ。二次元であるこの紙の理論を、そのまま三次元に応用すればよい。あの遠い銀河のはても、最適な歪みや折れ曲がりを利用すれば、隣接させることも可能なのだ。

いや、隣接させるのではなく、あらゆる可能性を勘案すれば、目的地がすぐ隣に存在する空間配置もあり得る。一回で無理な場合は、二回三回と折りたためばよい。あとは、宇宙空間を乗り超えるためのちょっとした跳躍力さえあればいい。これには、宇宙空間をいきなり出し抜く、あの出し抜き理論がそのまま使える。しかも、この折りたたみ理論は、出し抜き理論と併用すれば、空間のみか時間にも利用できる可能性を秘めていることさえ見えてきたのだ。

＊銀河の岸辺に降り注ぐ星たちへの〈悲歌〉

1

銀河の岸辺に満ちてくる
ひめやかな星たちのざわめきに
夜がその眠そうな目をそっと開く
眠りの汀で見失ったものたちの影が
成層圏にゆらぐオーロラのうちで
パジャマのまま舞い踊っている

2

練絹のような闇の手触りに溺れる

ミルキィ・ウェイにそよ風が立ち
対岸の柳がしなやかに手招きをする
そんな夢の罠にだまされてはいけない
客星《かくせい》たちの見え透いた手口にすぎない
「ねむれ　ねむれ　ははの　むねに…」

3

カイパーベルトを渡ってくる星たち
そのにぎやかな行進曲が聴こえる
キュビワノ　トゥーティノ　プルーティノ
それぞれの種族特有のリズムを奏でながら
星屑のさざ波をじゃぶじゃぶ踏み渡ってくる
陽気なスウィングに潜む甘美な死のつぼみ

4

カロンの艀《はしけ》にのって
釣り糸を垂れる一つ目の巨人
今日の獲物はみずへび座？
うお座　それとも　くじら座か
糸が絡んで星座の輪郭をかき乱し
少しゆがんだ空間に朝焼けが滲む

5

加速度的に膨張する銀河の果てに
真っ黒な波動が打ち寄せてくる
未だ姿を見せぬなぞの惑星の
卵型を描く巨大な軌道の上に
遠く別の恒星系から渡ってきた

かすかな足あとが光っている

6

セドナ　エリス　クワオワー
眠れぬ一人の夜のひそかな呪文
その軌跡が胸のうちに轍《わだち》を残し
不眠の宇宙がゆっくりと拡がる
記憶の奥のメリーゴーラウンド

7

銀河を泳ぎ抜ける見知らぬ彗星
その水際立った抜き手の形に
星座たちが過敏に反応する

冥界からの使者を見てはならない
不在の魂を奪われてしまうから

8

星空に音楽が流れ
バッハのクラヴィア曲が流れ
そのなかを流星が尾を曳いて流れ
すべてが流れのなかを流れていく
流れのなかに己の位置を計測せよ！
立脚すべき基点などどこにもないけれど

9

小惑星たちが投げる軌道の糸に

絡めとられた他の銀河からの来訪者
帽子の影にくもるその顔を
見ることはできない
感じることはできない
祝祭の犠牲者のあまりに整った顔は

10

銀河の波打ち際に
雨がしとしと降っている
傘もささずに歌っているのは誰？
天体の出生記録に漏れたまま
冥界に紛れ込んできた遊星？
それとも——

＊　点火式

中央広場は、突然の静寂に襲われた。市庁舎の正面玄関から、シルクハットをかぶりタキシードを着た市長を先頭に、仲の悪さが有名な双子の助役、のっぽの出納長、盲目の図書館長、恐妻家の警察署長といったお歴々が、しずしずと現れた。いきなりファンファーレが鳴り響く。市長一行は、リズムに合わせるかのように、一歩一歩膝を高く上げて行進し、そのまま真っ直ぐにかつての王宮の中へと消えていった。市民たちは再び、ざわめきを取り戻した。

やがて、そのざわめきにも倦怠の気配が漂いはじめたころ、中空から布で隠された巨大な物体が下りてきて、低空で音もたてずに止まった。ざわめきが新たに高まる。巨大な物体は、その位置を少しずつ動かして、微妙な修正を試みているらしい。なんとか本来の位置に静止したと思われるころ、再びファンファーレが鳴る。それを合図に布が取り除けられた。現れたのは、巨大な月だった。長い間故障していた月が、ようやくにして直ったのだ。夜空にあった巨大な欠落が、やっとふさがる。すきま風もこれで止むだろう。ファンファーレが、ドラムの擦り打ちに変わる。王宮の屋根から特設の階段がするすると伸びて、巨大な月のすぐ前でとまった。王宮の屋根に現れたのは、市長だった。背中にコブのある、特徴的なシルエットでそれとわかる。市長は、サーカスの軽業師も驚くほどの身軽さで、いまやハシゴと言うべき細い階段をのぼっていく。ハシゴが市長の重みでゆれる。いきなり突風が走りぬけ、シルクハットを飛ばす。悲鳴が広場中に広がる。悲鳴の最後のかけらがプチンと消えた。最上段に立った市長は、大きく息をつくと、タキシードの胸ポケットからピストルのような何かを取りだす。ファンファーレがここぞとばかりに大音量でとどろく。音楽が突然やむ。広場は、息をつめた静寂に変わる。市長の手が空中に伸びる。月に点火されるやいなや、ボッと大きな音がする。一瞬にして、青白い優雅なガスの炎を見せて、月は空に浮かんでいく。一斉に歓声が上がる。最新モデルのガス式の月がついにこの市にもやってきたのだ。市民の興奮は、あっと言う間に最高潮に達する。

＊ 生命体Ｈ ——生殖活動

生命体Ｈは、身体の中央部近く、より正確に言えば二本の移動器官の付根部分に突起状の器官をもつものと、もたぬものの二種に分けられる。二種ともに、その部分は通常、液体状の排泄物を体外に排出する機能を果たしているのだが、もう一つ別の機能をもっていることが明らかになりつつある。われわれの観察によると、おもに恒星Ｔの光が及ばぬ時間帯に限られるのだが、Ｈたちは（これも突起状の器官をもつものともたぬものの一組であることが通常である）、ふだんその身体を包み込んでいる物質をすべて取り除いたうえで、奇妙なぐあいに身体を密着させてふしぎな運動をする。

かれらは、食物を摂取する器官を、もう一方の個体に所かまわず付着させる。ただし、そこにも偏倚が見られ、おもに摂食器官、授乳器官、排泄器官に集中していることが観察されている。そして、最終的に排泄のための突起器官を拡大・硬化させたうえで、その器官をもたぬ側の、その欠落した部分に突き入れる。やがて、その突起器官をすばやく出し入れすることによってその運動は次第に激しさを増し、多くの場合奇妙な音さえ発して、突如終了する。

これらは通常、巣の中のさらに密閉した光の乏しい空間で行われることが多いけれど、恒星Tの光のもとで、その巣を離れて行われた稀少例も報告されている。また、通常は突起状の器官をもつものともたぬものの一組で行われるのであるが、突起状の器官をもつもの同士、もたぬもの同士での行為も観察例がある。さらには、二組、三組で行われた例、多くの個体数が集まって全く規則性なしに行われた稀な例も、報告されている。

この行為がどのような意味をもつのかはまだ充分には解明されていないが、突起器官をもたぬものが次世代の個体をその排泄器官から生み出す点からみると、生殖活動であろうという説が有力である。しかしながら、次世代を出産しない突起器官をもつもの同士での行為を見ると、この説にも大いに疑問符がつく。また、進化の過程なのか、この二種以外に、その中間形態をもつものさえ観察されることから、この点についてはさらなる解明が必要とされるだろう。

＊　月遊病

黒死病の流行は猖獗《しょうけつ》をきわめた。ひとびとは、疲れきった牛馬のごとく皮膚が黒ずんで、次々に病に倒れ伏していく。あたかもそれは、火が水の中で炙《あぶ》られるのを聞くようだった。この厄災の元凶は月に帰されるべきだ。月のもつ不気味な人知れぬ力、夜のもつ薄気味悪い力、そうしたものが密かに闇を醸成し、その闇の中にこうした厄災を流しこんでいるのだ。月を見ていると、ふらふらとどこまでもさまよい歩きたくなることが、それを証明している。そして、夜の闇に浮かぶ月のあの光を浴びると、特有の甘い憂鬱に襲われる。そのやり場のない憂鬱が、わたしを月の光の操る道化師と化して、死者たちの元へとおもむかせるのだ。そう、死者たちとの心楽しい戯れこそ、わたしの人生の窮極のたのしみ。死者たちは決して裏切らぬ。その肉が、骨が、内臓が、わたしの心をやさしく炙る。その音が、わたしの耳を蕩かせ、わたしの目を耀かせる。わたしを「月遊病患者」とさげすむやつらがいるが、勝手に言わせておくがいい。

月に影響を受けない方がよっぽどどうかしている。地べたにひっつきまわって泥にまぎれるがいい。もちろん、「流星病患者」や「彗星病患者」を別にしての話だ。わたしが、細い不安定な梯子をのぼって仕事部屋に引きこもり、弟子たちさえのぼってこられぬようにその梯子を引き上げてしまうのは、この月の光の、全身を浸す快楽をだれにも邪魔されたくないからだ。この光のうちでのものたちの真実の姿を画布に写し取るためだ。絵画は、ある形に魂を与えてあたかも生きているかのように見せ、尚かつそれを平面上で行って自然を凌駕しようとするものだ。この絵は、完成まで誰にも見せてはならぬ。たとえ弟子たちでさえ。ひとたび人に見せれば、またぞろ、あまりに引き伸ばされすぎだの、現実にはありえぬ色彩だの、空間が奇妙に歪んでいるだの、分かりもしない癖に妙な言いがかりをつけてくることは、火を見るよりも明らかだ。そんな奴らに仕事の邪魔をされてはたまらない。ただ、青銅の髪をもつあの弟子一人だけが、わたしの真意を理解してくれればそれでよい。

＊

オーロラが空全体を覆い尽くす
妖艶なまでに青い燐光を帯びて
天空を変幻自在に揺れ惑う
夜の巨大なカーテン
霊妙な命をほとばしらせて
舞い踊る巨大な光の蝶

すさまじい勢いの太陽風が
惑星全体に吹きつけてくる
荷電粒子をまき散らし

大気と地磁気とをかき乱す
美しくも恐ろしい黎明の女神
赤から緑へと瞬時に彩りを変える
たおやかな怒りが繰り出す夜想曲

夜空を揺るがす爆発音が
静寂に沈む冷気をうち砕く
天頂のエロチックな裂け目を破り
磁気圏に踊り込んでくる
虚空に住む高貴な赤い龍
死してはまたよみがえる
星辰の秩序の優雅な叛乱者

＊移植

左肩の移植した部分の皮膚が、引き攣れるような違和を感じさせる。皮膚の表面が真皮質から浮き上がるような感じと言った方が正確だろうか。それが軽い痺れをともなって、ピリピリ、ピリピリと中枢神経を刺激してくる。痛いと言うほどではないのだが、妙に神経を逆なでしてくる質の刺激なのだ。

いつ頃から始まったのか、はっきりとした自覚はないが、思い返してみるとどうやら数年前からのことだから、あの処置が影響していることは間違いないだろう。あの医者の未熟な技量のせいなのか、それとも処置につきものの症状なのか、十分な説明を受ける暇もなかったので自分でもよくわからない。あの頃、時を前後して処置を受けた者たちにも、同じ症状が出ているのだろうか。その後のかれらの動向は秘密に閉ざされているから、知る由もないが…。

ただ、どうやら何らかの生命の危機を感じる場面で症状が出るようだ。わたし自身の危機判断ではない。その時点ではなんの危険も感じなかったのに、ふりかえってみると、あのときは危なかったという場面で、必ず左肩から心臓に向けてうずくのだ。左肩の皮膚自体が、おのれの独自の感覚に従って判断しているようなのだ。きっと移植した皮膚が、危険を察知するセンサーの役割を果たしているに違いない。

左肩の皮膚はさらに膨張して、自分とは無関係に、そこに走る神経系統がなにかに（例えば紙一枚に）隔てられて作用しているかのようなもどかしさを感じさせる。皮膚自体が移植された時の記憶をもち続けるせいだろうか。処置の夜を思い出して、皮膚が自分のものではないという違和感にたえず侵蝕され続けるようなのだ。あるいは、あの夜のように、月の光にさらされるとそうなるのかもしれない。

いずれにせよ、わたしとはまったく無関係の、皮膚自体の記憶がうずくのは間違いない。移植された皮膚の元の持ち主の記憶が、皮膚を透過して浮かび上がってくるのだろうか。

＊ 土星の輪

ああ、土星については、言いたいことがあの輪の数ほどもある。もちろん、あの輪は生まれついたときにはなかった。あいつにしても、丸裸で銀河に生まれてきたのだ。中心には、たしかに岩石でできた核がある。だが、しっかりしているのはそこだけで、周囲を金属水素が厚く覆っていて、さらにそのまわりを液体の水素とヘリウムが、一番外側をガスが取り巻き、表面はアンモニアに覆われている。どうみても、図体《ずうたい》ばかりが大きくて、中味がスカスカの嫌われ者だ。そのうえ、大気は寒く、えらく風が強くて、とても見どころのあるようなやつじゃない。もちろん、極点に見えるオーロラはなかなかのものだが…。そのオーロラの魅力というわけでもないだろうが、土星の大きさやその虚勢を張った態度に、ひれ伏すものやら、近づくものやらがいろいろといて、いつのまにか大勢の衛星を引き連れるようになった。そうだな、大小あわせて百ほどかな。いっぱしの英雄気取りさ。そのうちで、タイタンはその名からも分かる通り、水星をしのぐほどの大物で、レアもなかなかの切れ者だったが、他は雑魚ばかり。ああ、肝心の土星の輪のことだったな。そうあわてるものじゃない。あれは地球で恐竜がのさばっていた時代だったから、かれこれ一億年前のことだ。いや、実に面白い見ものだった。まるで、つい昨日のことのようだ。そのたくさんの衛星たちも、さすがに土星の本性にあきれ果てて、なにがきっかけだったかはもう忘れたが、その一部が語らって叛乱を起こしたのだ。それも、この際思い切って土星に正面から突き当たろうということだった。ところが、さすがにあれだけの大きさの土星だ。いざ突き当たるとなると、衛星たちは怖《お》じ気《け》づいて、お互いに衝突を繰り返して氷の殻を引き裂き合い、その残骸が土星に引っ張られて輪になったのだ。衛星によってもちろん大小があったので、その残骸による輪にも当然疎密が生じた。と言っても雑魚ばかりで、しっかりした核をもつものなどいなかったので、成分はほとんどすべて氷ばかりだ。それなのに、土星のやつは、自分が反逆者を成敗したとばかりに、あの輪を飾りに洒落者を決め込んでいるのさ。その衝突のとばっちりで地球に巨大隕石が飛び込んできて、恐竜が絶滅するきっかけとなったのだから、一言ぐらい文句を言ってもバチは当たらんだろう。

＊　王制

王宮は首都の中心部に、周囲を深い堀割に守られて建っている。堀割は、一見、王宮を守るために張り巡らされているように見える。だが実際のところは、これによって王を幽閉していることに国民はすでに気づいてしまっている。王は四六時中監視されていて、排尿・排便といったわずかな自由のほかは、食事や散歩に至るまでその行動はすべてが厳密に管理されている。王宮からの遁走を企てたとしても、一人の同調者、協力者もいない王にここから逃れるすべは一つとしてない。たとえ、寝室から抜け出すことが可能だとしても、深い堀を一人で渡れる方法があるはずもない。

なにゆえに、これほどの監視下に王は置かれたのか。王は、実に深い独自の哲学の持ち主、すなわち王国を維持するに際して危険極まりない、最も民主的でかつ自由な思想の持ち主であるがために、軟禁状態にされたのだ。王のこの、過激な思想・哲学と安易に接触する場が増える結果、国民の多数が民主的な考えに傾斜したら、この国の王制自体に大きな変革が起きてしまう。そのため、王の手から政治権力を奪い、そのすべてを官僚制の統治下に置くことで、王を衛生無害の機関とし、その上で空無の中心に据えたのだ。

さらに、一切の政治的意見を表明する権利を王から奪い、その空洞化した無内容の政治的中立をうたうことで、空無の中心だからこそ王たりうると、建国の理念であった国法さえも改変した。王はなんらの実権ももたぬからこそ、意志をもたぬからこそ、一般国民を超える根源的な王の権威が発生すると理屈付けたのだ。政治権力は、行政府の長である長官が握っていればよい。最も民主的な考え方の持ち主が王政の空無の中心にいて、しかも何らの政治的実権をもたないというこの構造こそが、この国のすべてを象徴している。

官僚たちは、王権をふるうのを最も忌み嫌っている人物の名のもとに、自分たちの身勝手で卑小なイデオロギーを実践するための王権制度をせっせと生み出している。王自身が発信する手段は、年々限られるようになった。だが、こうした王の姿こそは、この国の人々の魂の空無そのものを映し出した存在なのかもしれない。

＊ 原子的郷愁

満天の星がはるか頭上高くを、いちめんに覆いつくしている。紺青の空はどこまでも深く、そのしじまの底から星空の弦楽曲が次々にあふれだしてくる。こんなにも秘めやかな光なのに、体の奥からの郷愁を感じるのはなぜなのだろう。冷気は肌に沁み、空気の透明度はさらに増していく。流星が、天空を切り裂くようになだめに走りぬけた。これほどの距離を隔てながら、あの遠い星々のどこかに帰属すべき天体があるという確かな実感がわたしにはある。

重力波や暗黒物質が絶え間なく降り注ぐ、この見なれぬ地上にいることの気の遠くなるような感覚。それらは、わたしの体内を音もなく通り過ぎ、なんの痕跡も残しはしない。ただ、わたしの存在の根底にほんのわずかなゆらぎを引き起こすだけだ。目に見えぬ波動に支配されている感覚に不意打ちされる。

身体が自らの存在から離れていく恐怖におそわれ、急に動きがぎごちなくなる。わたしの身体は、はるか彼方の天体に由来する元素でできている。星間空間を隔てて、見えない糸で星々と結ばれている。わたしは、流れ出ていこうとする身体を、その糸で必死につなぎとめようとする。その糸に身体の奥がそっと引っぱられる。

わたしの身体を形成したり、生命を維持したりするのに不可欠な元素は、超新星からやってきた。その旅の記憶が、体内にかくじつに残っている。超新星は、爆発の際、その高温の炉で造られた元素を宇宙にばらまき、それらがはるばる旅をして、やがて集結してこの惑星を形成した。だから、わたしの身体は、彼方の星たちとつながっている。細胞の一つ一つが、宇宙の記憶をもっている。

ひときわ明るい超新星が、いきなり中空に輝きだす。わたしの身体を構成している原子のほとんどすべては、この爆発した星の内部に存在していたのだろうか。わたしのうちなる原子が、はるかに遠い天体の原子とひそかに交感しあっている。存在の底からの原子的郷愁におそわれる。その爆発による衝撃波は、星間物質の密度にゆらぎを生み出し、新たな星の誕生をうながしている。それらと照応しあう宇宙が、わたしの存在のうちにしずかに拡がっていく。

＊ 通信

テュルンテュルン、ティティ、カカカカ……
グワxxxxxxxxァーxxxxxxxxxーン
ポシュ、ポシュ、ポシュシューン、ポーリングググgggg
グワッシュ、ズーズーズーzzz
ピュルルrン、ピュルrルrルrrrrrrrーン
シュシュシュシュsss、グワッシュ
ピピピピピピ、ティティタタタ……ンnnn
プシュプシュ、ポワッシュ
グルルン、グルルン、ポワンポワン
ポワンポワン、ルルルルルルルルルルルルrrrr
ガナッシュ！
クリン、クラン、クルン、クククククー

mmmmmmmmmmーン、ムーン、モーーン
ガァッガァガァ、gggガァッガァッガァッー
チュクチュク、チュクチュク、リリリリrrrrrー
ザッ、ザッ、ザッ、ザッ、ザザザザzzzzzz……
ザーザーザーザー、ザァ………………
ポワルrン！
プルルルrrー
kリンtワルンsリング
gワッシュ、ピリング、トゥルリン
ウィッシュ、コム、コム、キリング、コム
トゥー、トゥー、トゥー
nング、nング、ラルン、ラララルーン
ザッシュ、ラルン！
ザザザザzzzzzzz……

＊ 生命体H ——概要

この惑星において、きわだった特徴をもつ生命体について報告しなければならない。他の多くの運動性生命体と異なり、この生命体は直立して二つの移動器官で動き回るほとんど唯一の種である。これを今、便宜上「生命体H」と名付ける。生命体Hは、他の多くの運動性生命体と異なり、後面部中央付近の突起状器官をもたないと推定される。やや不明確な記述をしてしまったのには理由がある。生命体Hは、他の生命体とは大きく異なる生態として、身体のほとんどを別の物質で包み込むという奇妙な習性をもつ。したがって、体の表面の大部分は直接観察することができない。この習性がどういう意味をもつのかはいまだ明らかにはなっていない。寒さを防ぐためだという説もあるが、過酷な暑さの中でも身に付けていることを考慮に入れれば、この説は否定されるべきだろう。この物質についてはさまざまな色彩・形状が観察されるが、材料については他の不動性生命体の死骸によるものである可能性を捨てきれない。

さらに、生命体Hは、驚くべきことに、他の生命体を摂取するという野蛮な習性をもつことが、観察から明らかとなった。水中の生命体や地殻上に生息する他の生命体（運動性のものも不動性のものも）を、非常に好んで摂取する。それを、そのまま摂取することも稀にはあるが、多くは大変複雑な工程を加えたうえで摂取している。この加工の際には、燃焼作用が多く利用される。このように、燃焼作用を常に管理し、自在に使いこなす能力も、この惑星のうちでこの生命体だけがもつ大きな特徴である。

生命体Hは、また、多く群れをなして棲む。数個の個体で棲む場合もあるが、夥しい個体が群れをなす巨大な巣を造ることも多い。巨大な巣も、その内部は細分化されていて、その分巣に一個体から四、五個体で棲むことが多いようだ。その外観は、私たちの惑星のアハトの巣に偶然にもよく似ている。生命体Hは、恒星の光が差し始めた直後に、目的のよく解明されていない活動のために巣から離れ、光が差さなくなってかなりしてから巣にもどる。巣の中での生態については、未だ充分には観察されていない。

＊入れ子構造

今や、ついにわれわれを取り巻く世界の構造が、いや、宇宙そのものの構造が見えてきた。この宇宙は、すべて入れ子構造でできている。何よりもまず、そのことに気づくべきだ。

最小の単位から考えてみよう。かつては、物質の根源をなす不可分な窮極的要素として元素が考えられていた。二十世紀に入ると、個個の元素を構成する最小単位として原子の概念が確立される。科学の進歩に伴い、原子は中心にある原子核とその周りに存在する電子から構成されていて、原子核はさらに陽子と中性子からなっていることが発見された。また、陽子や中性子も三つのもっと小さなクォークという素粒子から構成されていることが解明された。

しかし、素粒子はこれが終着点ではあるまい。このクォークにも内部構造があるに違いない。そう考えられる確かな証拠がある。こうした、物質を構成する窮極の最小単位でさえ、その内部にさらに固有の構造をもった宇宙を抱え込んでいることが、次々と明らかにされてきたのだ。まるでマトリョーシカ人形のように、物質の世界はどこまで分け入っても、入れ子構造的に続いているのである。大は、銀河の構造についても同様である。われわれの銀河は、素粒子と反素粒子が極小の空間に密閉された高温で高密度の状態から始まった。こうした条件を満たす環境は、ブラックホール以外には考えられぬ。つまり、われわれの銀河は、巨大なブラックホールのなかで誕生しそこに浮かんでいるのだ。そうであるからには、そのブラックホールをおのれの内部に抱えもつ、巨大な別の銀河が存在する可能性は否定できない。そして、その巨大銀河は、当然なことに、さらに別のブラックホールに浮かんでいる……。

そう、宇宙は極小から極大に至るまで、何重もの入れ子構造になっていて、酷似した構造がそのすべてを支配している。原子は宇宙の構造をそのまま模倣しているとも言いうるし、原子の構造そのものが、宇宙の構造を決定しているとも言えるのである。ということは、われわれの世界をそっくりそのまま拡大／縮小して転写した世界が、別の次元にも確実に存在しうることになるはずだ。

＊ 三つの太陽

今のところここでは、動物型の生命体は発見されていない。一見地球上のサボテンによく似た、植物を思わせる生命体（確認はされていない）はあるのだが、今見えていたかと思うと瞬時に消えてなくなってしまい、ただちに全く別の場所に現れる。はたしてそれが、同一の個体であるのか別々の個体であるのかは、識別のしようがない。と言うより、この生命体がはたして本当に実在するのかさえ未だ明確にされていない。映像として投射されているものを目で認識しているにすぎないとも言われているからだ。

しかしその一方で、その存在を体感的にはっきりと感じとれることもまた確かな事実なのだ。どの個体も形態的にはそっくりなのだが、なぜか同一のものと言い切るにはためらいが生じてしまう。よく似ているのだが、何かが違うのである。本物とコピーのもつ雰囲気の違いと言ったら、少しは分かってもらえるだろうか。

だからと言って、同一の個体が瞬時に時間・空間を移動している可能性を否定することはできないし、全く別の個体がそれぞれ勝手に（モグラたたきのモグラのように）、出現したり消滅したりしていることも考えられる。こうした現象は三つの太陽が、大陽、中陽、小陽と間隔をおいて昇ってくる昼期にかぎって起きる。

昼期が、三つの太陽の円軌道の組み合わせによって起きることはよく知られているが、その複雑な引力の関係が、生命体の生態にも大きな影響を与えていることは間違いないであろう。その証拠に、これは、大陽と中陽が同時に昇っている最昼によく見られる現象で、地球の秋の夕暮時を思わせる（これが本当にそっくりなのだ）、小陽だけが空にある小昼には全く見られない。また、三つの太陽がほぼ同時に昇る昼夜期には、この現象自体が観測されていない。と言うより、昼夜期には、このサボテンを思わせる生命体自体が出現しなくなる。推測するに、この時期には、この生命体が生息する条件がそろわないのであろう。昼夜期の夜には、巨大なコンブを思わせる布状の生命体（これもまだ確認はされていない）が、この地いっぱいに広がり空に向かっていっせいに蠢く。

＊ 連星のダンス

華麗で優雅な連星のダンスが、星空のいたるところで繰り広げられている。満天の星たちは、ショーの観客だ。二つの恒星は、宇宙空間を舞台に軽快にステップを踏んで、相手との距離を慎重に測りながら、その重力によって引きあう。微妙な駆け引きを見せながら、互いの楕円軌道を周回する。二つの恒星によるペアダンス。星空のフィギュアスケート。恒星のペアは共通重心を公転し、接触寸前にまで近づいたかと思うや、反発しあって遠くへ飛び出し、また求めあって近づく。お互いの周囲を何度も回るうちに回転速度が増し、さらに華麗で複雑なステップを踏みながら、二つの恒星は愛の熱度を増してその軌道を近づける。半径の数倍程度の距離にまで接近した二つの星は、狂おしく求めあう男女さながら、共通の中心点を極めるために、おのれの楕円軌道を放棄してでも、相手の軌道に深く食い込もうとする。宇宙的愛のダンス。狂熱のルンバ。相手の中に、おのれの存在を完全に没入させたい。相手の存在すべてを、おのれのものにしたい。連星のダンス。融合のサルサ。恒星の周辺部がわずかに接触する。激しくスパークする。愛のカーニヴァル。接触連星のはじまりだ。互いを隔てていた輪郭が、しだいに溶解していく。接触した部分が膨張して、星のガスがあふれ出し、相手の星にまで到達する。表面の一部が融合し、さらに深く求めあう。愛の奇蹟。過剰接触連星の誕生だ。一方の恒星が相手から物質を吸引し、高速で回転をはじめるや、扁平な形に変化していく。融合はそのまま進み、超高速で回転する巨大天体に進化する。恒星は、長いソロのパートを見せながら、時間をかけて赤色巨星となり、やがて爆発して超新星となる。吸引された星も、おのれのうちに極限までかがみ込んだ末に、一挙に爆発して超新星となる。明るい星が夜空に突如輝き出す。爆発の後に誕生する中性子星。巨大な星は、中性子星になってもその重力を支えることができず、極限まで収縮したブラックホールのダンスをはじめる。おお、窮極の愛のダンス。

＊　星の囁き声を聴き取る者たちへのオード

1

ほら、あそこにもここにも島宇宙。若草のようにやわらかなことばが飛び交い、絶景の夕やけが大気圏を焦がす。逃亡の果てに暮れ泥《なず》んではいけない。どんな測定器も無効となったこの流浪の地では、黄金の果実もすぐに饐《す》えた匂いを発しはじめる。

2

メランコリーのなかに忍びこむ彗星の尾に、勝利の輝きがいつまでも憩っている。過去の栄光は捨て去れ、エトワール星雲の谷間に。

谷間の奥のアトレウスの殯《もがり》に白百合が群がり咲いて、その花弁に、呪われた血の染みがうっすらと滲《にじ》みでる。

3

真空とは何もないことではない。真空が存在していることだ。物理的な実体としての真空が…。真空の充溢。空無の飽和。やがて、加速膨張する超新星。遠ざかるにつれて波長が伸び、赤く光りだす。それこそは、銀河の燈台。天象の漁火《いさりび》。

4

どこからか流れこんでくる白鳥座の歌。空中に拡がる巨大建造物。蜂の巣状の残骸に、英雄たちの勲功が眠っている。その歴史を暴いてはいけない、すでに、神話が死滅した大洪水の後となっては。変光星の一人語りは、秘密のうちに押し隠せ。

5

忽然とすがたを現す客星《かくせい》。静まり返った宇宙空間で突如踊りだし、ただちに走り去る。四方八方に破裂する炬火《きょか》。火傷《やけど》した月の顔が蒼ざめて、銀の雫《しずく》をたらす。そんなおとぎ話はいらない。ペルセウス座に失踪したまま、二度とは帰らぬ客星のことなどは――。

6

重力波の押し寄せる岸に巨大な虹が架けられ、その突貫工事の音が惑星空間をさわがす。耳を劈《つんざ》く音がはるかな故郷を思いださせ、なつかしい子守唄が重力波のうちに紛れこむ。あの虹の下での、遊星たちの無邪気な遊びは死に絶えたのだろうか。

7

青い星集まれ！　赤い星散らばれ！　天の星のすべてが動いた。空いちめんの星たちが、てんでにその位置を変え、入り乱れてかってに飛び交う。銀河を巻きこむフルーツ・バスケット。やがて、重力に反する力が音もなく押し寄せてくるのにも気づかず…。

8

隕石。秩序へのひそやかな侵犯者。あらゆる時空を飛び越えて、やってくる宇宙空間のまれびと。惑星間に住む俊敏な少年が投げつけた天空の礫《つぶて》。大地は、ペリシテの巨人のように額から血を噴きだし、豊かな実りと禍々しい病が同時におとずれる。

9

星読む人の青白い額に、カシオペア座の印がくっきりと浮かんでいる。初心を忘れないための、最初の星座の象《かたど》り。光のきらめき一つにも、天体は宿っている。空の青さのうちにも、星辰のめぐりは反映している。額のカシオペアが銀河と呼応する。

10

月が正中線を斜めに横切って昇る。もう一つの月は早々と寝に帰った。今は、二つの月の仲違いの季節。流星が一斉に飛びこんできても、だれも気に留めようともしない。アンドロメダの季節になれば、二つの月も、身を寄せ合って睦《むつ》みあうに違いない。

11

誰しもが、おのれの内部に固有の銀河をもっている。青い太陽からの風が、わたしの内部を吹き荒れて、青一色にする。吹きちぎられそうな宇宙凧が心細げにひるがえる。青い太陽は赤い海に沈み、そこに闇がひろがり、星が瞬きだす。

12

ケンタウロス族の登場だ！　気の弱いやつはさっさと消え失せろ。いつまでも小惑星でいると思うな。今に、惑星にぶつかってやる。いや、恒星だって怖くない。――威勢のいい啖呵《たんか》が聞こえてくる。お前たちなど、ブラックホールに呑まれちまいな。

＊ 赤い砂漠

赤い砂がうねうねとどこまでも続き、眼路の彼方で消えていた。その先は、赤い砂嵐のために空と陸の境界さえ定かではない。赤い砂は楕円形の風紋を描き、それが連続して複雑な紋様を描きながら、一旦上ってはまた下るといった高低を繰り返して、地形にふしぎなリズムを産みだしていた。砂塵が飛び交っているのだから、目に心地よいと言ったら、言い過ぎだろう。だが、一度も見たことがないにもかかわらず、なんとなくこちらの心を和ませる光景であることは間違いない。砂の主成分である酸化鉄の赤が見せる、多彩な色の調和に心安らぐのだろうか。

たしかに、目を射るほどの真紅から、鮮紅色、朱、茜、赤紫、暗紅色、赤黒、臙脂《えんじ》、赤茶と、その色調はめまぐるしいほどに変化する。日陰か日向か、さらに、東に沈もうとしている太陽の青い光を浴びる量の差によって、さまざまに色を変える赤のグラデーションは、まさに一枚の抽象画そのものだ。しかも、砂嵐は、砂漠の表面から色とりどりの砂を巻き上げながら、空中で混ぜ合わせて、一刻一刻変化させ続けている。沈み行く太陽は、砂嵐にその青い光を減じられることもなく、砂塵の一粒一粒を煌めかせて、画面に色調の微妙なぼかしを付け加えていく。

ひときわ高く、一陣の風が砂を巻き上げた。眼路の遙か彼方にポツンと小さな点が見えてくる。みるみるその点は大きくなり、さらに広がりを見せて、こちらに近づいてくる。その白い色が、青い太陽に照らされた赤のグラデーションの中で清々しいほどに映える。砂漠の帆船だ。砂嵐の風を巧みに操作して、目の覚めるような船足で砂漠を駈けぬけてくる。青く輝く太陽と地面の赤の多彩な色調の中に浮かび上がる、白い帆船。これほど絵になる光景があろうか。帆船は、見事な操縦術を見せてすぐそばにまでやってくる。甲板に立つ男の白い歯が光った。マテイラだった。マテイラは、大声で何か叫んだ。砂塵がたちまちにしてその声をかき消して、後にマテイラの笑顔だけが残った。

＊ 反宇宙

電気にプラスとマイナスがあるように、地球に北極と南極があるように、また、人間に男と女がいるように、この世界には、互いに排斥しあう二つの要素が必ず存在する。いや、それは世界に限らず、宇宙そのものについてもいえる。つまり、宇宙に対する、反宇宙が存在するはずなのだ。それは、素粒子の世界を考えてみれば一層明らかとなる。すべての素粒子に対して、同質量だが、電荷など様々な性質が全く正反対の反素粒子が存在する。また、陽子には反陽子、中性子には反中性子、電子には陽電子が存在する。これは常識だ。

この宇宙は、様々な物質を構成する素粒子と同じ量の反素粒子が小さな空間に閉じ込められた、高温で高密度のすさまじいエネルギーに満ちた状態から始まった。この火の玉状態は、ビッグバンの後激烈な勢いで膨張した。その結果、宇宙の温度は下がり、エネルギーから粒子と同量の反粒子が生成され、それらの粒子が統合し原子が生成され、ガスができた。やがて、それらが固まって星となり、宇宙ができた。粒子と反粒子がぶつかれば、量子数がプラスとマイナスで打ち消しあってゼロになり、その存在は消失してしまうが、その時に膨大なエネルギーが残る。ということは、逆に、真空の一点に膨大なエネルギーを集中させれば、そこから粒子と反粒子を生成することも可能となるわけだ。これもまた、言うまでもない。粒子と全く同じ量の反粒子が存在するならば、どこかにこの宇宙と同じく、反宇宙が存在することになる。それは、微妙な差異を除けばこの宇宙に一見酷似していて、その実あらゆる要素が逆向きの宇宙であろう。勿論、宇宙と反宇宙が接触すれば、お互いに消滅しあい、どちらも存在できなくなる。ところが、宇宙が現に存在しているる以上、反宇宙の存在する条件は必ずやどこかにあるはずだ。あの詐欺師サハロフは、素粒子の反応の仕方と反素粒子の反応の仕方にほんの小さな違い、ズレがあれば、反宇宙が失われたことが説明できると唱えた。ズレなどというそんな訳の分からぬたわごとで、反宇宙が失われてたまるものか。この宇宙に後生大事にすがりつきたい想像力に欠けた臆病者だけが、その説を支えになんとしても反宇宙の存在を否定したがっているにすぎないのだ。

＊　入植者

入植者とこの地で生まれ育った者とは、すぐに見分けがつく。この地で生まれ育った者は、みな背が低く、肩幅が広く、強靭な体つきをしているのに対して、入植者ときたら、育った土地の引力のせいだろう、まっすぐに立っていられないほどひょろひょろしていて、まるで深海を漂うような緩慢な動きしかできない。全員背が高い割に、肩幅は極端にせまく、手足も異様に長く、まるで、風にゆれるユーレアグラのようだ。彼らは、本国で処置を受けてきたにもかかわらず、この地の食べ物に慣れることは難しく、あの美味極まりないヨンゴリアでさえ、口にするやいなや吐きもどすほどだ。それを見て、わたしたちは腹をかかえて笑うのだが…。

入植者たちのほとんどは、元の土地の影をずっと背負っている。船団を組んでやってきて、わたしたちから必要なものを調達すると、入植に適した地域を探し出し、そこにまとまって住む。彼らは、意思疎通に最低限必要なこの地の言語を習得してはくるのだが、それらは息が漏れるようにシュウシュウいって、なんとも聞き取りにくいうえに、ゆらゆらする手の動きが気になってしかたがない。

別の地域には、また別の土地からやってきた入植者たちが定住している。それぞれが生まれた土地の言語をそのまま使っているので、仲間同士の会話にはなに不自由しないようだが、別の地域に定住している人々とはうまく意思疎通が図れない。そこで、この地の言語が共通語の役割を果たすのだが、地域ごとに独特の訛りをもっているため、入植者たち同士で意志が通じることはきわめて難しく、言語をめぐっての誤解が原因の紛争もしばしば起こる。

なぜ、彼らが生まれ育った土地の言語を手放すことがないのかは、言うまでもないだろう。自らの意志とは関係なく、すべてを奪われてこの地に流された彼らにとっては、言語こそが所有物のすべてなのだ。ところが、元の土地の言語を使っているつもりでも、それが長い時の経過につれてこの地の影響で少しずつ変化をとげ、今や全く別の言語と言ってよいほどになっていることに、彼ら自身気づきもしない。いや、アイデンティティに関わることなので、気づくことを無意識に拒否しているのである。

＊

七色に輝く光をまき散らして
ブラックホールが衝突する
その加速度運動によって
周りの時空が伸び縮みし
宇宙空間に波紋を放射する
そのかそけき旅のゆくえ
果てなき時空のさざ波
重力波の深い孤独

はるか始原の場所に誕生した
時空のゆがみからの波動
光速で宇宙空間を駆けぬけ

あらゆる物質を貫通して
何億光年もの旅をする
不可視のまれびとの訪れに
ほんの少し地軸がゆらぎ
深海がかすかにきしむ

海底のねむれる魚たちは
始原のときを待ち望みながら
組織が内包する存在のひずみに
夢の繭のうちで身ぶるいをする
かたい殼に護られた巻貝たちは
わずかに残る祖先の記憶を
波のゆらめきに沈むしじまに
成算もないままに刻みつける

＊光景

心すさむ光景が眼前にどこまでもひろがっていた。むきだしの鉄骨がねじまがったまま、みずからの手をさしのべて空中にたちあがろうとしている。その足元をおびただしい瓦礫が捨て鉢になって転がっている。巨大な市場の跡でもあろうか。鉄骨をおおっているコンクリートの壁は、音もなくホロホロとくずれおちる。くずれおちた塵埃はいつまでも地表をただよい、骨組だけ残った窓から射しこむ一筋のあわい光のなかを舞い踊りつづけ、鼻のおくをふしぎななつかしさで刺戟する。廃墟の周囲も、みすてられた空地も、みわたすかぎり、巨大化した雑草がおのれの勢力を誇示して、互いにみだれあったまま生えている。道路のあちらこちらにみずたまりができ、みずからをうしなった青空をうつしだしている。そこに、痴呆の月がこれ以上ないたよりなさで、うっすらとうかんでいる。水面にうかんだ映像の青空にすぎないのに、どこまでもふかみにはまりこんでいく、信じられないほどすみきった空無の紺青色だ。この青のなかに、すべての宇宙がつつみこまれている、世界はこのなかにこそある、そう、ありありと感じとることができる。アメンボが一匹、ツイツイと水面をはしり、たちまちにして青空に波紋がひろがる。くだかれた青空は、ゆらゆらと一瞬あらがう姿勢をみせたのちたちまち消えさり、二度とそのすがたをあらわすことはない。かわいた風が廃墟をふきぬけ、くちぶえのような、悲鳴のようなすみきった音をたてる。太陽は、はげしく照りつけているのに、さむさは左肩のあたりからますますつのってくる。こわれた水道の栓からはげしく水がふきあがる。水しぶきが、太陽のひかりをあびて、くっきりとした虹をうつしだす。しぶきの運動に応じて、虹もかすかにゆれうごく。どうしても思いだせないが、どこかでみたことのある光景。いきなりくろい雲がひろがり、またたくまに空をおおいつくす。世界はいっきょにたそがれて、沈黙のうちにくろずんでくる。光景そのものが死んでいく。みずたまりが死んでいく。世界そのものが、荒涼としてみずから死におもむこうとしていた。これが、あたらしい年の、あたらしい光景だった。

＊　星を聴く

銀河には音楽が満ちあふれている。というより、宇宙空間そのものが音楽なのだ。夜空に耳を澄ませてみよう。いや、むしろ心を澄ますのだ。己を無にしてその存在をすべて夜空に託すのだ。夜空に広がる星座は、音符そのものだ。だから、それをそのままに演奏するだけでよい。星座は見るものではない。聴くものだ。星空に五線譜を置く。すると、たちまち星空が歌い出す。己固有の音楽を奏で出す。星座は、自らのテーマを奏でる。そこに夥しい流星群がアルペジオを加える。小惑星たちが装飾音を添える。

蠍座のプレリュード。アンドロメダの協奏曲。カシオペアの弦楽五重奏曲。白鳥座のレクイエム。それぞれが得意の領域をもちながら、それらは決して、互いを排除しあわない。きっちりと己の個性を主張しながら、互いのテーマを尊重しあって、壮麗な天体の音楽を完成する。いや、完成はない。完成しているといえば、いつだって完成しているし、未完だといえば、永遠に未完のままだ。

夜空に拡げる五線譜の置き方によって、音楽は大きく変化する。南北のライン。これはおおらかな長調が主体だ。東西のライン。なんとも哀切で、心かき乱される短調が多い。もちろん、その間にはあらゆる変奏曲が埋もれている。例えば、主旋律の中に不意に闖入する彗星のテーマ。そう、星空のうちにはあらゆる曲が存在する。そこからどうやって音楽を抽出するかが最大の問題だ。いや、抽出するのとは違う。わたしたちに主体があるのではなく、あくまで主体は星空の側にある。むしろ、星に聴くのだ。

「星を聴く」行為と「星に聴く」行為とを、窮極的な星の磁場で完全に一致させること。それが作曲という行為だ。そこに自らの卑小な思いを閉じ込める余地などあるはずもない。単に耳に心地よい、心浮き立つようなまがい物を排除せよ。そんなものは音楽ではない。魂を覚醒させるもの、魂を震撼させるもの、それこそが星の音楽だ。魂が音によって広げられ、拡散して収縮し、それを繰り返すうちに、天体そのものと魂が窮極的に一致する次元こそが、音楽の臥所《ふしど》なのだ。私という存在などは、その音符のほんの一部になればいい。

＊ 生命体Ｈ ——意志伝達

生命体Ｈは、摂食器官から音を発するという、きわめて興味深いと同時に非効率的でもある方法によって、意志を伝達しあっている。この器官は、極度の進化をとげているらしく、生命を司るための摂食ならびに意志伝達のほかにも、生殖活動の際の著しい活動など、さまざまな場面でその機能を果たしている。意志伝達機能に限っても、いろいろな音程、音色、リズムを生み出せるほどに発達している。また、彼らはそれを複雑に組みあわせて意思表示する際に、簡単な身体表現を付随させることも多い。

しかしながら、それらの手段が充分でないことは、彼らの意志伝達前と後の行動を比較することで証明される。明らかに意志疎通が充分に機能しなかった時特有の身体モードを発する場合がしばしばあるし、そうした身体モードをめぐって争いごとが起こるのもよく見る光景である。しかも、音による意思伝達の体系は、それほど複雑に発達していながら、極めて限定的な地域にしか通用しないらしく、生息する地域が異なればその体系も大きく異なるようだ。

この惑星では、意志伝達不全のせいであろう、個体を超えて地域全体を巻き込んだ争いがあちこちで起きている。その争いは、無意味なまでに徹底したもので、火器を使って相互のほとんどの成員が生命を失うまで終わることはない。もちろんそれは、意志伝達の機能不全のためであるよりも、生命体H自体のもつ、残虐で好戦的な性格のせいだとする説もある。あるいは、その個体数の激増を抑えるために、あえて調整のための社会的な機能として、彼ら自身が意図的に行っているという説もある。

生命体Hは、意志伝達の補助的な手段として、薄い平面状の物質に記号を印して伝えあうという、極めて不可解な、非効率的なこともする。その生産のための、すぐれて組織化されたシステムをもちながら、そうした情報が多数の個体に伝わっている様子は全く見られない。また、せっかく交接のための器官をもちながらも、われわれとはその機能が大きく異なるせいなのか、意志伝達の役割をほとんど果たしていないように見うけられる。

＊

はるか異空間の旅を封印して
独自の光の尾を噴出しながら
かるがると境界を超越するもの
宇宙空間の秩序を紊乱《びんらん》するもの
大気中の高熱にも気化せずに耐え
火球となって夜の闇を照らし
衝撃波による爆音を轟かせ
地表に降り注いでくる旅人

ひそやかに大地のうちに眠るもの
はるか宇宙空間を旅した記憶を
ねむりのうちで反芻しているのか
それとも組成のちがうものの中で
はげしい違和をかんじているのか
惑星が形成されたときの記憶を
とどめたままの始原の物質

隕石のはらむ謎に
翻弄され続ける〈わたし〉?

＊書物

この地には、一冊の書物が存在する。というよりも、書物は一冊しか存在しえない。他の書物は、この地では存在する理由が見つからないのだ。書物には、この宇宙のすべてが記述されている。中央広場に設置された巨大な書物には、ページのあちこちに紙が貼りつけてあり、その紙に記された項目に沿って、宇宙に対する各自の思いを自由に書きこむことができる。

書物は入れ子構造になっていて、どのページを開いてもそこから小型の書物が出てくる。これにもいたるところに紙が貼りつけてあって、宇宙の細目についてのすべてが書かれている。こうなると、もはや、書物はそのまま一つの宇宙だといってもよいだろう。紙は極端に薄いというより、表面と裏面とがあるだけで、厚みが全くない。書物そのものは、それ自体の厚みをもちろんもってはいるのだが、それはあくまで書物という形態を保つためのデザイン面の必要からにすぎない。したがって、書物を開けばページ数は無限に拡がっているし、そこに新たなページをいくら貼りつけても、書物としての厚みが増えることはない。

人々は、書物のある広場に出向いてきて、各自の星空への思いや、銀河に関する独自の起源説、ある天体についての神話、故郷の惑星に対する望郷の念などを自由に書きこむ。むしろ、そうやって絶えず書きこまないと書物は死んでしまう。だからこそ、書物を存続させるために愛書家たちはこぞって附箋を貼りつけにくる。

もちろん、記述を削除することも可能である。そのためには、ある種の植物の穂（むしろ、動物のしっぽといってもよいが、そもそもこの地には、動物・植物という区別がない）で撫でればよい。空白となったそこに、新しいことばを書きこむのである。

また、貼りつけられた紙をはがすには、トリハケラスという雲母状の鉱物を刃物の要領であてがえばよいだけだ。しかし、糊がついたままの状態なので、うっかりすると別の項目に挿入部分として貼りついてしまう。それでも、それはそれでなんら困ったことにはならないのだが…。

＊ブラックホールの衝突

いやあ、ブラックホール同士の衝突ほど凄まじいものは、後にも先にも見たことはないな。巨星が死んで押しつぶされてできたブラックホールは、それはそれは恐ろしいやつだ。うっかり近づいてその重力で捉えられてしまうや、どんな物質や光もそこから逃れることは絶対に不可能だ。そうさな、宇宙の底なし沼だな。そのブラックホール同士が衝突するというのだから、これほど恐ろしいことはない。だが、恐ろしいものほど見たさがつのる。しかも、当時のわしは血気盛んな若者だったから、見にいくなという方が無理だ。この二つのブラックホールは、もとはビッグバンから二十億年後に生まれた巨大な連星で、数億年前に死して後も、お互いのまわりを眠るように渦を巻いて運動していた。それが、突然目覚めたらしく、光速の半分近い猛スピードで至近距離を回転し始めたのだ。こうなると、衝突も時間の問題だというもっぱらのうわさだった。そこでわしも、銀河系の若者連中と一緒に見にいったというわけだ。それはそれは、わくわくする体験だった。二つの渦を巻くブラックホールを見た途端、その七色に輝く光のドームの魅惑に足が竦んで、わしはその重力に呑み込まれそうになった。あのままだったら、危ないところだった。その時引っぱり上げてくれたのが、デネブのやつだ。やつには、一生頭が上がらんわけだ。やがて、二つのブラックホールは、近くの小惑星どもを呑み込んで、渦を巻きあげながら接近し、激突して合体した。周囲も渦に呑み込まれそうになるほど宇宙は大きく歪み、膨大なエネルギーがあふれ出た。このときの時空の歪みが光速で伝わったのが重力波だ。あの、一挙に時空が伸び縮みする感覚は、味わったものにしか分からんだろう。いや、ジェットコースターの比ではない。ひとたび合体すると、新しいブラックホールはぶるぶるっと震え、最後のあえぎ声を出して突然静かにおさまった。いやはや、すごい見ものだった。わしの父によると、宇宙が今より若く、小さかった時代には、ブラックホール同士の衝突はしばしば起こったということだが、もちろんわしは、その後一度も見てはおらん。いやいや、正直、二度とは見たくないな。

＊　報告

微小な生命体を除いて、この惑星には今までのところ大型の生命体はほとんど観察されていない。しかし、かなり高度な文明を築いた高等知能をもった生命体が、かつて（しかも、たぶん最近まで）存在したであろうことは、さまざまな証拠によって推測される。たとえば、この惑星には、自然によってできたとは考えられぬ複雑な構造物があちこちに見られるのだが、それらの構造物はことごとく、しかも、激しく破壊されたと推定される痕跡がはっきりと残されている。むき出しにされた鉄の棒。幾何学的な構造をもつ建造物（？）の廃墟。さまざまな元素を融合して作ったと思われる化合物の残骸。それらは、破壊されてから、まださほど時間が経過していないと類推される生々しさを示している。

他の惑星の生命体が、何の意図もないままに、これほどの荒々しさでこの惑星の構造物を破壊することなどありえぬ以上（この惑星は、現在、銀河系環境保護条約の対象になっている）、これらは、彼ら自身の手によって破壊されたと考えるほかない。

破壊に至った理由を推測することは容易ではないが、その高等生命体の存在を未だこの惑星で発見できぬ以上、これらの高度な構造物を造り出した生命体は、何らかの理由で（伝染病によって？　小惑星の衝突によって？　放射線の汚染によって？）絶滅したと考えるほかない。絶滅に瀕したその高等生命体は、これも何らかの理由で（他の生命体に利用されぬよう？　自らの絶滅に無軌道になって？）これらを残すことを拒み、破壊しつくしたのであろう。

あるいは、彼らの遺伝子が突然変異を起こして（ウンダモンダ博士は、この惑星の生命体にはこうした突然変異はめずらしくないという説をとなえている）、互いを殺戮し、すべてを破壊するようなプログラムができたと類推するしかない。または、私たちの惑星においてときどきライミングが集団自殺するように、環境の突発的な変異によって、集団自殺を図らざるをえなかったのかもしれない。しかし、そうした大きな環境変化を物語るものは今のところ見つかっていないことを考えると、なぞは深まるばかりである。

＊　彗星言語

彗星は、その母胎となった銀河から届く言語だ。銀河にしても、互いの通信手段を求めているのは言うを俟たない。いや、通信とは本質的に異なる。単なる情報の伝達ではないからだ。銀河は、互いの存在に対する根底からの共鳴を求めている。地上のスケールをはるかに超えた宇宙的な孤独が想像できれば、その必要性はだれにでも理解できるはずだ。しかも、宇宙空間が激しい勢いで膨張していく状況にあっては、共鳴を求めるその必要度は計り知れない。互いを伴侶とするあんなに多くの連星が存在するのは、その孤独を埋めあうための試みに他ならない。それぞれの銀河は、己の孤独を少しでも癒すために、他の銀河への共鳴を託して彗星を派遣する。彗星は、ことばの矢となって宇宙空間を飛んでいく。したがって、夥しい彗星が行き交う宇宙空間は、また巨大な言語空間でもありうる。一冊の極大の書物でもありうる。その言語空間を疾走する彗星からふりほどかれた流星は、大気圏に突入する際にそのことばを一瞬激しく燃焼させ、発光させる。そう、流星こそは一篇の詩なのだ。だからこそ、わたしたちをあれほどまでに魅了する。彗星が夥しい流星を撒き散らして夜空を駆け抜けるとき、わたしたちはその詩に心を焼きつくされる。宇宙空間には夥しい種類の言語が飛び交っているから、その意味を互いに理解できるはずはない。だが、流星の意味を解読しようとしてはいけない。詩とは、解読するものではなく、灼熱する流星に直撃される体験なのだ。難解さなど、そこに存在しようはずもない。彗星の孤独を、宇宙を旅してきたその来歴を、その物語を、言語に打たれるままに体感すればよいからだ。大気圏で燃えつきた流星のかけらは、隕石となって大地に漂着し、そこで静かな眠りにつく。だからと言って、隕石は詩の燃えがらでは断じてない。むしろ、詩の中心にあって、その存在を支える核そのものなのだ。隕石は、母胎としての天体の、ことばの核を運んでくる。漂着した隕石は、その固有の言語をひそかに発信し、詩の核を全宇宙に伝えようとする。わたしたちにそれを感じ取るだけの感覚器官があるのか、いまその才覚が厳しく問われているのだ。

＊

銀河の波打ち際に流れ着いた
ひとつの彗星としての〈私〉
暗黒のなかを走りぬける
光星のまたたき

遠く波音の消えていく
もはや闇もなく光もない
暗黒物質だけが漂う時空に
始めも終わりもない
悠久の時のたゆたいのうちに
眠り続ける銀河の胚珠

肉体という檻から解放されて
光となって
波動となって
宇宙空間をどこまでも漂う
胸郭自体が宇宙となって
胸のうちに星々がまたたく

星のしじまが静かな息となって
伸縮を繰り返す
やがて熱を帯びて
集結と分離を往来し
あらたな物質となる日まで

＊ 帰還

窓の外いっぱいに、まぶしいほどの月が拡がっている。その表面はみずからの意志で膨張し、伸び拡がろうとしているように見えた。やがて視界がおちつきを取りもどすと、本来の姿に収斂していった。ひとはわたしをマテイラとよぶ。しかし、わたしはマテイラではない。マテイラのはずがない。一体マテイラとはだれなのか？ わたしを騙る「わたし」だろうか。わたしを偽る「わたし」だろうか。クレーターの細部までが手にとるように見えてきた。中心部分に大きく伸び拡がっているのは、「静かの海」だろう。山脈の一つ一つが見わけられるほど近くに感じる。マテイラの正体はわたしにはわからぬが、ここでも、その名はよく耳にする。とんでもない詐欺師だとか、銀河空間の英雄だとか、さまざまなうわさがある。

衝撃が下からと横からと、同時に突き上げるように起こった。窓の外の月が、急速に横へとながれた。軌道が大きく変わったせいだろう。マテイラが送ってくる報告書はすべてが捏造されたものであり、それを複数の偽作者が書いているともきく。だが、マテイラの送ってくる報告書こそもっとも信憑性があると、つよく信じている人々も多い。どちらが正しいかは、わたしにもわからぬ。

いつのまにか着陸態勢に入ったらしい。青い水をたたえた惑星が大きく迫っていた。青くしずかにかがやく惑星は、沈黙をまもったまま窓の外にただよっている。はるばるやってきた時間と距離が一挙に脳内にしわよって、記憶の整理がおぼつかない。だが、正直に言おう。わたしにはマテイラの記憶があるのだ。そのことだけは、公平を期すために言っておかなくてはならない。

こうして銀河空間を旅してきたわたしは、小さな隕石だ。何の変哲もない一つの隕石だ。だから、燃え尽きる時、大気圏で光を放って死していくことができる。なぜ、マテイラの記憶があるのかは、わたしにもわからぬ。あの移植手術の際にうめこまれたせいだともきいた。しかし、いまや、それも真実かどうかはわからぬ。

やがて、いきなり胴震いを一つすると、宇宙船は隕石のように大気圏に突入した。

＊ 忘レジの丘

ワタシは忘レジの丘の上にたっていた。匂いやかなカゼはなだらかな丘を這いのぼり、ワタシのほほを吹いていく。菫色の空に満天の星がちりばめられて、それぞれの光を発している。眼下にあるはずのテスリ島や鳴キノ海の方角から、かすかなメタンガスのにおいがカゼにのってただよってくる。コノ天体ハ暗スギル。核ノ風が吹きあれ、中性子ノ雨がふるこの天体は。「……ニ応答セヨ!」。その通信にこたえるすべも、とうに失われた。

死滅した遠い都市からの廃船がながれついてくる。おだやかな、あまりにしずかな闇のなかをただよってくる。ワタシは、はるか彼方にあるはずの記憶の糸をさぐっていた。この澄明な暗さはなんだろう。胸を轟かすほんのわずかないたみをともなって、もどかしい記憶の残滓が胸にいつまでも問え、かすかにのどの奥をふるわせる、この既視感は…。

忘レジの丘のはてには、とおく廃炉となった建物がかすかにたたずんで、ゆらめいている。円筒形の建物の片側が、爆破されたような断面をみせて、自らの存在をうらめしげに夜空にさらしている。おどろくほどしずかだ。人一人としていない。この地上にワタシ一人取りのこされた思いにおそわれる。明るい流星が一つ、天空の中央部から南西へとながれていった。空気は一層凜とした澄明さをましてくる。新鮮な木の香がいきなり鼻をうった。

測量計がとつぜん鳴りだす。「ピピピピ！　ピピピピ！　ピピピピ！」。規則正しい間隔で警告を発しつづける。腰に埋めこまれた金属板がかすかに反応し、はるかな記憶が胸の奥できしむ。鳴キノ海の反対側には、名前もつけられぬままの砂の海が広がっている。どこからか砂が集まり、砂がうねり、まるで海のように波がたちさわぐ。砂の海は、一刻一刻そのすがたを変え、そこをカゼがふきぬける。カゼがふくたびに風紋があらたな模様をつけてにげさっていく。さらにつぎの風紋がくりかえしおそってくる。

「コレガ、アレホド帰リタイト願ッタ、故郷ダロウカ……」。

＊　客星

腥《なまぐさ》い風が頬を撫でて吹き過ぎていく。微かな血の匂いだろうか。何かの死臭だろうか。左肩から心臓にかけて悪寒が走る。湿地帯はどこまでも続き、倒壊したり途中から折れたりした鉄塔の群れが死した巨大動物の骨格のように見える。そこを腥い風がシュルシュルと澄明な音を立てながら吹き抜けていく。眼路の遙かに廃墟となった都市のシルエットがいじけた姿のままに浮かんでいる。ぐにゃりと湾曲した道路が寸断されながら続いている。西空に浮かぶ太陽はものすごい勢いで膨張を続け、その事態に付いていけないほど息絶えの様子で赤黒い血糊のような光をようやく地上に投げかけている。血を吸いすぎた蛭ほどに膨れ上がった太陽は自らの重みに耐え切れずに水平線に沈んでいく。一挙に闇が空を襲う。暗黒の宇宙に投げ出された孤独感に取りつかれる。闇の帳を払って一斉に星が瞬き出す。満天の星だ。これほどの数の星が存在したことを実感したことがない。ぎゅうぎゅう詰に押しあって空に犇き合っている。

しかし相互に親しみはなくむしろ敵意をもっていがみ合っているぎすぎすした感覚が空全体に漂う。満天の星を割って月が昇ってくる。周囲の星に小突かれたために全身血塗れになった異様に赤い月だ。月は悪寒のためか恐怖のためか小刻みに震えている。その震えが近くの星にまで伝播し、地上近くの空が滲んで揺れ出した。巨大な火の玉が空の中ほどに出現する。全く見たことのない星だ。大きさは木星ほどもあろうか。その色は燃えるような赤で突然踊り出すように西南から北東へと走り去る。中心に白い箇所が五つほどあり、筋もはっきりと見える。炬火をひっくり返したかのようにあっと言う間に破裂し、火花をぱっと散らして空中に散り散りになった。その途端、バチンと大きな音がして電源が落ちたように天の星のすべてが一斉に落下した。右手の遥か奥、巨星の落ちた地点から海水の吹きあがる音がする。背後の小高い山は一瞬に吹き飛び、激しい地鳴りが轟く。それを合図に地面全体がいきなり揺れ出した。爆風に吹き飛ばされながら、世界が死滅していくことをわたしはどこかで静かに肯《うべな》っていた…。

＊

夜が沈黙の淵に沈むと
かすかな金属音をたてながら
星たちの流浪の歌が
天空から降りてくる

鏡となった水面に
星空が映りこみ
そこがそのまま
もう一つの銀河となる

もう一つの銀河は
深みと広がりを増すと
独自の光できらめきだし
あらたな歌で星空を満たす

一陣の風が吹きわたり
水面を千々にかき乱す
星空がためらうように揺らめき
たちまち一つの銀河は消える

＊

灯心草の内部に広がる宇宙を
裸の青馬たちが駆けぬけていく
その風が竜巻を誘発して
闇のいくつもの層が
やわらかに褶曲し
いつまでもゆれ動いている

＊本詩集は二〇一七年五月三〇日書肆山田発行。装画（オブジェ）・勝本みつる。

高柳誠（たかやなぎまこと）――

一九五〇年、愛知県名古屋市生れ。

詩集

『アリスランド』（一九八〇年・沖積舎）

『卵宇宙／水晶宮／博物誌』（一九八二年・湯川書房／H氏賞受賞）

『綾取り人』（一九八五年・湯川書房）

『都市の肖像』（一九八八年・書肆山田／高見順賞受賞）

『アダムズ兄弟商会カタログ第23集』（一九八九年・書肆山田）

『樹的世界』（一九九二年・思潮社）

『塔』（一九九三年・書肆山田）

『イマージュへのオマージュ』（一九九六年・思潮社）

『月光の遠近法』（画＝建石修志／一九九七年・書肆山田／藤村記念歴程賞受賞）

『触感の解析学』（画＝北川健次／一九九七年・書肆山田／藤村記念歴程賞受賞）

『星間の採譜術』（画＝小林健二／一九九七年・書肆山田／藤村記念歴程賞受賞）

『万象のメテオール』（一九九八年・思潮社）

『夢々忘るる勿れ』（二〇〇一年・書肆山田）
『半裸の幼児』（二〇〇四年・書肆山田）
『廃墟の月時計／風の対位法』（二〇〇六年・書肆山田）
『鉱石譜』（二〇〇八年・書肆山田）
『光うち震える岸へ』（二〇一〇年・書肆山田）
『大地の貌、火の声／星辰の歌、血の闇』（二〇一二年・書肆山田）
『月の裏側に住む』（二〇一四年・書肆山田）
『放浪彗星通信』（二〇一七年・書肆山田）

集成詩集

『高柳誠詩集（詩・生成7）』（一九八六年・思潮社）
『Augensterne　詩の標本箱』（ドイツ語訳＝浅井イゾルデ／二〇〇八年・玉川大学出版部）
『高柳誠詩集成Ⅰ』（二〇一六年・書肆山田）
『高柳誠詩集成Ⅱ』（二〇一六年・書肆山田）

エッセイ・評論

『リーメンシュナイダー　中世最後の彫刻家』（一九九九年・五柳書院）
『詩論のための試論』（二〇一六年・玉川大学出版部）――ほか

高柳誠詩集成　Ⅲ＊著者高柳誠＊発行二〇一九年三月二〇日初版第一刷＊装幀白井敬尚＊発行者鈴木一民発行所書肆山田東京都豊島区南池袋二―八―五―三〇一電話〇三―三九八八―七四六七＊印刷精密印刷ターゲット石塚印刷製本日進堂製本＊ＩＳＢＮ九七八―四―八七九九五―九八三―六